BUR
Rizzoli

Silvia Montemurro

La casa delle farfalle

BUR Rizzoli narrativa

Pubblicato per

BUR
Rizzoli

da Mondadori Libri S.p.A.

ISBN 978-88-17-15473-4

Prima edizione Rizzoli: 2018
Prima edizione BUR Narrativa: 2021
Seconda edizione BUR Narrativa: giugno 2023

Seguici su:

www.rizzolilibri.it /RizzoliLibri @BUR_Rizzoli @rizzolilibri

La casa delle farfalle

A mia madre,
il fiore più bello di questo giardino.

E alle mie nonne,
che sono diventate due splendide
farfalle bianche.

Giappone, tanto tempo fa…

C'è un detto giapponese molto conosciuto: un amore unico arriva fino al cielo.

Parecchie lune fa, in Giappone, viveva un uomo che si chiamava Takahama. Abitava in una casetta proprio dietro il cimitero. Era molto vecchio e per questo veniva rispettato dai suoi vicini, ma c'era una cosa che faceva chiacchierare la gente: Takahama non era mai stato visto in compagnia di una donna. Per quel che ne sapevano gli abitanti del villaggio, non si era sposato e non aveva alcun interesse in tal senso, perciò era considerato un tipo un po' strano. Non aveva molti amici, così quando si ammalò gravemente e sentì che la sua vita era ormai giunta al capolinea, chiamò la sorella e il nipote, perché lo assistessero. Sapeva che la morte può farsi attendere per giorni, anche quando ormai te la senti addosso.

Infatti, la sorella e il nipote dovettero stargli vicino per un lungo periodo: Takahama soffriva di forti dolori, alternati a un sonno agitato. Siccome faceva caldo, la finestra della sua stanza rimaneva sempre aperta. Un pomeriggio, da essa entrò una farfalla bianca. La sorella del vecchio, che stava leggendo un libro, si alzò e tentò di scacciarla, ma questa svolazzò sul cuscino e si posò accanto alla guancia del malato. Takahama, nel sonno, sorrise.

Anche il nipote, il giorno dopo, notò la farfalla bianca che entrava dalla finestra e si posava accanto a suo zio. In quei momenti sembrava che una strana pace regnasse nella stanza.

Takahamin, così si chiamava il ragazzo, vide la minuscola farfalla uscire dalla finestra e decise di seguirla. Sembrava un pazzo, oppure un bambino, a correrle dietro. Il lepidottero arrivò al cimitero, svolazzò un poco attorno a una tomba e poi se ne andò. Takahamin si avvicinò e lesse il nome sulla lapide: Akiko, morta a diciotto anni.

Quella sera riferì l'accaduto alla madre. Lei si portò una mano alla bocca, esterrefatta ed emozionata.

«Vedi, Takahamin» disse la donna, a occhi bassi, «quando tuo zio era giovane, conobbe una ragazza di cui si innamorò perdutamente: Akiko. Dovevano sposarsi, ma poco tempo prima del matrimonio lei si ammalò e morì. Takahama giurò che non avrebbe più amato nessun'altra donna e che si sarebbe preso cura della tomba di Akiko, fino alla morte. In questi giorni lo zio non è riuscito ad andare da lei. Così è stata Akiko a venire da lui, con le sembianze di una farfalla bianca.»

Anita

Si torna sempre
dove i ricordi più belli somigliano al volo
di mille farfalle bianche.

1

CEDRONELLA: è una farfalla di medie dimensioni, che assume una tinta gialla nei maschi e leggermente più verde nelle femmine. Le sue ali sono convesse, come quelle di una fata elegante e fiera. È golosa e ama i fiori ricchi di nettare. La sua crisalide ha una forma particolare, appare sospesa e con la testa rivolta verso l'alto. La Cedronella è una farfalla che ti svolazza intorno quando sente che sei giù di morale. Ti chiede di non prenderti sul serio, mai, qualsiasi cosa stia succedendo nella tua vita. Lasciati coinvolgere dal suo volo leggero e pazzerello e improvvisa una danza insieme a lei. Ti sentirai meno sola.

Ossuccio, gennaio 2014

Non la udì subito. Ci volle un po' perché quella melodia le giungesse alle orecchie. Forse era distratta dallo sciabordio leggero delle onde sulla riva del lago, un suono a cui non era più abituata. Ma quando si accorse che una musica accompagnava i suoi passi, decise di fermarsi e capire da dove provenisse.

In giro non c'era un'anima. Niente di insolito, dato che ormai erano le nove passate e nessuno si azzardava a uscire con quell'aria gelida. Lei invece camminava senza sciarpa, con un vecchio berretto trovato nel guardaroba della madre e un cappottino di lana decisamente inadatto per quella temperatura.

Aveva le mani congelate e gli alluci che iniziavano a farle

male. Tuttavia, prima di rientrare, voleva scoprire l'origine di quella musica.

Era una voce femminile. Di questo era certa. Cantava una nenia che le pareva di aver già ascoltato in passato, ma forse era solo suggestione.

Avanzò ancora di qualche passo, maledicendo la scarsa illuminazione e la leggera miopia, non così forte da costringerla a portare gli occhiali, non così innocua da poterla ignorare.

Per poco non cadde sul selciato del sentiero che dalla chiesa di Santa Maria Maddalena conduceva al lido di Ossuccio. Era un posto particolare: non c'era una semplice spiaggia di ghiaia, ma un prato verde brillante. Si trovava rialzato rispetto al lago e ben protetto da una balaustra di ferro, su cui spesso si arrampicavano i bambini. Non avrebbe mai dimenticato i bellissimi giorni d'estate, trascorsi insieme alle amiche del posto, in costume da bagno, sotto l'ombra degli ulivi o a tuffarsi di nascosto dal pontile. L'acqua era sempre fredda, anche nei giorni in cui faceva caldissimo, e spesso lei, invece di tuffarsi, preferiva sedersi su un muretto in pietra, bagnarsi i piedi e poi immergersi lentamente fino alle caviglie. Le sue amiche saltavano subito in acqua, urlando per l'impatto improvviso con il gelo, lei invece osservava i piccoli pesci guizzarle attorno alle gambe, mentre con le mani si bagnava la pancia e le spalle. «Anita è una fifona» la prendevano in giro le altre. Ma lei non ascoltava. Quando usciva dall'acqua correva a stendersi sul telo e si scaldava ai raggi del sole. All'epoca passava quasi tutta l'estate a piedi nudi e camminava sui sassi aguzzi senza farsi male. Adesso non ci era più abituata.

Doveva assolutamente recuperare un paio di scarpe basse e smetterla di fare la cittadina: non era più a Colonia.

La voce si interruppe e così anche il flusso dei suoi ricordi. Anita si fermò e sospirò. Forse era persino sollevata: chiunque fosse, aveva smesso di cantare.

Guardò il lago, una massa di acqua scura, al buio a stento riconoscibile, e si soffermò sull'unica luce accesa dell'isola Comacina. Un tempo lì sorgeva una cittadella fortificata, una delle ultime fortezze dell'Impero romano d'Occidente che era stata rasa al suolo nel 1169, e per secoli nessuno vi aveva più costruito nulla. Anita amava ascoltare la storia dell'isola, le sembrava un posto magico, una gemma antica, isolata dalla terraferma. C'era una barchetta che faceva la spola e ogni mezz'ora trasportava i turisti che volevano farvi una passeggiata e ammirare i resti della chiesa di Sant'Eufemia. Non vedeva l'ora di progettare un'escursione. Ma era appena arrivata e doveva ancora sistemare le sue cose, dare spiegazioni a chi la riconosceva per strada, rifugiarsi nel buio della notte, per respirare un po' di pace.

Si accese una sigaretta e si accorse che le dita iniziavano a non rispondere più ai comandi. Era davvero il caso di rientrare. Per raggiungere la Villa delle Farfalle, la vecchia casa di sua madre, doveva ripercorrere tutto il viottolo, attraversare la strada statale, passare accanto al parco e camminare ancora un bel po'. Se invece voleva fare un percorso più avventuroso, poteva costeggiare la riva del lago, percorrendo tutto il lido. Mentre considerava le due opzioni e valutava lo stato dei suoi piedi, la voce riprese a cantare.

Era più vicina di quanto pensasse.

Da brava cittadina tedesca, Anita gettò il mozzicone di sigaretta nel portacenere da tasca e si mise a camminare verso il lido.

La voce perpetuava il suo canto malinconico. Anita ne era come ipnotizzata. Incespicò un'altra volta sul terriccio umido e finalmente la vide. Era una bambina. Non rimase troppo stupita: aveva già capito che era un canto infantile, la voce era fanciullesca. Ma qualcosa stridette nel suo cuore e dovette fermarsi per osservarla da lontano. La bambina le dava la schiena e guardava il lago, proprio come lei qualche minuto prima. Era appoggiata alla balaustra e il forte vento gelido le scuoteva i capelli nerissimi. Indossava uno scialle di lana color pervinca, che le copriva a malapena un vestito grigio, di due taglie più grandi della sua, e un paio di collant decisamente fuori stagione. Sembrava avesse rubato i vestiti a una donna adulta, forse alla madre. Anita strizzò gli occhi: com'era possibile che una bambina tanto piccola stesse lì da sola, a cantare sulla riva del lago senza nessuno a curarsi di lei?

Le parole della sua nenia erano incomprensibili. Forse era un linguaggio inventato o forse la bambina era straniera. Anita si abbandonò completamente all'ascolto, senza proseguire oltre: nonostante la preoccupazione per quella bizzarra creatura, che poteva precipitare nell'acqua, non voleva fermare il canto.

Le ricordava la sua infanzia, ma la faceva pensare anche

a ciò che l'aveva scaraventata in quel paesino sul lago di Como, ancora una volta. Come se tutto quello che aveva costruito nei suoi trent'anni e qualcosa fosse stato spazzato via da un'ondata gigante che l'aveva lasciata riversa a terra, all'origine di tutto. Alla Villa delle Farfalle.

Anita cercò di fare un passo in avanti, per sbirciare più da vicino la minuta figura dalla voce incantevole, ma il suo tacco intercettò un sasso e produsse un suono che ruppe l'incanto.

«Oh, *Scheisse*» mormorò Anita.

La bambina si voltò a guardarla e Anita trattenne il fiato.

Così da lontano, le sue pupille nere sembravano non avere iride. Per un attimo rimase immobile, mentre la bambina, dai tratti orientali, la guardava tra il sorpreso e l'impaurito.

Anita si accorse che il tacco della scarpa si era rotto e si chinò un istante a esaminarlo, poi rialzò lo sguardo.

La bambina era sparita.

Si guardò intorno, certa di vedere quel fagottino di lana correre verso una delle case vicine. Ma tutto ciò che era rimasto di lei era il ricordo di quel canto, e il vento gelido che adesso sembrava essersi fatto ancora più prepotente.

Anita rabbrividì. Non era solo freddo. Qualcosa, in quella bambina, l'aveva inquietata. Non credeva certo ai fantasmi, ma la piccola cantante era davvero scomparsa nel giro di pochi secondi. Le tornarono alla mente le storie della nonna sugli spiriti delle persone morte nel lago, che in certe gelide notti d'inverno venivano a vegliare sui propri cari.

«Meglio tornare a casa» bisbigliò a se stessa, quasi per farsi rassicurare dal suono della sua stessa voce.

«Sei mezza congelata» esclamò Margherita quando la vide entrare. Anita si sforzò di non tremare. Di colpo le parve di essere tornata davvero bambina, quando rientrava a casa con i capelli pieni di neve e un solo guanto.

«Ma si può sapere cosa ti è saltato in mente di uscire con questo freddo?» bisbigliò poi sua madre, mentre Anita si toglieva le scarpe e si sfregava le mani.

«Perché parli a bassa voce?»

«C'è di là zia Maria» spiegò Margherita. Madre e figlia alzarono gli occhi al cielo. La zia Maria non era una zia di sangue. Era una vecchia amica della nonna, che ormai aveva passato i novanta, ma era ancora arzilla e lucida. Era stata molto legata alla nonna Lucrezia e forse ancora di più alla Villa delle Farfalle. Per tutto il tempo in cui Margherita aveva vissuto in Germania, era stata lei a prendersene cura ed era rimasta vicino alla nonna fino a quando Margherita, alla morte del marito, si era trasferita di nuovo nella villa. Non era cattiva, zia Maria. Ma si considerava una di famiglia, quindi capitava di ritrovarsela a tutte le ore del giorno e della notte, per casa o nell'immenso giardino.

«Anita!» cinguettò Maria, e aprì le braccia per stringerla a sé, senza alzarsi dalla poltrona verde che un tempo era stata proprietà esclusiva di Lucrezia.

Anita se la ricordava, la nonna, seduta su quella poltrona. Diceva che era magica: aveva il potere di rilassarti e toglierti dalla testa tutti i pensieri. Per questo l'avevano battezzata la Poltrona Scacciapensieri e spesso Anita, da bambina, ci si sedeva solo per vedere se certe sue fissazioni davvero mettevano le ali e volavano via.

Anita si chinò ad abbracciare la zia e le baciò una guancia rugosa. Si lasciò travolgere dall'odore di naftalina e menta, che faceva parte di lei tanto quanto i capelli bianchi e lucidissimi e quegli occhi chiari e vispi.

«Era da un bel po' che non ti si vedeva da queste parti» disse Maria, «e pensavo che non saresti capitata qui almeno fino a quest'estate.»

«E invece… sorpresa!» intervenne Margherita, in aiuto alla figlia.

«Ma dimmi, tutto bene all'università?» chiese Maria. Poi si sporse per prendere la tazza e bere un goccio dell'infuso di erbe che le aveva preparato Margherita.

«In realtà ho deciso di licenziarmi» disse Anita. Tanto valeva dirlo subito. Prima o poi Maria avrebbe mangiato la foglia e l'avrebbe capito.

L'anziana signora fece un'espressione contrita e posò la tazza.

«Oh, cara, come mai? Avevi nostalgia dell'Italia?»

Anita si strinse nelle spalle e si rese conto che non le andava di sostenere quella conversazione.

Ancora una volta, Margherita venne in suo soccorso e rispose per lei: «Io sono contentissima di averla qui! Questa casa è talmente vuota…».

Anita annuì. Maria rimase in silenzio un attimo a guardare le pareti gialle del salotto.

«Anche Lucrezia sarebbe stata contenta di averti un

po' per casa, lo sai?» mormorò. Poi, con tono più acceso, continuò: «Già, è davvero troppo vuota anche per voi due. Quand'è che tu e Hans sfornate un bel bambino?».

Di male in peggio. Anita fece una smorfia.

«Non vi sarete mica lasciati, vero?»

Il tatto di zia Maria non migliorava con l'età. Anita si era resa conto che alcune persone anziane, invecchiando, parlavano delle cose importanti come se stessero discutendo di caramelle. Spesso le sentiva commentare tragiche morti con cinismo e poi cambiare argomento con una noncuranza che la atterriva. Si chiese se anche la sua povera nonna sarebbe diventata così, negli anni. Forse anche Lucrezia avrebbe parlato della morte in quel modo, se fosse sopravvissuta a lungo. Ma per quanto si sforzasse, Anita vedeva ancora la nonna con gli occhi incantati di una bambina.

«Diciamo che ci siamo presi una pausa» tagliò corto Anita. Non era riuscita a metabolizzare tutto quello che era successo neppure con se stessa, figuriamoci se sarebbe stata in grado di raccontarlo a qualcun altro.

«C'è un po' di tisana alle erbe anche per me?» chiese, tanto per cambiare argomento. Margherita annuì e andò in cucina a prepararle una tazza.

Maria era rimasta con lo sguardo fisso nel vuoto. Poi si riscosse, sfoderò un enorme sorriso e disse: «Ci sarebbe il fratello dell'edicolante all'angolo. Si è appena separato».

Anita la guardò con aria interrogativa.

«Detto tra noi, è un bell'uomo» sussurrò Maria, lanciando un'occhiata alla cucina, come se non volesse farsi sentire da Margherita. «Ho provato a dirlo anche a tua madre, ma forse per lei è troppo giovane.»

Anita si lasciò scappare una risata.

«È inutile che ridi, ragazza mia. Qui dovete darvi da fare. Ho novant'anni passati, altrimenti ci farei io un pensierino.»

Margherita ricomparve con una tazza bollente e la porse alla figlia.

«Quando sei tornata, cara?»

«Ieri sera, zia. Sono ancora un po' in subbuglio per il viaggio.»

«Infatti non hai per niente una bella cera.»

Anita incassò anche quel colpo e bevve un sorso di tisana.

«Credo che andrò a farmi una doccia bollente» disse. «Questa me la bevo dopo con calma.»

Strizzò l'occhio a Margherita.

«Vai, vai cara» disse Maria, con aria un po' risentita. «Questi giovani e la mania dell'acqua calda. Ai nostri tempi ci si lavava una volta a settimana, in un catino, e per non sprecare acqua si faceva molto in fretta. Ma adesso con tutte le comodità...»

Anita sgattaiolò via dal salotto, approfittando del momento di distrazione della zia, persa nei suoi ricordi.

Attraversò il corridoio e le stanze chiuse, poi salì le scale e raggiunse il piano superiore. La Villa delle Farfalle era davvero enorme, per solo due persone. La sua costruzione risaliva a fine Ottocento e da allora erano state fatte diverse modifiche, che però non avevano alterato la magnificenza e la bellezza della struttura. La casa era su tre piani, interamente costruita in granito e mattoni. Il piano terra era quello che più aveva conservato lo splendore dell'epoca, con il salotto in cui troneggiavano un antico camino, ancora perfettamente funzionante, e una libreria, piena di volumi preziosi e rari. Sempre al piano terra c'era una splendida veranda, con vista sull'immenso giardino e sul lago di Como. Al piano superiore c'erano le camere da letto, ciascuna con la propria particolarità e con il nome di una farfalla inciso sulla porta. Una di queste stanze, la Cedronella, era sempre stata di Anita. Era la più piccola di tutta la casa, ma lei l'adorava perché aveva una vista incantevole e il soffitto era decorato con pregiati stucchi. Nonna Lucrezia le aveva fatto dipingere le pareti di giallo e verdino, i colori della Cedronella, e aveva appeso al lampadario tante farfalle colorate. Il secondo piano una volta era riservato al personale di servizio, poi Lucrezia ne aveva fatto il suo tempio per le farfalle. Chissà se Margherita aveva mantenuto tutto com'era, dall'ultima visita di Anita. Prima o poi sua madre avrebbe dovuto prendere una decisione e affittare almeno qualche stanza, ma servivano i soldi per fare i lavori. D'altronde, vendere la villa era fuori discussione, sua madre non avrebbe mai accettato. Quello era il luogo della sua infanzia, e anche se poi si era trasferita a Colonia la villa aveva sempre esercitato un certo potere su di lei. Tutte le estati e le festività si trascorrevano da nonna Lucrezia, e quando il padre di Anita era morto d'infarto Margherita aveva deciso di tornare a Ossuccio: non c'era più niente che la legasse alla Germania.

Non era stata la stessa cosa per Anita. Lei aveva studiato biologia a Colonia e aveva pure ottenuto una cattedra all'università.

Anita aprì l'acqua della doccia e attese che diventasse almeno tiepida.

E adesso ho buttato via tutto, si disse, con un sospiro.

Avrebbe dato qualsiasi cosa perché la Poltrona Scacciapensieri di nonna Lucrezia funzionasse davvero.

Ma i suoi pensieri erano troppo pesanti per volare via. Si passò il bagnoschiuma sul corpo e si rese conto di non riuscire nemmeno a guardarsi, mentre lo faceva. La sua pelle era quella di un'estranea. Le lacrime si confusero con l'acqua bollente.

Rimase sotto il getto della doccia per un tempo indefinito, cercando di respirare profondamente, come le avevano insegnato al corso di yoga.

Forse aveva sbagliato a scappare da Colonia, ma era l'unica cosa sensata che potesse fare in quella situazione.

Chiuse l'acqua, s'infilò nell'accappatoio, e si accorse di essere stanchissima. A Colonia poteva correre per chilometri e sentirsi ancora in forze. Lì era bastata una passeggiata sulla riva del lago per prosciugarla.

Ma forse non era colpa del lago.

Margherita bussò alla porta.

«Tutto bene, tesoro?»

«Entra pure» rispose Anita.

«Se n'è andata, all'alba delle dieci di sera. Ma dove prende tutta questa energia?» chiese Margherita.

«Me lo domando anch'io. Credimi, le voglio bene, ma non la sopportavo più.»

Margherita annuì, comprensiva.

«Mamma, mi è capitata una cosa strana mentre passeggiavo in riva al lago.»

Sua madre aggrottò la fronte.

Anita prese la spazzola e iniziò a districare i nodi dei capelli castani, sempre ingarbugliati.

«Ho visto, o mi pare di aver visto, una bambina giù al lido. Guardava il lago e cantava. Sono quasi sicura che fosse giapponese. Sono i primi segni della follia?»

Margherita cercò di nascondere una smorfia di disappunto, ma Anita se ne accorse. Gli occhi della madre per un attimo vagarono come in cerca di qualcosa a cui appigliarsi. Allora esisteva davvero quella bambina?

«Mamma...» mormorò Anita, preoccupata.

«Sei stanca, *Schatzi*» disse Margherita. «Ti consiglio di infilarti a letto presto e di non andare più in giro con questo freddo, la sera. Altrimenti ti verranno i geloni.»

«Sei la solita esagerata. Ma la bambina?»

«A Ossuccio ci sono ancora molti bambini, che io sappia» rispose evasiva Margherita. Non era brava a mentire, tantomeno a nascondere le cose. «Scendo di sotto, sbrigo due cose e vado a letto anch'io» la informò, poi sorrise e richiuse la porta.

«Buonanotte, mamma» la salutò Anita.

Una volta a letto, si rese conto che il sonno avrebbe tardato ad arrivare.

Fuggire da quello che era successo non le aveva evitato di portarselo dietro. Sapeva che sarebbe andata così, ma sperava potesse essere più semplice.

Guardò lo schermo del telefono e rifiutò l'ennesima chiamata di Hans. Gli aveva detto tutto quel che c'era da dire. Non doveva insistere. Lo immaginò solo, nel loro piccolo appartamento, a contemplare la televisione senza interesse.

Le parve di avere ancora più freddo.

Margherita chiuse la porta della sua stanza e si infilò sotto le coperte. Era una strana sensazione, riavere la figlia sotto lo stesso tetto. Di solito tornava con Hans, piena di vita, innamorata e con mille cose da raccontare.

Invece, quando l'aveva vista arrivare, questa volta, si era spaventata. Aveva perso molti chili e il suo viso sembrava quasi scavato. Era pallida e non riusciva a guardarla negli occhi.

Si era fiondata tra le sue braccia, per poi vergognarsene subito dopo e scostarsi, mormorando delle scuse non richieste.

«Ma che cosa è successo? Non ti aspettavo» aveva detto Margherita. «Devo preparare la tua stanza. Hans? E il lavoro?»

Anita aveva stretto le labbra. Lo faceva sempre, anche da piccola, per cercare di trattenere dentro tutto il dolore. Margherita si era spesso sentita orgogliosa di quel modo di fare della figlia: Anita non era come le altre. Non piangeva per ogni capriccio.

Ma quando l'aveva vista così, con la bocca serrata e senza più energie, avrebbe preferito che piangesse. Almeno avrebbe scorto lo spiraglio di un'emozione.

«Ne parleremo quando riuscirò a farlo» aveva tagliato corto Anita. E da quel momento, Margherita aveva deciso di non forzarla.

Ma adesso, mentre si girava e si rigirava tra le coperte, si chiese se quella era la strada giusta. Che cosa poteva essere successo alla sua combattiva figlia per ridurla in uno stato tanto pietoso?

«Ma sei venuta in aereo?» le aveva chiesto.

«No, mamma. In treno. Sai che odio volare.»

«Sì, ma è molto più comodo» aveva protestato scioccamente Margherita.

Sapeva che da anni la figlia non prendeva più l'aereo. Era spaventata dalle altezze e soffriva di terribili vertigini. Non riusciva ad arrampicarsi neanche su una scala.

Margherita si chiese da dove fosse saltata fuori tutta quella fragilità, così all'improvviso, dopo un'infanzia senza ombre e un'adolescenza più o meno tranquilla. Poi fece una smorfia di disappunto: Anita somigliava ogni giorno di più a sua nonna.

Sbuffò. La Villa delle Farfalle aveva richiamato a sé anche lei. Ma non avrebbe lasciato che le cose andassero male. Non a sua figlia. Non questa volta.

Cercò di scacciare quei pensieri e si disse che Anita era forte, che stava solo passando un momento difficile. Sua figlia le avrebbe parlato con calma, appena si fosse sentita pronta. E insieme avrebbero affrontato qualsiasi cosa.

Ma qualcosa, dentro di lei, la fece rabbrividire. Anche in questo, la figlia era la fotocopia di Lucrezia: custodivano entrambe, gelosamente, i propri segreti.

2

MONARCA: è una farfalla della famiglia delle Ninfalidi, originaria dell'America. Ha una livrea arancione, con nervature costali nere e macchie bianche lungo il bordo delle ali. Si trova in Canada, negli Stati Uniti e lungo il Rio delle Amazzoni. Può compiere lunghi voli, per questo migra anche per vasti tratti. Quando sei indecisa se compiere o meno un viaggio che potrebbe insegnarti qualcosa, pensa a questa coraggiosa farfalla: si sposta per mille e più chilometri, consapevole che andrà a stare meglio.

Anita eseguì il saluto al sole nella veranda. Stese le braccia e guardò con aria malinconica le nuvole, che non lasciavano filtrare neanche uno spiraglio di luce. Praticare yoga nel suo appartamento in Germania la faceva sentire una donna in carriera che si disintossicava prima di affrontare il tran-tran cittadino. Farlo in quella villa antica le suscitava sensazioni differenti. Sentiva meno il corpo, e poco o niente il respiro. Era difficile concentrarsi, se non riusciva ad ascoltarsi. Il suo maestro di yoga diceva che la più alta forma di meditazione era l'ascolto del respiro. Lei stava fallendo miseramente. Quella mattina, poi, le nubi nascondevano anche le montagne e sembrava di stare in un luogo sospeso nel tempo. Ossuccio, in effetti, lo era un po' in tutte le stagioni, un luogo sospeso, fuori dal mondo.

Margherita era uscita presto e le aveva lasciato un post-it

sul frigorifero: *Esco a fare la spesa con la zia Maria. C'è il caffè nella moka e una torta alle noci nel forno.*

Anita aveva bevuto solo un goccio di caffè e mangiato due biscotti secchi. Aveva lo stomaco più chiuso che mai. Gli incubi l'avevano tormentata per tutta la notte. O perlomeno, per quella parte di notte in cui era riuscita a chiudere occhio.

Giunse i palmi delle mani e cantò la benedizione finale. Lasciò che lo sguardo si perdesse nel giardino, dove filari di ulivi stavano impalati ad aspettare di essere potati. Ci avrebbe pensato lei, quell'anno. Dopotutto, a Ossuccio non c'era molto da fare. Molti vicini di casa avevano già provveduto. Uno di loro, Ernesto, un anziano signore che voleva fare tutto da solo pur non essendone in grado, aveva intasato la strada con i rami di ulivi tagliati. Margherita era rimasta bloccata per un buon quarto d'ora nella vecchia Peugeot del marito, mentre il signor Ernesto le lanciava occhiatacce, chiedendosi come mai quella donna volesse passare proprio davanti a casa sua.

Anita sorrise al ricordo di quell'episodio che la madre le aveva raccontato. Riavvolse il tappetino da yoga viola. Iniziava a sentire freddo.

Rientrò in salotto e si mise per qualche secondo davanti al fuoco del camino.

Poi decise che non poteva starsene con le mani in mano. Aveva notato che la villa non era al massimo del suo splendore: Margherita aveva licenziato la donna delle pulizie, convinta anche lei di poter fare tutto da sola. Ma Anita sapeva che molte stanze non prendevano aria da giorni. In fondo, occuparsi di quella casa era un po' come assistere una persona bisognosa di cure e attenzioni: si finiva per dedicarle tutto il tempo a disposizione. Ma lei, del resto, di tempo purtroppo ne aveva da vendere. Soprattutto, avrebbe fatto qualsiasi cosa pur di non sentire lo scricchiolio dei pensieri, negli angoli della testa in cui si era annidata la polvere più ostinata. Quella che non si può scacciare con un colpo di scopa.

Percorse il lungo corridoio del primo piano e salì al secondo, dove la madre non andava quasi mai. Le stanze erano tutte aperte. Chi mai poteva volersi avventurare in quell'ammasso di tempi andati e tesori perduti? Tutta la vita di Lucrezia era ormai relegata lì. Il corridoio era pieno di teche contenenti farfalle, che nella penombra avevano un che di inquietante. Nella prima stanza, sulla cui porta c'era il disegno di una Monarca, Margherita aveva confinato gli oggetti di Lucrezia che non riusciva a buttare, ma che non voleva neanche vedere al piano terra. Anita abbassò la maniglia ed entrò. L'odore della nonna era ovunque, ma al secondo piano si sentiva di più. Le case sanno chi le ama davvero, chi si prende cura di loro. Le pareti sono intrise dell'amore delle persone che non ci sono più. La polvere aiuta a conservare l'energia. Anita percepì una sorta di scossa elettrica. Avanzò silenziosa e aprì l'armadio. Margherita aveva appeso con diligenza e cura quasi maniacale tutte le camicie di Lucrezia. Ce n'erano alcune che parevano nuove: Anita non le aveva mai viste indosso alla nonna. Come tutte le persone anziane della sua generazione, anche Lucrezia era solita comprare indumenti da usare solo per le occasioni speciali, come le grandi feste in famiglia, le comunioni o le messe di Natale. Anita sfiorò una camicetta rosa e pensò che la nonna sarebbe stata benissimo con quel capo anche in un giorno normale, immersa nel suo farfallario. E improvvisamente capì perché Margherita non era riuscita a svuotare le stanze, né ad affittare parte della casa. Gettando via quegli indumenti, o regalandoli, avrebbe gettato anche una parte di Lucrezia. Lei viveva ancora, dentro quell'armadio, nella cesta da lavoro piena di gomitoli di diverso spessore e colore, nel baule con le lenzuola profumate. La casa lo sapeva. Era come se in quella stanza volassero ancora i respiri di Lucrezia, insieme al battito d'ali delle sue amate farfalle.

Anita fu avvolta da una nuvola di ricordi.

La nonna passava la maggior parte del suo tempo nella stanza delle farfalle. Era l'ultima in fondo al corridoio, sulla destra. Ad Anita non era permesso entrarvi senza di lei.

«Lo faccio per le farfalle» diceva Lucrezia. «Sono timide, capisci? Se qualcuno entra senza di me potrebbero scomparire tutte e tu non le ammireresti più.»

Anita annuiva, convinta da quella spiegazione. In realtà Lucrezia temeva che Anita si facesse male con gli spilli che usava per appendere le farfalle o peggio ancora che distruggesse qualche quadro.

«Ma le farfalle ci possono sentire anche se sono morte?» sussurrava Anita trepidante, ferma sulla soglia, mentre Lucrezia apriva la porta.

«Che ne sappiamo noi?» rispondeva seria Lucrezia. «In fondo potrebbero anche fare finta. Guarda come sono belle.»

Anita percorse la fila di teche e quadri in esposizione. Quella stanza era piena zeppa di farfalle originarie di ogni parte del mondo. La sua preferita era un Morfo blu, o *Morpho menelaus*, una farfalla dalle ali blu cobalto, regale e gigante. Da piccola adorava entrare nel farfallario della nonna e aiutarla con le varie faccende: quella stanza in cui bisognava parlare sempre a bassa voce l'affascinava profondamente. Forse era perché lo sguardo della nonna cambiava, si faceva più malinconico e misterioso, come se quella camera contenesse un segreto che lei stessa non era pronta a rivelare al mondo. Per molto tempo Anita aveva pensato che sua nonna fosse una strega.

Sospirò e cercò di scacciare la paura infantile di trovare la stanza vuota, senza più farfalle.

Non sto facendo niente di male, si disse. In fondo nonna Lucrezia potrebbe essere ancora qui con me. Vero?

«Nonna, puoi sentirmi anche se sei morta?»

Le sue stesse parole le fecero venire i brividi. Uno spiffero di aria gelida le solleticò la schiena.

A giudicare dallo strato di polvere, Anita pensò che Margherita non vi fosse mai neanche entrata, forse per una sorta di timore reverenziale.

Sul tavolo da lavoro c'erano ancora delle vecchie pinze e alcuni aghi dalla punta sottile, una penna stilografica con cui Lucrezia appuntava i nomi dei lepidotteri e perfino un'ultima farfalla, che la nonna non era riuscita a catalogare. Sembrava che potesse polverizzarsi all'istante, se qualcuno avesse osato toccarla.

Anita rabbrividì di nuovo. Se la casa era già inquietante

di per sé, con le porte che sbattevano anche in assenza di correnti d'aria e rumori sospetti a ogni ora del giorno e della notte, quella stanza poteva essere definita il fulcro del mistero. Lì non c'era solo il respiro della nonna. Lì c'era proprio Lucrezia, più viva che mai, con le dita precise nel prendere in mano le farfalle e lo sguardo concentrato. Anche la casa tratteneva il respiro, lì dentro.

Anita passò le dita sui riquadri impolverati e osservò ammirata le farfalle, che non avevano perso la loro luminosità. Sembravano davvero ancora vive.

Ci sarà molto da fare, disse a se stessa, per rompere il silenzio. Le parve di sentire la propria voce leggermente ovattata.

Si fece strada tra i vecchi libri che occupavano la stanza e le scatole ricolme di cornici e vetri.

Urtò contro lo spigolo del tavolo e si lasciò sfuggire un'imprecazione. Proprio mentre si voltava per andare a prendere strofinacci e detersivo, il suo sguardo cadde su una scatola chiusa, che ricordava bene. Nessuno aveva mai avuto il permesso di aprirla.

Anita ci aveva provato, una volta, e Lucrezia aveva cacciato un urlo, per poi giustificarsi: «Lì dentro ci sono delle farfalle ribelli. Devo ancora decidere se liberarle o lasciarle morire. Non sono state molto brave».

Allora, la piccola Anita ci aveva creduto e aveva sempre guardato con circospezione la scatola rossa, aspettandosi che da un momento all'altro le farfalle ribelli uscissero e scappassero dalla finestra.

Chissà perché Lucrezia non aveva mai voluto che l'aprisse.

Anita si avvicinò. La tentazione si fece subito concreta.

«Scusa, nonna» bisbigliò. Sollevò il coperchio e si fece scioccamente un po' indietro, quasi per paura di essere travolta da strani lepidotteri impazziti. L'immaginario d'infanzia che la nonna aveva creato attorno a lei aveva ancora un certo potere.

La scatola non conteneva altro che una vecchia foto e un ciondolo a forma di foglia. Ne fu quasi delusa.

Era questo il motivo di tanto mistero?

La foto era molto vecchia. Anita riconobbe la nonna da giovane, vestita con un abito lungo e casto, che sorrideva distrattamente, guardando verso l'obiettivo. Teneva per le spalle una bambina. Anita socchiuse gli occhi e la testa iniziò a girarle. Non era possibile. La ragazzina, dall'età indefinita, assomigliava moltissimo a quella che lei aveva sentito cantare la sera prima. Avvicinò la foto per osservarla meglio. Poteva essere lei? No, era impossibile. Ma in ogni caso, che ci faceva sua nonna con quella bambina giapponese che indossava un kimono e teneva gli occhi bassi? Era sicura di non averne mai sentito parlare.

Poi, come quando al risveglio un po' alla volta riemergono brandelli di sogno, Anita si rivide con quello stesso kimono addosso. Aveva invitato una delle sue poche amiche di Ossuccio a giocare alla villa, un giorno che pioveva e non si poteva andare al lago, né scorrazzare nell'immenso giardino.

«Possiamo giocare alle esploratrici in soffitta» aveva proposto Martina, che viveva in un piccolo appartamento con tre fratelli e non aveva mai visto una casa così grande.

Avevano preso due torce, una scatola di caramelle e una bottiglia di Sprite ed erano salite in soffitta approfittando del riposino pomeridiano della nonna. Le gocce di pioggia cadevano sul tetto e producevano un rumore rilassante.

«È il giorno giusto per andare a caccia di misteri» aveva detto Martina.

«Mia nonna non ne ha» aveva ribattuto Anita, illuminando delle cataste di giornali impilati alla bell'e meglio.

«Tutti hanno qualcosa da nascondere» aveva sussurrato Martina con fare cospiratorio. «L'ho sentito dire in un film poliziesco. Vedrai che troveremo cose che non ti aspetti.»

Avevano frugato per tutto il pomeriggio ed era stato divertentissimo. Avevano trovato un vecchio quaderno di scuola di Margherita e si erano divertite a scovare i suoi errori ortografici. Poi avevano passato in rassegna libri, cartoline e vecchie parrucche.

Infine si erano stese sul pavimento, in mezzo alla fila di panni stesi ad asciugare.

Da quella posizione, si vedeva bene la pioggia scendere dalla finestra sul tetto.

«E quello cos'è?» aveva gridato Martina.

Anita si era girata in direzione dello sguardo dell'amica.

Su uno dei ripiani alti di un vecchio armadio, c'era un pezzo di stoffa verde petrolio, leggermente scolorito.

Anita era dovuta salire sulle spalle di Martina per riuscire ad afferrarlo e poi aveva tirato. Insieme alla stoffa, erano caduti due o tre cuscini impolverati.

Le due amiche si erano messe a ridere.

Anita aveva spiegato la stoffa, aiutata da Martina. «Che morbida» aveva esclamato.

«Morbidissima» le aveva fatto eco Martina.

«Ma è una vestaglia?»

Martina si era messa a ridere. «Davvero non sai cos'è?» aveva chiesto.

Anita avrebbe voluto replicare qualcosa di sensato, ma Martina le aveva fatto togliere il maglione e l'aveva aiutata a infilare il kimono.

«Stai benissimo!» le aveva detto. «Sembri una vera giapponese.»

In quel momento Lucrezia le aveva chiamate per il tè.

Nella fretta di scendere, Anita si era tenuta addosso il kimono.

Solo dopo essere entrata in salotto, si era resa conto di aver fatto qualcosa di sbagliato.

«Dove l'hai preso quello?» aveva chiesto la nonna, tutto a un tratto bianca in volto.

«Io...» aveva balbettato Anita.

«Abbiamo fatto un giro in soffitta» aveva spiegato Martina con aria innocente.

Anita avrebbe voluto strozzarla.

«Toglitelo subito» aveva sibilato la nonna. Anita non l'aveva mai vista così furiosa.

«Scusa, nonna» aveva mormorato.

Martina era scoppiata a ridere.

Non ne avevano più parlato. Lucrezia, sempre pronta a raccontare storie o leggende, non le aveva spiegato nulla di quel kimono e del perché fosse così importante per lei, e Anita aveva seppellito quel ricordo insieme a molti altri, senza farci caso.

Ma adesso era tornato a farle visita, prepotente e beffardo, insieme a quella foto misteriosa.

Anita sapeva che se avesse chiesto a sua madre non ne avrebbe ricavato nulla. Ma c'era un'altra persona che moriva dalla voglia di parlare e avrebbe potuto rispondere a tutte le sue domande: zia Maria. Le aveva promesso che sarebbe andata a trovarla per una cioccolata quel pomeriggio. Ficcò la foto nella tasca dei pantaloni e uscì dalla stanza. Era troppo tardi per le pulizie. Si mise ai fornelli e iniziò a cucinare del pollo al curry.

«Che buon profumino» disse Margherita, entrando. Posò le buste della spesa sul tavolo e le sorrise.

«Ho pensato di rendermi utile in qualche modo» bisbigliò Anita, «per tenere lontani i pensieri.»

Margherita sospirò e si mise ad apparecchiare.

«A proposito» le disse poi, «sai bene che quando vorrai, io sarò qui per ascoltarti.»

Anita annuì. Non aveva mai avuto un rapporto di confidenza intima con la madre, ma dopo quello che era successo, lei era la sola persona da cui voleva andare a rifugiarsi.

Mangiarono davanti alla televisione, commentando le notizie, e Anita le fu grata per non essere stata insistente. Sapeva che era preoccupata per lei, ma apprezzava la sua discrezione.

«Più tardi vado da zia Maria» la informò.

«Davvero? Pensavo ne avessi avuto abbastanza dopo l'interrogatorio di ieri sera» commentò Margherita. «La zia è sempre la zia, ma ultimamente ama ficcanasare nella vita altrui.»

«So come difendermi» rispose Anita.

In realtà ne avrebbe fatto volentieri a meno, ma dopo aver trovato quella foto sentiva il desiderio di avere delle risposte. Sicuramente c'era una spiegazione che legava la bambina in riva al lago a sua nonna Lucrezia. Qualcosa che tutti le avevano sempre nascosto. O forse, pensò Anita con rammarico, era lei che voleva vedere tutto quel mistero nel passato per non dover affrontare il presente.

«Cerca solo di non farti incastrare per cena» la pregò Margherita. «Adesso che sei qui non ho alcuna intenzione di mangiare da sola.»

«Non ti preoccupare» rispose Anita, «ho un limite di sopportazione pure io e zia Maria riesce a sfinirmi in poche ore.»

Si misero a ridere e ad Anita sembrò che le pareti rimbombassero, come se la casa stesse provando a farsi una risata insieme a loro.

Zia Maria abitava in una piccola ma graziosa casetta lungo la strada che portava al santuario della Madonna del Soccorso, su un pendio che dava sul fiume. Solo una finestra, quella grande del salottino, guardava il lago. Rispetto all'immensità della Villa delle Farfalle, quell'abitazione somigliava a una casetta delle fate. In effetti gnomi e folletti erano la passione della zia. Li collezionava in casa, nel terrazzino, persino nell'orto. Passando di lì al crepuscolo poteva capitare di sentirsi osservati da occhietti neri e indiscreti. Una passione, questa, che cozzava non poco con la sacralità del posto in cui sorgeva la casetta, a metà del percorso verso il santuario. I vecchi del posto conoscevano la stravaganza di Maria, quindi guardavano il suo "giardino fatato" con simpatia, ma qualche turista bigotto aveva alzato gli occhi al cielo e borbottato che certe scempiaggini si potevano anche evitare.

Quando Anita citofonò erano già quasi le quattro. Zia Maria le aprì tutta eccitata. Indossava un grembiule a scacchi rossi e bianchi e aveva le mani sporche di farina.

«Stavo facendo una torta, entra cara» le disse. Aveva uno strano luccichio negli occhi. Anita si chiese se non avesse bevuto.

«La cioccolata sarà pronta tra poco» la informò, e mentre Anita si toglieva il cappotto sparì di nuovo in cucina.

«Vuoi una mano?» le gridò dietro Anita.

«No» rispose lei, «ho praticamente finito.»

Anita si sedette sul divano e accarezzò il vecchio gatto della zia. Era un persiano, che talvolta si confondeva tra la tappezzeria, talmente era pigro e docile.

Zia Maria tornò dopo pochi istanti, con le tazze e la zuccheriera.

Prima che potesse farle qualsiasi domanda, Anita la precedette: «Ho deciso di dare una pulita alla stanza delle farfalle» iniziò.

«Oh, cara, sai quanto ci teneva la tua povera nonna» commentò zia Maria.

«È per questo che voglio farlo, fintanto che sono qui. Ma mentre stavo sistemando ho trovato una foto.»

«Una foto?»

«Risale al 1945, almeno da quello che c'è scritto sul retro. Ma c'è qualcosa di strano. La nonna è con una ragazzina giapponese di cui non so nulla. E... zia Maria, non prendermi per pazza, ma mi pare di averla vista proprio l'altro giorno, in riva al lago.»

Zia Maria aggrottò la fronte e fissò Anita per accertarsi che non stesse scherzando. Poi proruppe in una risata piuttosto forzata.

«C'è poco da ridere» brontolò Anita, «sto parlando di una bambina giapponese saltata fuori da una scatola proibita.»

Zia Maria mise il palmo della mano calda sopra la fronte della nipote acquisita.

«Sei sicura di non avere la febbre, tesoro?»

Anita tirò fuori la foto e la mise nelle mani di Maria.

«Ecco, guarda tu stessa.»

Maria sospirò. «Lasciami prendere gli occhiali» rispose, in segno di resa.

Sparì di nuovo e tornò con un paio di occhiali spessi, dalla montatura grigia.

«Ecco, adesso vediamo» disse, «dammi qui.»

Riprese la foto in mano e finse di studiarla attentamente. Anita invece era sicura che lei sapesse benissimo fin dall'inizio di che foto stava parlando.

«Come era bella tua nonna con questo vestito» commentò infine, tirando su col naso.

«Già. Eravate molto amiche in quel periodo, non è vero?» incalzò Anita.

Maria annuì.

«E allora ti ricorderai di sicuro di quella ragazzina giapponese» insistette Anita.

La zia, per un attimo, fu scossa da un brivido. Anita la scrutò in volto e le parve di vedere un miscuglio di emozioni affiorare nel suo sguardo. Rancore, invidia, delusione, antipatia. Nessuna di queste era positiva.

«Mi spiace» disse infine la zia, «ma non ricordo come si chiamava quella...»

Non fece in tempo a finire la frase, che il campanello della porta suonò.

«Cielo, è già così tardi!» tagliò corto, restituendole la foto.

Anita era esterrefatta. La zia Maria fingeva di non ricordare.

L'ipotesi che quella bambina giapponese fosse uno spettro venuto dal passato per dirle qualcosa di importante su sua nonna tornò a solleticarle la mente.

«Federico! Benvenuto!» trillò Maria. Poi si voltò verso Anita e le fece l'occhiolino.

Lei, ancora distratta dalla reazione della zia, guardò con aria interrogativa il tizio sulla quarantina, in tuta da lavoro, che a sua volta la fissava stupito.

«Oh, ma che sciocca! Voi due non vi conoscete! Lei è mia nipote Anita, è appena arrivata dalla Germania. E lui è Federico.» Maria abbassò la voce, si portò una mano alla bocca e sussurrò ad Anita: «Il fratello dell'edicolante. Quello *singolo*.»

Anita si trattenne dallo scoppiare a ridere e strinse la mano al povero operaio.

«Sono qui per quel problema con la caldaia» si affrettò a dire Federico, imbarazzato.

«Tutto risolto, caro. Ma ho pensato che forse avresti preso volentieri una cioccolata insieme a noi...»

Anita alzò gli occhi al cielo e sperò che quel pover'uomo se ne accorgesse. Non aveva nessuna intenzione di mettersi a chiacchierare con uno sconosciuto, né di rimorchiarlo.

«Veramente io dovrei lavorare» mormorò Federico.

«Non ti ruberemo molto tempo, vero Anita?»

Maria le strizzò l'occhio.

Anita sospirò. «Ti conviene accettare questa cioccolata, se non vuoi che ti tormenti tutto il pomeriggio» disse all'operaio.

Lui sorrise e si sedette, mentre Maria andava a prendere una terza tazza di cioccolata per Federico.

L'imbarazzo era palpabile: regnava un silenzio assoluto, interrotto solo dal russare del gatto sul divano.

«E così ti sei trasferita dalla Germania» disse Federico. Era impacciato e si vedeva che aveva meno voglia di lei di fare conversazione.

Anita poté constatare che era un bell'uomo, con dei grandi occhi castani e le mani callose, da lavoratore instancabile. Ma lei, semplicemente, non era in Italia per fare conquiste o per accasarsi.

«Per un breve periodo» si affrettò a rispondere.

Se anche Federico aveva nutrito un minimo di interesse per lei, dopo quell'affermazione categorica si fece ancora più impaziente di andarsene.

Trangugiò la cioccolata come fosse uno shottino di vodka e rispose a monosillabi a tutte le domande di Maria.

«Sono sicura che avete molto in comune, più di quanto sembra» stava dicendo l'arzilla vecchietta, mentre Federico tentava di dileguarsi.

«Zia, gli hai fatto perdere fin troppo tempo. Lascialo andare» rise Anita.

«Ma almeno vi siete scambiati i numeri di telefono, come fanno nelle fiction?»

Anche Federico scoppiò a ridere.

«La prossima volta» disse facendo un inchino bislacco.

«Oh, così va meglio» commentò la zia Maria, accompagnandolo alla porta.

Quando rientrò, era delusa. «Non ti piaceva?» chiese ad Anita.

«Molto, zia» mentì lei, «davvero un bell'uomo. Ma non sempre le cose vanno come nelle fiction, capisci?»

«Sì» rispose la zia Maria, «ma tu non hai collaborato granché, a dire il vero.»

«Io ero venuta qui per prendere una cioccolata con te, non per un appuntamento galante» replicò Anita. «Sono anche in tuta da ginnastica» aggiunse, giusto per dare una giustificazione plausibile alla sua poca loquacità.

Zia Maria si batté una mano sulla fronte. «Ma certo, avrei dovuto almeno avvisarti! Scusami cara, la prossima volta andrà meglio. Te lo prometto.»

Anita l'abbracciò. Le piaceva stringersi a quella donna tanto energica quanto fragile. Era un po' come abbracciare il tronco di un vecchio faggio, forte e tenace, ma indebolito dallo scorrere del tempo.

«Adesso devo andare» disse Anita, «ma se ti viene in mente qualcosa riguardo a quella ragazzina giapponese chiamami. Okay?»

Maria si sfilò dal suo abbraccio e annuì. Anita sperava che ci ripensasse e le raccontasse tutto quello che sapeva. Zia Maria era l'unica che potesse aiutarla a far luce su quel mistero.

Quando Anita se ne andò, Maria chiuse delicatamente la porta e trasse un sospiro di sollievo.

Per un attimo aveva temuto di non farcela.

Sapeva di non essere brava a dire bugie e con il passare degli anni era peggiorata anche in questo. Sbirciò fuori dalla finestra e si accorse che Anita era ancora ferma sulla soglia, con la fotografia in mano.

La guardò allontanarsi, con il suo passo lento e leggero, poi si accasciò sulla poltrona.

Quando aveva visto la foto di quella ragazzina, abbracciata a Lucrezia, il suo anziano cuore aveva mancato un battito.

Non aveva idea del perché Anita avesse tirato fuori quella storia, ma la cosa la turbava. In un attimo rivide tutte le lacrime versate da Lucrezia e rabbrividì. Il ritorno della nipote non era casuale. Stava per succedere qualcosa. Quella maledetta casa si stava risvegliando.

Si torse le mani e per un attimo fu tentata di avvisare Margherita. Forse poteva fare qualcosa per convincere la figlia a non fare domande su quella fotografia. Certe vecchie storie potevano portare solo nuovi guai.

Maria, si disse infine, per una volta, fatti gli affari tuoi e stai a vedere cosa succede.

Poi però, per tutta la notte, fu tormentata dall'immagine di una ragazzina dagli occhi a mandorla.

3

KALLIMA INACHUS: meglio nota come farfalla foglia, si trova nel Sud-est asiatico. La sua capacità mimetica è affascinante: prende le sembianze di una foglia secca, sia nel colore sia nella forma, rimanendo comunque elegante e bellissima. Il suo nome, Kallima, porta proprio questo significato. Ci sono situazioni in cui vorresti semplicemente non essere vista. Fai come la farfalla foglia: adattati all'ambiente in cui ti ritrovi. Sarai libera di svolazzare via non appena fuori dalla portata del tuo nemico.

Un giorno di sole a gennaio, sul lago, era come una carezza dopo mesi di schiaffi. Anita si alzò presto e si rese conto di non aver fatto incubi. Sorrise. Forse, dopotutto, il lago le stava facendo bene. Il pomeriggio precedente, dopo la visita a zia Maria, aveva ripulito insieme a sua madre tutta la stanza delle farfalle e si era lasciata andare ai ricordi. Margherita le aveva confessato che, se non fosse stato per lei, non avrebbe messo più piede lì dentro.

«Ci ho provato» le aveva detto, «ma ogni volta è come se qualcosa mi impedisse di rimanere nella camera più di cinque minuti. Un giorno si è acceso il televisore, un altro giorno ho sentito dei passi in salotto. Alla fine mi sono lasciata suggestionare e mi sono convinta che la mia povera mamma...»

«Non ti devi giustificare» l'aveva consolata Anita, «capisco benissimo la tua sensazione. Non deve essere facile, per te, vivere qui da sola. Questa casa ti ingurgita. Ti ammalia.»

Margherita aveva sgranato gli occhi.

«Allora lo percepisci anche tu? Non è solo una mia impressione?»

Anita aveva annuito, poi entrambe, in tacito accordo, avevano cambiato discorso.

«Sei mattiniera, oggi» commentò la madre, che stava mettendo alcuni attrezzi nella borsa.

«Sì, pensavo che potevamo... Oh, ma tu stai uscendo?» rispose Anita quasi delusa.

«Devo aiutare il signor Berti a sistemare il giardino.»

«Ne avrebbe bisogno anche il nostro.»

Margherita fece una smorfia.

«Dici così perché non hai visto quello del signor Berti.»

«Ci vediamo a pranzo» mormorò Anita e si sedette a fare colazione.

Anita era consapevole che il rapporto tra lei e sua madre era molto superficiale. A Colonia, molte sue amiche le raccontavano di rapporti idilliaci con le loro madri, di quelli da serie televisiva. Non le era mai capitato, per esempio, di prendere un aperitivo con lei o di passare un'intera giornata a fare shopping, e in tutti quegli anni aveva sentito solo sporadicamente la sua mancanza, in Germania. Margherita, dal canto suo, sembrava fiera della loro relazione: si vantava con gli altri di avere una figlia indipendente e non certo la classica italiana attaccata alle gonne di sua madre. Ma spesso Anita si era chiesta se tutto quel loro cercare di starsi distanti, come due tessere di puzzle che non combaciano, fosse dovuto a qualcos'altro. Non le era chiaro il motivo della freddezza di Margherita ed era sicura che molte cose, sua madre, le serbasse per sé. Come se non fosse capace di esternare le emozioni senza vergognarsi. Anita, però, non era la persona adatta per aiutarla, in quel momento.

Mangiò in fretta, poi uscì nell'immenso giardino circondato dagli ulivi e guardò la casa da quella angolazione. Il rampicante ne aveva quasi avvolto il lato sinistro, la villa pareva sul punto di scomparire dentro un immenso sciame di foglie verdi. Prima di scendere fino al lago, Anita fece il giro dell'edificio, con un certo entusiasmo. Non aveva ancora visitato quello che rimaneva del farfallario, da quando era tornata. Forse anche quella decisione poteva essere collegata a una sorta di rispetto nei confronti di Lucrezia.

La serra c'era ancora, o perlomeno la struttura scheletrica che un tempo le era sembrata così imponente e indistruttibile. Ma di quella che una volta era stata la casa delle farfalle restava ormai ben poco: vecchie assi, gabbie reticolate dove la nonna metteva le crisalidi, biglietti con i nomi delle piante di cui si cibavano bruchi e farfalle.

Anita riusciva ancora a ricordare la prima volta che la nonna aveva acconsentito a portarla lì dentro.

Lei aveva forse quattro anni. La nonna le aveva raccontato che in quella casa vivevano dei signori molto eleganti e timidi, che si chiamavano Bruchi, e che insieme a loro c'erano delle coloratissime principesse, che erano le Farfalle.

«Devi fare piano, hai capito?» si era raccomandata. «Non urlare e non cercare di prenderle con le mani. Arriveranno loro, se vogliono.»

Anita si era imposta di fare la brava ed era rimasta incantata da tutto quel volteggiare di principesse colorate, dall'acqua che scorreva creando una sorta di fiumiciattolo, che dava da bere ad alcuni pappagalli variopinti e alle piante esotiche, con le loro forme strane e i petali sgargianti.

«Fa caldo» aveva detto alla nonna.

«Già, perché queste principesse vengono da Paesi dove c'è molto più caldo che qui.»

«Anche la farfalla che c'è sulla porta della mia stanza vive qui dentro?» aveva chiesto Anita.

«No» aveva sorriso Lucrezia, «quella è la Cedronella, che può vivere anche in climi rigidi e sopportare il nostro inverno. È una delle farfalle più forti che esistano, per questo l'ho scelta per te.»

«E queste farfalle allora sono chiuse qui dentro perché non sono forti?»

«Esattamente. Ma meritano di essere ammirate e di avere da mangiare. E allora io ho costruito una casa tutta per loro, in cui possono danzare come se fossero in una sala da ballo. Guardale, come sono contente.»

Era Lucrezia, la farfalla più contenta. Aveva una nipote cui finalmente poter trasmettere la sua passione. A furia di osservare e studiare le farfalle, era diventata un po' come loro: timida e inquieta. Ma quando si sentiva al sicuro, le sue mani si muovevano allegre nel compiere i lavori e la sua bocca era sempre stesa in un sorriso. Si sentiva protetta, nel farfallario.

Anita sapeva di aver preso da lei gli occhi ambrati, ma non sospettava ancora che quello non fosse l'unico tratto che le accomunava. Entrambe, a loro modo, erano spaventate da qualcosa che avevano tenuto gelosamente nascosto.

Con un sospiro raccolse da terra uno spillo di quelli che Lucrezia usava per fermare le crisalidi.

Quel posto magico era diventato un inutile sepolcro. Si chiese perché Margherita non lo avesse demolito, invece di lasciarlo in quello stato di decadimento.

La morte di Lucrezia era un altro di quei grossi tabù che madre e figlia non avevano mai affrontato apertamente. La sua adorata nonna se n'era andata e pareva aver trascinato con sé il suo manto di farfalle. E aveva lasciato Margherita da sola, padrona di quella serra che non era in grado di gestire. O forse, si disse Anita, non voleva farlo. Sapeva che sua mamma adorava i fiori, ma odiava le farfalle. Si era sempre chiesta il perché. E soprattutto aveva sempre cercato di capire perché Margherita non avesse mai versato una lacrima, perlomeno in pubblico, per Lucrezia. Le si leggeva negli occhi una grande ammirazione, ma quando Anita tentava di strapparle una parola in più, si chiudeva a riccio e si nascondeva dietro la scusa che Lucrezia le mancava troppo. Parlarne non sarebbe servito a riportarla indietro.

Anita, grazie alla nonna, si era talmente appassionata alla natura che aveva intrapreso gli studi di biologia. Il passaggio alla docenza era stato il coronamento del suo sogno. Non poté fare a meno di pensare a Hans. Si erano conosciuti all'università – lui all'epoca studiava matematica – e avevano iniziato a uscire insieme ad altri amici in comune. Ci aveva messo mesi prima di rubarle un bacio: era successo un giorno di pioggia, mentre condividevano lo stesso ombrello.

Lui l'aveva intercettata all'uscita dell'università.

«Ehi, Anita» l'aveva chiamata, «non avrai intenzione di avventurarti sotto questa pioggia?»

Lei gli aveva sorriso. Era contenta di vederlo.

«Hai una soluzione migliore?»

Lui aveva tirato fuori dalla borsa a tracolla un minuscolo ombrellino verde, con il manico a forma di quadrifoglio.

«È piccolo, ma meglio di niente. Viene da un viaggio in Irlanda.»

Lei era scoppiata a ridere.

«Vuoi un passaggio?»

Anita aveva alzato le spalle. «Sì, grazie» aveva risposto.

Hans l'aveva presa sottobraccio e lei era stata percorsa da un brivido. Forse perché era la prima volta che restavano da soli, senza gli altri amici tra i piedi. Hans era bello e sembrava un tipo a posto. Le sue amiche però l'avevano avvertita: era timido e riservato e di certo avrebbe dovuto fare lei il primo passo, se fosse stata interessata.

La pioggia continuava a scendere, sempre più fitta.

«Piove così anche in Italia?» si era informato Hans. Conosceva le origini di Anita e le aveva confidato di avere il sogno di girare l'Italia, percorrendo lo Stivale da cima a fondo.

«La pioggia è pioggia ovunque» aveva ribattuto lei, «ma qui in città è più fine e meno fastidiosa.»

Lui aveva accolto quell'osservazione con una smorfia soddisfatta. «Allora si può dire che tu sia mezza italiana e mezza tedesca» aveva osservato Hans.

«Diciamo pure, se vuoi, che ho il cuore diviso a metà.»

«Ti va un caffè, prima di rientrare?»

«Perché no?» aveva accettato lei.

Si erano seduti a un tavolino e avevano ordinato i caffè.

«Non sono come quelli italiani, eh?» aveva insistito Hans.

Lei si sentiva un po' a disagio nel notare tutta quella sua curiosità verso l'Italia, ma aveva capito che parlare del Paese di sua madre era un modo per attirare la sua attenzione.

Quando si erano alzati dal tavolino era già molto tardi. La pioggia, però, non aveva smesso di cadere. Anita gli aveva preso un braccio senza che lui gliel'avesse offerto e si era accorta della sua espressione compiaciuta. A metà strada, aveva un fianco zuppo d'acqua. Lui le aveva preso tra le dita una ciocca di capelli umidi e aveva detto: «La prossima volta porto un ombrello vero».

Poi si era deciso a baciarla.

Anita aveva provato subito un'intensa emozione. E si era messa a ridere.

«Che c'è?» aveva chiesto lui, quasi mortificato.

«Niente, va tutto benissimo» aveva riposto lei e gli aveva accarezzato una guancia. Non voleva metterlo in imbarazzo. La sua risata era dovuta al fatto che temeva avrebbe dovuto aspettare ancora a lungo, prima di ricevere quel bacio così agognato.

Si accorse di avere il magone. Guardò verso il lago e vide che il sole si era fatto più alto nel cielo. Forse una passeggiata fino al lido le avrebbe fatto bene.

Indossò la giacca e percorse tutto il giardino. Si fermò

solo un istante sotto l'enorme leccio, che la mamma continuava a far tagliare "a forma di ombrello", come aveva sempre fatto Lucrezia. La ragione era che il leccio ostruiva la vista dalla camera di Lucrezia sull'isola Comacina e lei non lo sopportava. Poi, col tempo, quella forma perfetta e quasi geometrica era diventata talmente familiare per Margherita da non poterne più fare a meno. Sua madre non era molto avvezza ai cambiamenti. Anita passò accanto agli ulivi e si ricordò che lì vicino la nonna aveva piantato in grande quantità la lavanda, la valeriana e la verbena.

«Sai, Anita, le farfalle non si posano sulle rose. Sono ghiotte di questi arbusti. Ma la gente continua a piantare fiori, perché sono più belli, e così scaccia le farfalle. Basterebbe informarsi un po' meglio per avere le regine dei prati a portata di mano. Non sono meravigliose?»

Anita annuiva e guardava la nonna con i guanti sporchi di terriccio e il sorriso soddisfatto di chi, pur in età avanzata, ha ancora uno scopo nella vita.

Si ricordò solo in quel momento dell'esistenza di un'altra pianta particolarmente amata dai lepidotteri, e per questo chiamata proprio "arbusto delle farfalle". Aveva anche intrattenuto alcuni suoi allievi appassionati di botanica con la descrizione della Buddleja, di cui esistevano diverse varietà di colori, dal lilla al viola intenso. Si ripromise di proporre a sua madre di piantarne qualche esemplare.

Raggiunse il lago e continuò a camminare, fino a che non si ritrovò al lido di Ossuccio.

Due motociclisti erano sdraiati su una panchina a prendere il sole, con i caschi appoggiati a terra e gli occhi chiusi.

Immersa nel lago, l'isola Comacina brillava di verde smeraldo, mentre le montagne dietro baciavano il cielo. Anita notò che la neve aveva spruzzato di bianco le punte delle cime. Le sembrò di ammirare il quadro di un pittore impressionista.

Stava per sedersi a godere dei raggi di quel tiepido sole, quando la voce di una bambina la fece voltare di scatto.

«Vieni, papà, c'è una panchina ancora libera!»

Un brivido corse lungo la schiena di Anita.

La bambina giapponese. Era a due passi da lei, in carne e ossa.

Indossava un lungo piumino rosa e un berretto fucsia, che faceva risaltare i suoi capelli neri e lucidissimi. Anita si rese conto che era più piccola della ragazzina della foto. Ma le somigliava molto.

Stava trascinando il suo papà verso la panchina su cui lei stava per sedersi.

«Yoko, lascia sedere la signora» protestò l'uomo. Lui non era giapponese, aveva splendidi occhi chiari, dello stesso azzurro del cielo. I capelli erano biondi, come quelli di un condottiero nordico e aveva solo un filo di barba. Era vestito molto sportivo, con una giacca a vento forse troppo leggera e un paio di scarponcini da trekking.

«Ciao» disse Yoko ad Anita, «possiamo sederci anche noi sulla panchina, vero?»

Quella domanda la stupì. Anita guardò la bambina giapponese negli occhi e si accorse di quanto fossero neri e profondi. Non le sembrava più inquietante come qualche giorno prima.

«Ma certo» rispose dolcemente, «io sto bene anche in piedi.»

«Mi scusi» disse l'uomo, «Yoko è una piccola impertinente.»

Yoko fece la linguaccia a suo padre, poi si aggrappò a lui e salì in piedi sulla panchina.

«Facciamo il gioco del vola vola?» chiese. Il padre annuì.

Lei si gettò nel vuoto con una fiducia stupefacente e lui la prese al volo, facendola girare. Anita dovette spostarsi, per non beccarsi un calcio in faccia.

Li guardò divertirsi e sentì una strana malinconia. Si chiese se anche lei avrebbe mai provato una felicità di quel tipo.

Yoko si girò ancora verso di lei.

«Vuoi provare a fare vola vola anche tu?» le chiese.

Anita scoppiò a ridere.

«Sono troppo pesante» le disse.

«Ma il mio papà è forte.»

«Lo vedo» replicò Anita, sentendosi un po' civettuola.

«Io sono Yoko. E tu?»

«Anita.»

«Ciao, Anita. Io sono Filippo» si presentò il padre della bambina.

Si strinsero la mano. Filippo aveva una stretta sicura e ferma.

«Piacere. Ora devo andare» balbettò Anita, confusa.

«Ciao!» disse Yoko, sorridendo. Le era caduto un dente davanti, e quella piccola mancanza la rendeva ancora più bella.

Anita si chiese se Filippo la stesse guardando, mentre sgambettava verso casa, ancora imbarazzata.

Quando aprì la porta, Margherita era intenta a tagliare delle verdure e aveva le lacrime agli occhi.

«Oh, ciao» disse, «sei arrivata finalmente.»

«Mamma, che succede?»

«Niente. Sono le cipolle.»

Anita mise una mano sul braccio della madre.

«Chi vuoi prendere in giro?»

Margherita sbuffò e si asciugò le lacrime.

«Sono passati anni, ma ancora non riesco ad affrontare questo giorno con più serenità.»

Anita aggrottò la fronte, poi capì.

«Oh, mamma» sospirò, «sono talmente sottosopra che non me ne sono ricordata.»

Margherita iniziò a singhiozzare.

Quello stesso giorno, sette anni prima, era morto suo marito nonché padre di Anita. Margherita l'aveva trovato in poltrona, nel loro appartamento di Colonia, col giornale sulle gambe, colpito da un infarto.

«Mi manca» sussurrò Margherita, «mi manca terribilmente.»

Era raro che Margherita si lasciasse andare a esternazioni simili. Forse ora non aveva più paura di rattristarla. Urs era sempre stato il collante che aveva mantenuto saldo il rapporto barcollante tra Anita e Margherita. Era l'uomo cui la madre di Anita aveva confidato tutto ciò che a una figlia non si può dire. Il suo punto di riferimento. Il punto di riferimento di entrambe, per la verità. Era logico che ora, l'una di fronte all'altra, in quella villa dal passato tanto misterioso, entrambe le donne si sentissero allo stesso tempo estranee e vicine come non mai. Estranee perché così erano sempre state e i rapporti non cambiano da un giorno all'altro. Vicine perché finalmente, con il ritorno di Anita, gli stratagemmi che avevano adottato per evitarsi erano venuti meno. Fino a che c'era stato Urs a fare da spartiacque tra loro, le due donne si erano sentite protette l'una dall'altra.

I ricordi si affollarono nella mente di Anita e il padre, un uomo razionale e temerario al tempo stesso, prese vita nella sua testa. Tra tutti i giorni bellissimi che avevano trascorso insieme, Anita ne scelse uno qualunque, per colmare il vuoto che sentiva quando si parlava di lui.

L'uomo aveva trascinato lei e Margherita ovunque, in giro per la Germania. Spesso al mattino si alzava e diceva alle sue donne che aveva deciso di portarle nel "posto più bello del mondo". Poco importava dove fosse: quel che contava era che Urs sosteneva che andasse visitato. Margherita in quei momenti sorrideva come una bambina e Anita, eccitatissima, correva per casa urlando: «Papà ci porta nel posto più bello del mondo!».

E così, ogni angolo della Germania si trasformava in un piccolo gioiello.

Un giorno, Urs aveva detto loro di mettere in valigia più vestiti del solito, perché avrebbero fatto un giro sulla riva sinistra del Reno. Margherita aveva battuto le mani e spiegato a sua figlia, che allora aveva nove anni, che quella gita era una tra le sue preferite. Anita, entusiasta, si era preparata a gustarsi le meraviglie del viaggio.

Da Magonza avevano raggiunto Bingen, un antico borgo dominato da un castello.

«Come vorrei abitare in un posto del genere» aveva esclamato Anita, con gli occhi che le luccicavano.

Il padre aveva riso e lei si era quasi offesa.

«Non te la devi prendere, sciocchina» si era giustificato lui, «sto solo cercando di immaginarti mentre fuggi da un'orda impazzita di ratti.»

«Ratti?» aveva chiesto Anita, perplessa ma incuriosita. Suo padre ne sapeva sempre una più del diavolo.

«Sì, cara la mia bambina. Tra poco capirai perché. Non sempre i ricchi se la sono passata bene, da queste parti.»

Quando erano arrivati alla Mäuseturm, Urs le aveva fatto l'occhiolino.

«Ecco, la vedi quella torre gialla?»

Anita aveva annuito. Pendeva dalle labbra di suo padre.

«Quella è la torre dei topi.»

«Perché si chiama così?» aveva chiesto Anita.

«Si racconta che il vescovo di Magonza, che viveva in questo castello, avesse dato fuoco a dei mendicanti. Per punirlo tutti i topi della città uscirono dalle loro tane e lo inseguirono fin nel suo palazzo. Lui cercò rifugio su questa torre, ma i topi ebbero la meglio e lo divorarono, proprio lassù.»

Anita aveva sentito un brivido correrle lungo la schiena.

Margherita sorrideva sempre, ascoltando i racconti di Urs. Era un vero affabulatore. Anita era convinta che fosse il padre più buono del mondo. Pensava che ogni figlia dovesse avere quest'idea del proprio padre, ma crescendo si era accorta che non era così. Lei era stata una privilegiata.

«Manca anche a me» ammise. Era sempre andata molto d'accordo con suo papà. Non aveva mai capito perché Margherita, due mesi dopo la sua morte, avesse deciso di trasferirsi in Italia e forse non gliel'aveva mai perdonato.

«Torno da mia madre» si era giustificata Margherita con lei, «qui ho troppi ricordi.»

E quando anche la nonna se n'era andata, Margherita non aveva voluto saperne di spostarsi dalla villa.

«Tu hai Hans, il tuo lavoro, le tue amiche. Io preferisco stare dove sono nata e cresciuta. Le mie ossa iniziano a sentire la vecchiaia.»

Margherita non le aveva mai parlato della sua infanzia a Ossuccio. Era come se la sua vita fosse iniziata solo a vent'anni, quando aveva conosciuto quell'avvenente imprenditore, suo padre, e si era trasferita con lui in Germania. A quanto ne sapeva Anita, la nonna l'aveva presa bene. Ma anche su quella questione non aveva mai avuto modo di indagare. Margherita le aveva sempre raccontato di essersi innamorata subito di Urs e le aveva detto che anche Lucrezia l'aveva trovato irresistibile. Questo, agli occhi di Anita, era bastato. Almeno fino a quel momento. Non le sarebbe dispiaciuto sapere qualcosa di più del rapporto tra sua nonna e sua madre. Era convinta che scavando più a fondo avrebbe capito molte cose anche su quello tra lei e Margherita. Ma doveva andarci piano, con quei discorsi. Margherita batteva sempre in ritirata.

«Hai impegni oggi pomeriggio? Potremmo fare qualcosa insieme, per distrarci» tentò Anita. Un approccio semplice, funzionale. Come piaceva a sua madre. Temeva la risposta, sia che fosse stata affermativa, sia negativa. Non era convinta di riuscire a reggere un confronto proprio in quei giorni, in cui qualsiasi frase aveva il potere di ferirla.

Margherita scosse la testa. Anita si trattenne dal tirare un sospiro di sollievo, ma al tempo stesso era quasi delusa. Quell'eterna contraddizione che la spingeva a cercare sua madre e poi temerla l'aveva sempre fatta ammattire.

«In realtà non ho ancora finito a casa del signor Berti.»

Anita annuì.

Sua madre aveva diversi conoscenti a Ossuccio, eppure doveva sentirsi molto sola.

«Quando vuoi, mamma, io sono qui, lo sai.»

Margherita alzò un sopracciglio e la guardò con la sua solita aria un po' fredda. Anita era convinta di poter indovinare i suoi pensieri: Certo che sei qui, figlia mia. Non sapevi dove andare, dopo aver rotto con Hans. E allora sei tornata sotto l'ala protettiva della tua mamma, a leccarti le ferite. Non sono io ad avere bisogno di te.

«Ed è bello averti a casa» rispose Margherita, «anche se mi auguro con tutto il cuore che tu riesca a risolvere i tuoi problemi.»

Anita incassò il colpo. Sapeva che sua madre era contenta di averla a casa, ma anche che non gliel'avrebbe mai dimostrato. Quella loro ritrovata intimità la metteva a disagio. Invece che vederla come un'occasione per parlarsi, una volta tanto, la stava destabilizzando.

«In fondo, questo posto non ha nulla a che vedere con te» si affrettò ad aggiungere la madre, con un tono volutamente acido.

Invece sì, pensò Anita. Ancora una volta ebbe la sensazione che quella casa avesse qualcosa da dirle.

Si sedette a tavola con un brivido.

Era finita di nuovo nel farfallario. O in quello che ne restava. Dopo aver messo sottosopra la stanza delle farfalle, le era venuta voglia di dare una sistemata anche lì. Le sembrava di stare vicino a sua nonna, nonostante quel posto ormai fosse desolato e abbandonato. Lucrezia aveva sempre curato il farfallario più della sua stessa persona. Le farfalle, per lei, erano come amiche preziose. O forse, come commentava spesso Margherita, delle vere e proprie figlie. A qualcuna dava persino un nome. E parlava con tutte. Aveva spiegato ad Anita che bisognava sempre parlare alle farfalle, poi se eri fortunata loro si prendevano la briga di risponderti, con un volo silenzioso sopra la tua testa o con un battito d'ali, appoggiate su un fiore. Anita aveva ancora negli occhi il tripudio di colori delle piante tropicali, che andavano dal giallo intenso al carminio, dal viola chiaro alle tonalità del blu. Le farfalle, poi, mostravano disegni geometrici sulle ali e spesso la stessa specie presentava differenze così rilevanti che la stessa Lucrezia se ne stupiva.

«Vedi» diceva Lucrezia alla nipote, «gli scienziati pensano di aver compreso il mondo delle farfalle solo perché ne hanno catalogato migliaia. Ma in realtà non hanno tenuto conto di una cosa importante: loro sono ognuna diversa dall'altra. Esattamente come i fiocchi di neve. Ne hai mai visti due uguali?»

Anita scuoteva la testa, per farla contenta, anche se non sempre capiva fino in fondo i discorsi della nonna.

Si mise a strappare le erbacce e si rese conto che ne avrebbe avuto per tutto il pomeriggio. Ne fu felice: lavorare in giardino le avrebbe permesso di stancarsi e pensare il meno possibile.

Ma dopo un'ora che trafficava con assi e terriccio, sentì il cigolio di un'altalena.

Proveniva di sicuro dalla vecchia quercia, in fondo al giardino, dove Lucrezia aveva fatto costruire un piccolo parco giochi per lei. C'erano un'altalena, un cavallo a dondolo e uno scivolo di plastica, cui mancava un pezzo di scala.

Anita non c'era ancora andata, ma sentire quel cigolio le ricordò quanto fosse divertente fare avanti e indietro sull'altalena, spinta dalle mani forti della nonna.

Mollò gli attrezzi e si avviò in quella direzione.

Rimase a bocca aperta quando si ritrovò davanti Yoko, che si dondolava canticchiando.

«Posso volare» diceva, «posso volare» e si spingeva sempre più in alto.

«E tu che cosa ci fai qui?» chiese Anita.

Yoko la vide e con un balzo fu giù dall'altalena.

«Ti ho seguita» rispose semplicemente.

«Mi hai… ma perché?»

La bambina alzò le spalle.

«Perché ero curiosa di vedere dove abitavi. E sai cosa ho scoperto? Siamo vicine di casa!»

«Fantastico» commentò Anita, sempre più sconvolta.

Yoko salì in piedi sull'altalena e si sporse oltre la siepe, che delimitava il giardino della villa.

«Vedi quella casa laggiù? Quella gialla con le scalette? Io e il mio papà abitiamo lì.»

«È una bellissima casa» disse Anita, sorridendo.

Qualcuno tossicchiò alle loro spalle.

Yoko si voltò e guardò Margherita con aria strana. Sembrava la volesse sfidare, ma al tempo stesso ne avesse timore.

«Ciao» disse Margherita, «sono venuta solo a prendere degli attrezzi.»

Rivolse alla figlia uno sguardo duro e penetrante. Era un chiaro ammonimento, Anita se ne accorse. Significava: "Non voglio quella bambina qui. In casa nostra".

«Ho risolto il mistero del fantasma che credevo di aver visto» scherzò Anita, ma si accorse che la voce le tremava. Era come quando da piccola rompeva qualcosa e cercava di sistemare i cocci senza farsi scoprire.

«Lo vedo» rispose Margherita in tono secco. «Presto verrà di nuovo a piovere. Il brutto tempo ci ha concesso solo una breve tregua. Forse dovresti dire alla tua nuova amica di rientrare.»

Yoko scese dall'altalena e guardò Anita con aria complice.

«Ci vediamo» le disse e saltellò via, con le braccia aperte, come se stesse ancora cercando di volare. Margherita e Anita la guardarono mentre si intrufolava nella siepe e scappava via da un passaggio che aveva scoperto chissà quando.

«Dovrò far sistemare quel buco nella siepe» commentò acida Margherita.

«Che cos'hai contro quella bambina?»

«Assolutamente niente.»

Anita si parò davanti a sua madre e la fissò negli occhi.

«Sono tua figlia. Riconosco quando menti.»

Margherita sospirò. «Preferisco non parlarne. E preferisco che non la frequenti.»

Tipica risposta di sua madre. *Preferisco non parlarne.* Aveva usato quella frase centinaia di volte, da che l'aveva messa al mondo. Solo Urs trovava il modo di farla cantare, quando aveva un problema. Margherita preferiva sempre non parlarne. Di certo non con sua figlia. Anita si rese conto di quanto gli anni che avevano trascorso lontane le avessero rese due estranee. Aprirsi a volte è l'unica soluzione. Le parole possono salvare. Poi, un pensiero si fece strada nella sua mente, già fin troppo affollata di contraddizioni: anche lei, proprio come Margherita, aveva scelto di tacere. Di non confidare a nessuno quello che le era successo.

La somiglianza con l'atteggiamento di sua madre la lasciò di stucco, perciò tornò a stuzzicarla, per distrarsi e non lasciare spazio ai mostri nella sua testa.

«È una bambina, santo cielo!» esclamò.

«Una bambina che si intrufola nel giardino di altre persone e si comporta come se fosse a casa sua. Una piccola selvaggia. Non voglio che tu abbia niente a che fare con lei, Anita.»

«Ti do una notizia, mamma. Ho trent'anni e ho smesso a quattordici di dare ascolto ai tuoi consigli.»

Margherita inarcò un sopracciglio. Si vedeva che aveva voglia di replicare con una cattivera, ma cercò di trattenersi.

«Prendo gli attrezzi.»

«Mamma...» insistette Anita.

Margherita si fermò un istante e Anita ebbe l'impressione che volesse aggiungere qualcosa. Ma poi si avviò verso il capanno degli attrezzi, con passo risoluto.

Quando Anita si sedette sulla Poltrona Scacciapensieri, quella sera, sua madre era andata a letto da un pezzo. Non avevano più scambiato una parola, da quel pomeriggio. Andava sempre così, tra loro. Fin da quando Anita era adolescente, litigavano con un'esplosione di frasi dai toni coloriti, poi il nulla. Urs, scherzosamente, la definiva "la tregua prima della riappacificazione". Lui, spettatore sornione delle schermaglie delle due donne, rimaneva a guardare da lontano, cercando di non prendere mai una posizione troppo netta. Spesso, Margherita e Anita stavano giorni senza parlarsi, se non lo stretto necessario. Poi, improvvisamente, una delle due decideva di averne abbastanza e allora cercava il tacito consenso dell'altra per fare pace. Urs era affascinato dai loro litigi e dalla totale mancanza di comunicazione.

Il telefono di Anita aveva squillato parecchie volte. Era sempre Hans. Anita lo rivide mentre la guardava impacchettare le sue cose.

«Perché te ne vai?» le aveva chiesto, sconvolto.

«Ho bisogno di staccare la spina. Ho bisogno che tu mi lasci sola.»

Lui si era passato una mano tra i capelli, un gesto che faceva sempre quando era nervoso.

«Ma ho fatto qualcosa di sbagliato? C'è qualcosa che dovrei sapere?»

«No» aveva risposto Anita, senza però guardarlo negli occhi.

«Guardami, Anita. Ti prego.»

Se n'era andata senza voltarsi e poi aveva iniziato a piangere. Aveva continuato mentre camminava verso la stazione. Proprio come il giorno in cui aveva conosciuto Hans, si era messo a piovere. Ma questa volta, nessuno la teneva al riparo sotto un minuscolo ombrello. Aveva guardato il Reno e la chiesa di San Martino, le casette colorate dai tetti acuti, si era messa a piangere senza ritegno e aveva pensato a quanto le sarebbe mancata Colonia. Aveva sempre considerato casa sua quella città ordinata e regolare, dove era nata e cresciuta, dove i bus partivano all'orario indicato e se c'era un'ingiustizia trovavi subito qualcuno pronto a porvi riparo. Era cresciuta con una buona dose di spirito tedesco nel sangue e sapeva che lasciare la Germania sarebbe stato più difficile del previsto. Ma in quel momento sentiva di non avere altra scelta.

«Chissà quando ti rivedrò» aveva bisbigliato, rivolta a Colonia.

Le era parso che la città le rispondesse con uno dei suoi più saggi e popolari detti in dialetto: *Et kütt wie et kütt.*

«Hai ragione» aveva commentato allora Anita ad alta voce. «Vada come deve andare.»

La villa era immersa nell'oscurità. Anita aveva acceso solo una candela. Ripensò alla bambina giapponese che voleva volare e le vennero i brividi. Lei non riusciva neppure ad arrampicarsi su una scala. Le altezze le facevano paura. Eppure una volta, da piccola, amava andare in montagna e guardare il panorama. Ora anche il minimo dislivello le dava le vertigini.

La Poltrona Scacciapensieri non stava funzionando. Anita sentì un rumore dietro di sé.

Si girò lentamente. Se si fosse trovata faccia a faccia con lo spettro della nonna Lucrezia non si sarebbe stupita. Invece era Margherita. Le parve strano che si presentasse così presto davanti a lei. Non sapeva come prendere quella novità. Di solito passavano giorni prima di una riappacificazione. Evidentemente, qualcosa era cambiato. Erano solo loro due in quell'enorme casa e, se avessero voluto, avrebbero potuto evitarsi per mesi. Tanto valeva togliersi subito il dente. Anita non capiva se sua madre intendesse solo fare pace, oppure se ci fosse dell'altro. Il suo viso, illuminato dal fioco bagliore della candela, aveva un'espressione che non le aveva mai visto prima.

«Non riesci a dormire nemmeno tu?» chiese Anita, per rompere il silenzio.

«No» ammise la madre.

Teneva in mano un diario voluminoso e una cartellina di pelle nera. Tremava. Era come se tutti i litigi del passato fossero confluiti in quell'unico momento. Margherita stava per parlare. E Anita non era sicura di essere pronta a sentire quello che aveva da dire.

«Ci ho pensato, Anita. E forse hai ragione tu. C'è qualcosa che devi sapere. Ma ti avverto: dopo che avrai dato un'occhiata a quello che c'è qui dentro, niente ti sembrerà più come prima. Nemmeno io. Nemmeno questa casa.»

Anita trattenne il fiato e lasciò che sua madre si sedesse accanto a lei. «Sapevo che questo posto nascondeva un segreto» mormorò.

4

VANESSA ATALANTA: è una farfalla che vive nelle aree geografiche dal clima più mite di Europa, Asia e Sud America. Rispetto alle sue compagne, è molto longeva: può vivere fino a undici mesi. Durante l'inverno, si nasconde nelle fessure delle rocce o in zone riparate. Quando senti freddo nel tuo cuore, prendi esempio dalla farfalla Vanessa: riparati negli angoli caldi, che siano persone o luoghi in cui ti senti al sicuro. Attendi con fiducia una nuova primavera.

Erano anni che non faceva la camminata del santuario di Ossuccio. Era una passeggiata molto suggestiva, che iniziava in salita, davanti a una chiesetta, dove su una parete stava scritto che quel percorso andava fatto in silenzio. Anita sorrise, ricordando tutte le volte che lo aveva invece fatto con suo padre canticchiando, senza curarsi troppo della sua sacralità. A ogni tappa del percorso c'era una cappella con una scena della vita di Gesù, rappresentata da alcune statue a grandezza naturale. Ad Anita avevano sempre fatto un po' impressione quelle figure. Come se da un momento all'altro potessero risvegliarsi.

Dovette tenersi ai lati del sentiero, perché la nevicata di una settimana prima aveva ghiacciato la strada ed era facilissimo scivolare e cadere.

Per fortuna il percorso era in salita, così avrebbe potuto scaricare la tensione accumulata dopo la discussione con sua madre. Aveva dato una veloce occhiata al diario della nonna e si era stupita della sua calligrafia così fitta, a prima vista incomprensibile. Non l'aveva detto a Margherita, ma aveva riposto il diario nel cassetto del comodino senza neanche provare a leggere. Dopo aver cercato così tanto una risposta, adesso che le veniva data una possibilità di far luce sul mistero della vita di Lucrezia si sentiva una spiona. Aveva bisogno di qualche ora, per capire se quello che stava per fare era giusto o meno. Aveva portato con sé soltanto la cartellina di pelle nera, dove c'erano le schede tecniche delle farfalle compilate dalla nonna.

«Ti avviso» l'aveva ammonita Margherita, «non troverai tutto ciò che cerchi, nelle pagine di quel diario. È solo una parte della storia.»

Anita pensò a quello che le era successo a Colonia. Non l'aveva scritto, ma se l'avesse fatto, avrebbe voluto che qualcun altro lo leggesse? I diari non erano segreti proprio perché nessuno li dovrebbe aprire?

Si sentiva molto confusa. Ringraziò di non essere abile nella scrittura, di non aver mai sentito l'esigenza di sfogarsi su una pagina bianca. I suoi segreti erano tutti dentro di lei, custoditi gelosamente nell'angolo del cuore dove faceva più male. Non era ancora pronta ad aprirsi con nessuno. Ciò che era successo in Germania era troppo assurdo, troppo grave, e se ne vergognava terribilmente. Eppure, in certi momenti, le pareva di poter morire soffocata se non avesse parlato.

Giunta alla quarta tappa si appoggiò al muretto e si guardò intorno. I tetti rossi delle case sotto di lei ammiccavano al sole. Il lago era una macchia viola in mezzo alle montagne. Tutto, a Ossuccio, era immobile.

Non sentiva la mancanza di Colonia quanto aveva immaginato. Perlomeno, non le mancava per niente l'università. Le sembrava di essere in un bozzolo ovattato. Tutto ciò che succedeva intorno aveva smesso di avere importanza. Non sapeva se fosse un bene o un male, ma era esattamente la sensazione che stava cercando.

Proseguì fino alla tappa successiva, salutando un signore che non la riconobbe. Lei conosceva tutti, ma in pochi rammentavano il suo volto.

Stava per arrivare in prossimità della quinta cappella, quando sentì la voce di Yoko che la chiamava.

«Anita!» gridò la bambina, sfoderando un sorriso che lasciava intravedere il buco in mezzo ai dentini bianchi.

Era in piedi sul muretto, le braccia allargate, lo sguardo all'insù. Anita alzò una mano in segno di saluto e s'incamminò nella sua direzione.

Ma Yoko si voltò verso il lago e gridò: «Guarda, Anita, adesso volo!».

Anita cercò di protestare, ma la voce le morì in gola. Il muretto dall'altro lato era molto alto. Yoko stava per fare una cosa pericolosissima.

«Aspetta!» gridò terrorizzata, realizzando di essere troppo lontana dalla bambina per poterglielo impedire.

Yoko spalancò le braccia e si tuffò nel vuoto.

Anita corse verso di lei, incurante del ghiaccio sulla strada.

Quando arrivò al muretto, si sporse a guardare di sotto, temendo il peggio.

Yoko era fra le braccia di suo padre e rideva.

Filippo guardò verso l'alto e la salutò con un sorriso disarmante.

«Mi avete fatto prendere un colpo» commentò Anita, sollevata ma al tempo stesso stizzita.

«E perché mai?» chiese Filippo. La stava prendendo in giro. Indossava una tuta da montagna e gli stessi scarponcini dell'ultima volta.

«Ho appena visto una bambina buttarsi nel vuoto» gli fece notare Anita.

«Non mi stavo buttando» la corresse Yoko, seria. «Sono lezioni di volo. Vero, papà?»

«Esatto» confermò Filippo. «Ci alleniamo quasi tutti i giorni. Bisogna fare molta pratica per imparare a volare, non credi anche tu, Anita?»

Quel suo tono canzonatorio la fece sentire ancora più ridicola.

Si sedette sul muretto, e si accorse di avere il fiato corto.

«Prima ce l'ho quasi fatta, sai?» raccontò Yoko ad Anita. «Per un attimo ho volato. Vero, papà?»

Filippo annuì, soddisfatto. Solo allora Anita si chiese dove fosse la mamma di Yoko. La bambina non ne aveva mai fatto cenno.

«La prossima volta almeno non mi verrà un infarto» commentò, tralasciando di fare domande in merito.

Filippo tese la bambina verso Anita e lei le prese una mano. Yoko si arrampicò con l'agilità di un furetto. In un balzo, anche Filippo fu accanto a loro.

Anita si accorse che odorava di muschio selvatico e dopobarba.

«Che agilità» tentò di prenderlo in giro. «Che lavoro fai, quando non impartisci lezioni di volo?»

«Il supereroe» rispose Yoko al posto suo.

Filippo scoppiò a ridere.

«Potrebbe tornarmi utile un supereroe, in effetti» stette al gioco Anita.

«Posso prestartelo, quando sono a scuola» acconsentì Yoko.

«Sono una guida naturalistica» la informò Filippo, «ma faccio parte anche del Soccorso alpino.»

Anita lo osservò, ammirata. «Allora la definizione di supereroe era più che corretta» buttò lì.

«E tu, donna misteriosa?»

«Sono una biologa» rispose Anita, e solo a pronunciare quelle parole lo stomaco le si contrasse. Era diventato estremamente complicato parlare del suo lavoro.

«Forte» esclamò Filippo.

«Forte» ripeté Yoko, senza saperne il motivo.

Ci fu un attimo di silenzio, in cui Anita si perse negli occhi del padre di Yoko. Non erano semplicemente azzurri. Risplendevano. In quel momento le parve che il bozzolo che si era creata tutto intorno stesse tentando di sputarla fuori. Scacciò quei pensieri assurdi.

«Anita è la nostra vicina di casa. Abita nella villa dove mi hai proibito di andare» disse Yoko. Poi guardò Anita, per vedere se l'avrebbe tradita.

Ma Anita le strizzò l'occhio e non replicò.

Filippo, invece, la osservò in un modo diverso. Per un secondo, ad Anita parve di vederlo impallidire.

«Ma tu sei la figlia di Margherita?»

«Sì» rispose senza esitare Anita.

Filippo continuò a guardarla, stupito.

«Io mi ricordo di te» le disse. «Tu non ti ricordi di me?»

Anita socchiuse gli occhi, poi scosse la testa. «No, mi dispiace.»

«Papà, posso andare a bere alla fontana?» chiese Yoko.

«Certo, ma aspetta» rispose Filippo, come svegliatosi da un sogno, «ti manca la proboscide.»

Fece un gesto con la mano e finse di far crescere qualcosa sul naso della bambina.

«Grazie, papà.»

Yoko corse verso la piazza, dove altri due bambini stavano giocando a palla. Non li degnò di uno sguardo e proseguì dritto per la fontana.

«È una ragazzina fantastica» commentò Anita, tanto per stemperare la tensione che si era creata.

«Lo è. Ma da quando ha perso la madre si è rifugiata in un mondo tutto suo. So che qualche volta viene alla villa. E mi scuso per questo. Gliel'ho proibito, ma è molto cocciuta.»

«Non è un problema, non preoccuparti. È successo da poco?»

Filippo le lanciò un'occhiata torva. «È una storia lunga» tagliò corto.

Ci fu ancora un attimo di silenzio, poi lui a sua volta chiese: «E come mai la brillante figlia di Margherita è tornata all'ovile?».

Anita incassò il colpo e fece un gesto con la mano.

«Suppongo che sia un'altra storia molto lunga» disse Filippo, comprensivo.

Anita continuava a scavare nella memoria, ma non si ricordava di lui: se avesse visto degli occhi così belli non li avrebbe dimenticati.

«Quanti anni ha Yoko?»

«Otto. Ma ne dimostra di meno, a volte. Altre mi fa paura per quanto sembra adulta.»

«Immagino che sia così per tutti i bambini.»

«Già. Ma lei non socializza con nessuno. Ho trovato strano che quel giorno, al lago, ti abbia rivolto la parola.»

Anita fece per rispondere, ma Yoko li interruppe.

«Anita, per favore, mi togli la proboscide? Inizia a starmi stretta sul naso.»

Lei, un po' impacciata, finse di staccarle qualcosa dalla faccia.

«Oh, adesso va meglio. Come faranno gli elefanti a sopportarla, tutto il giorno?»

Filippo e Anita si scambiarono un'occhiata, poi scoppiarono a ridere.

«Ti va di bere qualcosa al caffè del santuario?» le chiese lui.

Anita annuì. Di colpo quella giornata in solitudine si era trasformata in qualcosa di estremamente piacevole. Yoko prese per mano Anita e insieme entrarono nel locale. C'erano pochi avventori e la cameriera portò loro tè caldo e biscottini.

«È tutto così tranquillo, qui» disse Anita. «Ne avevo bisogno.»

Filippo le sorrise e non rispose.

Yoko li sommerse di chiacchiere. Anita faceva fatica a credere che quella bambina non fosse socievole con i suoi compagni.

A un certo punto il telefono di Filippo squillò.

«Non rispondere, papà» lo supplicò Yoko, gli occhi neri puntati su di lui.

«Sai che devo. Pronto?»

Anita accarezzò il braccio della bambina. Quando riagganciò, Filippo le guardò come se si sentisse in colpa.

«Yoko, dobbiamo andare. Ti porto dalla signora Lina.»

«No, la signora Lina no» iniziò a piagnucolare Yoko, facendo girare alcune persone.

«C'è un escursionista in difficoltà sopra Dongo. Devo andare. Yoko sa che quando si tratta del mio lavoro non posso tirarmi indietro.»

Anita annuì, e cercò di calmare la piccola.

«Posso stare con te?» chiese Yoko, tirando su col naso.

«Non fare i capricci, Yoko, sicuramente Anita ha cose ben più importanti da fare.»

Anita esitò. Si era ripromessa di tornare a casa e sfogliare almeno le schede tecniche delle farfalle, ma le dispiaceva dire di no a una richiesta così accorata.

«Posso occuparmene io» rispose d'istinto.

Filippo la guardò sorpreso.

«Non voglio che sia di disturbo. Non so nemmeno per che ora finisco.»

«Non c'è nessun problema. Se ti fidi, Yoko può restare con me.»

«Evviva!» fece la bambina.

«Yoko, per favore, vai a lavarti le mani. Io parlo un attimo con Anita.»

«Ma posso stare con lei?»

Filippo annuì, sconfitto.

Quando Yoko si fu allontanata, Filippo disse: «La signora Lina è abituata alle stranezze di Yoko. Devo avvisarti. Se si agita troppo, chiamami e ti darò altre indicazioni.»

«Perché mai dovrebbe agitarsi?»

«Potrebbe succedere» replicò con fermezza Filippo. «Potete stare da noi, in ogni caso.»

«Va bene. Non sarà di nessun disturbo, mi fa piacere passare un po' di tempo con lei. Dico sul serio.»

«Ti pagherò.»

«Non serve.»

Si guardarono ancora. Anita si chiese quanto c'entrassero quei bellissimi occhi azzurri con la decisione che aveva appena preso.

«Scrivimi il tuo numero. Mi faccio sentire appena posso.»

Diede un bacio in fronte alla figlia che aveva fatto ritorno dal bagno e le lanciò un ultimo sorriso. Poi passò alla cassa a pagare e uscì dal locale.

Yoko iniziò a fissare Anita, come se volesse metterla alla prova.

Poi vide la cartellina nera, dentro la sua borsa.

«Che cos'è quella?» chiese e allungò una mano.

«Oh, questa» rispose Anita. Quasi se n'era dimenticata. Prese la cartella e l'aprì.

Un foglio si staccò subito dagli altri e cadde per terra. Yoko lo raccolse e si mise a leggere, tenendo un dito sulla riga.

«*Ad Anita. Perché un giorno possa rivedere bruchi e principesse. E perché possa essere felice. Lucrezia.*»

Anita sentì un brivido correrle lungo la schiena. La nonna aveva dedicato tutti gli appunti di una vita a lei.

«Che bella farfalla!» esclamò Yoko, prendendo un altro foglio su cui era raffigurata la Cedronella.

Si mise subito a leggere la descrizione.

«*Cedronella: è una farfalla di medie dimensioni, che assume una tinta gialla nei maschi e leggermente più verde nelle femmine. Le sue ali sono convesse, come quelle di una fata elegante e fiera. È golosa e ama i fiori ricchi di nettare. La sua crisalide ha una forma particolare, appare sospesa e con la testa rivolta verso l'alto. La Cedronella è una farfalla che ti svolazza intorno quando sente che sei giù di morale. Ti chiede di non prenderti sul serio, mai, qualsiasi cosa stia succedendo nella tua vita. Lasciati coinvolgere dal suo volo leggero e pazzerello e improvvisa una danza insieme a lei. Ti sentirai meno sola.*»

Batté le mani, in preda a un entusiasmo che coinvolse subito anche Anita. Quello strano catalogo non sembrava molto scientifico, assomigliava più a un libro per bambini. E forse per questo era così eccitante.

«Leggine un'altra» la incitò Anita.

Yoko obbedì. Rimasero a sfogliare i vari tipi di farfalle, fino a che Yoko incontrò un altro messaggio per Anita.

Cara nipote. Mia figlia non è mai stata una grande appassionata di farfalle. Credo perché mi portavano via da lei. Per questo temo che quando leggerai queste righe, poco sarà rimasto del mio farfallario. Ho deciso di scrivere qui tutte le indicazioni necessarie per ricostruirlo. Ci vuole pazienza, impegno e cura. Ma se hai preso da me, queste doti non ti mancano.

Ad Anita salirono le lacrime agli occhi. Yoko se ne accorse subito.

«Smetto di leggere?»

«Mia nonna voleva che io ricostruissi il farfallario» mormorò Anita, e quasi dimenticò che si stava rivolgendo a una bambina di otto anni.

«Il farfa… È la casa delle farfalle, vero?»

«Esatto.»

Yoko si illuminò un'altra volta.

«Possiamo ricostruirlo insieme!»

Anita ci pensò un attimo e si sentì prudere la punta del naso. Le capitava sempre, quando qualcuno proponeva un'idea che la stuzzicava.

«Ti prego, Anita, possiamo? Io ho un sacco di tempo. Ti posso aiutare. Mi impegnerò molto. E anche il mio papà può darci una mano.»

«Stasera glielo chiediamo» rispose Anita.

Le due si scambiarono uno sguardo complice.

Quando Yoko e Anita si incamminarono verso casa stava calando la sera.

Avevano passato l'intero pomeriggio a studiare le schede delle farfalle e i passaggi per costruire la serra. Yoko non faceva che parlarne. Quando arrivarono in riva al lago, per un istante la bambina si incupì e guardò un punto indistinto all'orizzonte.

«Yoko...» mormorò Anita.

La bambina continuò a osservare il lago e sussurrò: «La signora del lago attirò a sé la figlia che aveva perso. Cantava benissimo. Con quel canto la signora del lago strappò la madre alla bambina».

«Yoko...» cercò di scuoterla ancora Anita, un po' spaventata dal suo strano atteggiamento.

«Nessuno sfugge al canto della signora del lago. Più forte del pianto di un bimbo. Più incantevole di una conchiglia, che ripete il suono del mare.»

«Yoko, andiamo a casa?»

La bambina si mise a cantare in un'altra lingua. Anita rimase ad ascoltarla e si accorse di avere i brividi.

Quando terminò, la piccola aveva le lacrime agli occhi.

«Portami a casa, ho fame» piagnucolò.

«Ma certo, tesoro» rispose Anita.

La prese in braccio e Yoko appoggiò la testa sulla sua spalla.

La serata trascorse senza altri episodi sgradevoli. Anita cucinò riso e polpette e Yoko mangiò tutto, poi si mise a guardare i cartoni animati.

Quando Filippo rientrò, Anita si era quasi appisolata sul divano insieme a Yoko.

«Ciao» disse piano lui. «Sta dormendo?»

«Stavamo dormendo entrambe» rispose lei, un po' imbarazzata.

«È andato tutto bene?»

«È stato un pomeriggio molto intenso. E tu?»

«Missione compiuta.»

Erano entrambi molto stanchi. Si guardarono negli occhi senza parlare.

Yoko si svegliò. O forse era già sveglia da qualche istante, perché con gli occhi ancora un po' chiusi commentò: «*Koy no yokan*».

Entrambi si voltarono verso di lei.

«Che cosa hai detto?» chiese Anita.

«Niente» rispose Filippo al posto suo, «una sciocchezza.» Sembrava sorpreso che la figlia avesse detto quella frase in giapponese. Per Anita era chiaro che lui avesse capito perfettamente il senso di quelle parole, che la bambina non aveva voluto dire in italiano.

«Invece ti dico di sì, papà» protestò Yoko, ormai completamente sveglia.

«Smettila di dire sciocchezze e saluta Anita. Sta andando a casa.»

Yoko le diede un bacio. «Domani gli chiediamo quella cosa?»

Anita arrossì.

«Cosa state complottando, voi due?» domandò Filippo. Adesso stava sorridendo. Aveva i capelli spettinati e l'aria di chi sa che cosa vuol dire sobbarcarsi il peso di una famiglia. In quel momento le sembrò più vecchio di come le era sembrato in precedenza. C'era una sorta di familiarità, in lui e in Yoko, che non poteva ignorare. Si sentiva calamitata da loro. Possibile che provasse un'attrazione simile dopo così poco tempo? Avrebbe voluto stendersi con lui sul divano e guardarlo addormentarsi mentre gli accarezzava i capelli. Era certa che quel contatto non le avrebbe dato fastidio.

Anita si avviò verso la porta e Filippo tirò fuori il portafogli.

Lei scosse la testa. «Ti ho già detto che non voglio niente. È stata una bella giornata. Forse potresti dire di sì alla richiesta che ti farà Yoko domani.»

Filippo aggrottò la fronte. «Non vuoi anticiparmi nulla?»

«Preferisco che te ne parli lei.»

Lui annuì, poi la salutò con un «Buonanotte, Anita» che le fece accapponare la pelle.

Mentre camminava verso casa, si rese conto di non aver pensato ad Hans nemmeno una volta. L'idea del farfallario l'aveva assorbita completamente e si sentiva eccitata al solo pensiero di rimetterlo in sesto.

Attraversò il tratto di strada poco illuminato che costeggiava il lago e si rese conto di aver affrettato il passo. Il canto della bambina l'aveva profondamente suggestionata.

Aprì la porta in silenzio.

Margherita era seduta sulla poltrona di Lucrezia e guardava fisso davanti a sé.

«Mamma, non dormi ancora?»

«Ti stavo aspettando.»

«Ma non dovevi.»

«E tu avresti potuto lasciarmi un messaggio» ribatté lei, piccata.

«Hai ragione. Mi spiace se ti ho fatto preoccupare. Ma Filippo ha avuto un'emergenza e sono rimasta a tenere d'occhio Yoko.»

«Che cosa?» Margherita strinse i pugni. «Non hai letto quel maledetto diario? Prima facevi tante domande e adesso improvvisamente sembra non te ne importi più niente. Fidati, Anita, non parlo tanto per dare aria alla bocca. Leggilo, prima di fare amicizia con quella bambina.»

«Ne parli come se fosse il demonio. O la rovina della nostra famiglia. Ma è solo una ragazzina di otto anni.»

Margherita fece una strana smorfia.

«Ne riparleremo.»

Anita annuì. «Ah, ti farà piacere sapere che ho deciso di ricostruire il farfallario.»

A quelle parole, Margherita si mise una mano sulla fronte.

«Che hai, mamma?»

«Non mi sento molto bene. Promettimi che lo leggerai. Poi mi dirai se sei della stessa idea.»

«Riguardo a cosa?»

«A tutto quanto.»

Anita fece per andare in camera sua, ma sua madre la trattenne per un braccio.

«Ha chiamato Hans. Gli ho detto che non c'eri e non gli ho chiesto nulla. Non voglio immischiarmi, ma credo che quel poveretto stia soffrendo.»

Anita esplose. «Credi che invece io mi diverta? Che abbia buttato via la mia vita per un capriccio?»

Margherita ritrasse la mano. Bastò quel gesto perché Anita si calmasse. Sua madre non c'entrava nulla. Non poteva capire, Anita aveva scelto di non darle gli strumenti per farlo.

«Certo che no. Scusami.»

«Scusa tu» sussurrò Anita, sentendosi subito in colpa. Era piombata nella vita di sua madre e non faceva che darle preoccupazioni.

«Quando ti arrabbi sei tale e quale a tua nonna» borbottò Margherita. Poi si alzò per andare a dormire.

Il diario di Lucrezia era sul letto di Anita, aperto alla prima pagina. Si chiese se fosse stata sua madre a tirarlo fuori. E chi altri avrebbe potuto farlo? Alcune volte Anita aveva l'impressione che non ci fossero solo loro due, in quella villa.

Si sedette e appoggiò la testa contro la parete, poi prese il diario. Lo annusò e inspirò l'odore di inchiostro e carta ingiallita.

Non era arrivata per caso alla Villa delle Farfalle. L'incontro con Yoko e Filippo non era stato solo una coincidenza. Qualcosa di più grande, una storia sepolta, la univa a sua nonna Lucrezia. Era giunto il momento di scoprire di che cosa si trattasse.

Anita trasse un lungo respiro, poi, con immensa fatica, cominciò a leggere.

Lucrezia

Una farfalla è libera solo se nessuno
si accorge che sta volando via.

5

AURORA: è un piccolo lepidottero dalle ali arrotondate, con punte nere e arancioni. Si trova in tutta Europa e nelle zone calde dell'Asia. Quando depone le uova, emette un particolare profumo, per avvertire le altre farfalle di non farlo nello stesso punto. È minuscola, ma ha la forza di un leone. Puoi imitarla quando senti di dover difendere qualcuno o qualcosa con tutte le tue energie.

Ossuccio, 6 ottobre 1943

La stanza era ormai spoglia. Lucrezia si guardò intorno e si decise a dare un ultimo saluto all'edificio che un tempo fungeva da scuola.

«Ma tornerò a insegnare» mormorò a quelle pareti.

Chiuse la porta e consegnò le chiavi al soldato semplice che la stava aspettando fuori.

Le parve di sentire ancora una volta il suono della risata della piccola Sofia, o lo stridio del gesso sulla lavagna. Era tutto finito.

Ora che il nord Italia era in mano ai tedeschi, tutta la sua famiglia aveva dovuto riorganizzarsi. Suo fratello più piccolo, Alfonso, si era arruolato volontario ed era partito per Salò. Il più grande, Martino, era tornato dalla guerra in Grecia il giorno precedente, ferito nell'anima e nel corpo. Ci aveva messo molto tempo per rientrare, perché era stato tra la vita e la morte, in un ospedale da campo. Si era quasi scusato, per essere stato via tanto a lungo. Gli era stato concesso di trascorrere il periodo di convalescenza in casa. Lui però aveva dovuto promettere che una volta guarito sarebbe andato a Salò, per unirsi all'esercito repubblichino.

Quando l'aveva visto, sua madre era scoppiata a piangere. Lui, un uomo così affascinante, ridotto pelle e ossa e con la barba nera e lunghissima.

«Vieni a mangiare» aveva detto la mamma Ernesta, appoggiando per un solo istante la sua fronte contro quella del figlio.

Lucrezia gli si era fatta incontro e l'aveva abbracciato a lungo. Aveva respirato l'odore diverso che emanava e si era detta che presto sarebbe tornato il Martino di sempre. Il suo fratello maggiore, quello che la faceva dondolare sulle ginocchia quando era piccola. Aveva bisogno di crederci: la guerra non poteva cambiare tutto.

Ma una volta rientrata alla Villa delle Farfalle, constatò con un sospiro che niente sarebbe stato come prima.

L'ingresso, che una volta strappava esclamazioni di meraviglia ai visitatori per la luce che a ogni ora del giorno filtrava dalle ampie finestre, era stato adibito a ufficio ed era sempre pattugliato dai soldati. C'erano sacchi in ogni angolo e i mobili erano stati spostati.

Avevano dato un letto a Martino, che prima della guerra faceva l'orafo ed era anche piuttosto bravo. Ciascuno dei fratelli aveva una propria stanza, fino a poco tempo prima. Adesso, a casa sua, Martino doveva dormire in mezzo ai tedeschi, e attendere che fosse il suo turno per essere medicato. La ferita che aveva riportato alla gamba non era tanto grave, aveva detto il dottore, e Martino si sarebbe rimesso nel giro di due settimane. Questa notizia non faceva felice Ernesta, che aveva perso il marito e che non sopportava di sapere entrambi i figli al fronte.

Lucrezia, con i suoi vent'anni, aveva capito poco di quello che stava succedendo. Ma di una cosa era certa: era tutta colpa dell'ufficiale tedesco Will Brusseler.

Brusseler era arrivato dieci giorni prima con una delegazione di sottufficiali e soldati semplici e aveva fatto irruzione in casa loro, senza neanche una parola di scuse. Non che fosse facile, comunicare con lui, visto che parlava l'italiano poco e male. Ernesta aveva spiegato a Lucrezia che la Villa delle Farfalle sarebbe stata adibita a quartier generale e che loro, per grazia concessa dall'ufficiale, potevano continuare ad abitare lì.

«Quindi dovremmo dire grazie perché ci permettono di vivere a casa nostra?» aveva commentato Lucrezia, sprezzante.

La madre l'aveva subito ammonita: in guerra non si poteva scherzare su certe cose. Le aveva chiesto di fare attenzione a tutto quello che diceva o faceva e di eseguire tutti gli ordini che Will avrebbe impartito.

«Potrò continuare a occuparmi del farfallario?» aveva chiesto Lucrezia. Aveva due amori nella sua vita: i suoi alunni e le adorate farfalle. La passione per i lepidotteri le era stata trasmessa dal padre e per lei era un modo per continuare a farlo vivere.

«Credo di sì» aveva detto Ernesta, incerta.

Lucrezia aveva rabbrividito. Già non poteva più insegnare, perché alla villa c'era troppo da fare. Come avrebbe fatto se avesse dovuto rinunciare anche alle farfalle?

Ma qualche giorno dopo capirono che l'ufficiale tedesco aveva scelto la loro dimora anche perché amava ritirarsi nella serra. Lucrezia l'aveva spiato: quando vi entrava, era un'altra persona. Girava attorno alle piante tropicali e sorrideva beato, con i suoi grandi occhi azzurri spalancati sul mondo dei lepidotteri. Lucrezia apprezzava il fatto che non avesse mai provato a sfiorare le farfalle. Lasciava che gli passassero accanto, e si limitava a seguirne il volo con lo sguardo.

Quando rientrò alla villa, Lucrezia fu accolta dalla sua amica Maria.

«Vado a prendere un libro per Martino, così domani inizio a leggerglielo.»

Lucrezia alzò gli occhi al cielo. Da quando suo fratello era tornato, la sua migliore amica non faceva che parlare di lui. Di come fosse bello, anche se sciupato, e di come splendessero i suoi occhi scuri. Lucrezia faceva il tifo per lei, ma sapeva che Martino era attratto da un altro genere di donna. Maria non era esattamente una *femme fatale*: aveva capelli corvini che le arrivavano alle spalle, fianchi generosi e un seno pressoché invisibile.

Vennero interrotte da un soldato che chiese a Lucrezia di portargli un bicchiere d'acqua, in italiano.

Lei gli diede da bere e notò che lo sguardo dell'uomo ricadeva sul suo seno, che invece era sodo e nascosto a stento dalla camicetta. Prima della guerra avrebbe protestato, in quel frangente invece non poteva che far finta di niente. Aveva ben altro per la testa. Da quando era tornato Martino, c'era gran fermento tra i suoi amici nascosti sulle montagne, convinti com'erano che lui avrebbe potuto dare una bella scossa alla loro combriccola improvvisata. Martino era un vero leader e poteva essere di grande aiuto nella lotta contro l'invasore.

Lucrezia andò in cucina per dare una mano alla madre con la cena.

Will spesso chiedeva di mangiare in camera e si faceva portare sempre una razione molto abbondante.

«Quell'uomo è senza fondo» borbottò Lucrezia, riempiendo un secondo piatto di minestra.

«Dovresti ringraziare, invece di essere così scontrosa» insistette Ernesta. «Se non fosse per quell'ufficiale, in questa casa la carne non si vedrebbe più.»

In effetti, il cibo non mancava e neanche il tabacco.

«Da quando sei così propensa a stare dalla parte del nemico?» la schernì Lucrezia.

«Da quando so come se la passano le mie amiche. Ci sono famiglie che nemmeno hanno da mangiare. Qualcuno non sa neanche dove andare a dormire e deve trasferirsi dai parenti o in rifugi di fortuna. Noi siamo fortunate. Ma non mi dimentico chi è il nemico, stai tranquilla.»

«Mi pareva strano» la ammonì Lucrezia.

«Vai tu questa sera a portare da mangiare all'ufficiale?» chiese sua madre, con sguardo implorante.

«Non mangia in salone insieme ai suoi soldati?»

«Questa sera no.»

«Che avrà mai da fare, sempre in camera...» bisbigliò Lucrezia.

Non lo sopportava. Dal primo momento in cui l'aveva visto, aveva provato una sorta di gelida repulsione. Non era un brutto uomo, anzi: sulla trentina, fisico asciutto e solido, occhi azzurri e penetranti. Il suo sguardo era attento a ogni cosa, ma mai aggressivo, come quello di certi ufficiali con cui Lucrezia aveva avuto a che fare. Le sue mani erano grandi e quando non fumava Will le teneva dietro la schiena, quasi volesse nasconderle. Ogni tanto faceva un gesto come per spostare un ciuffo di capelli dalla fronte, e quello era l'unico segno di civetteria che Lucrezia aveva notato. Forse, un tempo, aveva avuto folti capelli biondi e ribelli. Non lo detestava, questo no. Ma lui era diventato ai suoi occhi il simbolo dell'assenza di libertà, della fine di un periodo in cui la sua vita poteva essere considerata, tutto sommato, felice.

Bussò alla porta della camera che un tempo era stata dei suoi genitori e rimase in ascolto.

Ogni tanto le sembrava di udire altri rumori, mentre lui non c'era.

Quando l'ufficiale tedesco aprì la porta, Lucrezia abbassò gli occhi ed entrò nella sua stanza per appoggiare il vassoio sul tavolino. Si guardò intorno, sperando che lui non se ne accorgesse: la stanza era sempre in un ordine impeccabile. La mattina, quando lei o Ernesta entravano per rifare il letto, spesso non ce n'era bisogno: lui aveva già provveduto a tutto.

«Grazie» disse Will, e Lucrezia avvertì il suo sguardo su

di lei. Non ricambiò, ma sentì di essere arrossita e la cosa la mise tremendamente a disagio. Si scostò un ciuffo di capelli dagli occhi, gesto che sicuramente lui avrebbe interpretato come una provocazione, e quando fu fuori dalla stanza riuscì a mormorare: «Prego. Buon appetito».

Lui le rivolse un sorriso stentato e chiuse la porta.

«Cafone impertinente» bofonchiò Lucrezia, senza preoccuparsi di abbassare troppo il tono di voce. Che la sentisse pure.

Tornò in cucina e si sedette al tavolo di fronte a sua madre.

Ernesta cercava di sintonizzare la radio per captare le ultime notizie, ma quella sera non c'era verso. La guardò e disse: «Non ne va bene una, in questo periodo».

E Lucrezia pensò che, per come erano messi, sua madre non si sbagliava.

Quando sciolse la treccia per andare a dormire, si sorprese a domandarsi come Will passasse le sue serate. Non usciva insieme agli altri tedeschi a bere o a giocare a carte. Rimaneva chiuso in quella camera e solo raramente faceva una passeggiata in giardino, per fumarsi una sigaretta. Forse aveva una donna a cui scriveva lunghe lettere appassionate. Lucrezia indugiò ancora un attimo su quel pensiero romantico e insolito, poi si diede della sciocca e spense la candela.

6

MACAONE: le sue ali sono gialle, con macchie nere regolari. Ha un'ottima capacità di adattamento e si può trovare in tutta Europa. Le femmine di questa specie sono leggermente più grandi dei maschi e la loro apertura alare può raggiungere i dieci centimetri. Sono ottimi alianti: sbattono di rado le ali, che usano solo per non appesantire il fiore. Se ti senti stanca, il Macaone è un ottimo esempio di leggerezza da imitare. Lasciati trasportare dalle correnti d'aria. Qualche volta il vento sa esattamente dove vorresti andare.

Lucrezia si svegliò presto come al solito e vide che sua madre aveva già abbandonato il letto. Si erano trasferite in quella che una volta era una delle stanze degli ospiti. Molto piccola, se paragonata alle loro vecchie camere, ma tutto sommato abbastanza confortevole.

Si lavò la faccia nel catino e diede un'occhiata al suo volto riflesso nello specchio. Aveva le occhiaie come se non avesse dormito.

Sospirò e scese in cucina per fare colazione. Sentiva il chiacchiericcio dei soldati, in quella lingua che comprendeva appena, fatta di suoni secchi e toni freddi.

Maria le passò accanto, con una pentola di acqua calda.

Lucrezia sospirò e con un gesto della mano invitò l'amica a sedersi accanto a lei.

«Ci fumiamo una sigaretta?» le propose Maria.

Lucrezia la guardò, sconvolta.

«Chi ti ha dato il tabacco?»

Maria le strizzò l'occhio. «Un tedesco, ieri sera. Ripartiva oggi. Come ringraziamento per… le mie amorevoli cure.»

Lucrezia abbassò lo sguardo. Era sempre in imbarazzo quando si toccavano certi argomenti, di cui non era una grande esperta. Al contrario della sua amica, era ancora in attesa del vero amore. Quello che ti sconvolge e poi, magari, prima di farti perdere la verginità, ti sposa.

Maria male interpretò il suo broncio.

«Non ho tradito tuo fratello» la rassicurò.

«Non sei la sua fidanzata, puoi fare quello che ti pare» rispose Lucrezia.

«In ogni caso, resto sempre innamorata di lui» insistette lei.

«Devo preparare le verdure per il pranzo» disse Lucrezia, «non ho tempo di fumare.»

«Tanto non hai mai fumato in vita tua» la canzonò Maria, prima di uscire.

«Non è vero!»

Era vero. Lucrezia doveva provare ancora moltissime cose, nella sua vita. Fino a quel momento, l'insegnamento, i libri e le farfalle l'avevano tenuta impegnatissima, come se il mondo reale le avesse vorticato attorno senza sfiorarla.

Si era innamorata solo una volta, di un ragazzo che faceva il pescatore. Lei aveva sedici anni e lui era più grande. Ma il ragazzo l'aveva rifiutata. Lucrezia si era sempre chiesta il perché e alla fine aveva deciso che quel ragazzo non era abbastanza, per lei. In realtà sapeva che la motivazione che si era inventata era una scusa. Non tollerava l'idea di non piacere a qualcuno e così da quel momento, quando sentiva attrazione per un uomo, cercava di nasconderla. Si innervosiva. Teneva il cuore e gli occhi a debita distanza, perché aveva paura di essere scartata. Eppure, era molto bella. Se ne accorgeva soprattutto per gli sguardi lascivi dei soldati. Ma forse alcuni di loro avevano semplicemente nostalgia di un corpo femminile.

Alzò gli occhi verso la finestra e vide passare Will, in tenuta da ufficiale. Si riscosse: toccava a lei, quella mattina, sistemare la sua stanza. Sua madre le aveva ricordato i turni la sera prima, come aveva fatto a dimenticarsene?

Mollò le patate sul tavolo e corse al piano di sopra.

Con il fiatone, bussò alla porta. Era un gesto inutile: sapeva benissimo che l'ufficiale tedesco non era in camera. Ma lo fece ugualmente, come le aveva suggerito Ernesta.

Non ottenne risposta, tuttavia fu quasi certa di sentire dei passi leggeri, che si spostavano da una parte all'altra della stanza.

Abbassò la maniglia ed entrò.

La finestra era spalancata e le coperte erano già stese a prendere aria.

Lucrezia sbuffò: quell'ufficiale era troppo rispettoso.

Sul tavolino c'erano il posacenere e i piatti sporchi della cena della sera prima. Non era avanzato nulla.

Lucrezia rifece il letto, canticchiando.

A un certo punto, le parve di sentire ancora dei rumori strani, come se qualcuno battesse il tempo, seguendo la sua melodia.

Corrugò la fronte e si guardò intorno.

Non c'erano molti posti in cui nascondersi in quella camera. Si piegò sotto il letto e trovò solo un cumulo di polvere. Girò attorno al separé e anche lì nulla. Osservò il vecchio armadio in noce, che occupava un'intera parete della stanza. Si avvicinò lentamente e lo spalancò.

Non la vide subito. Passò lo sguardo sui pochi vestiti dell'ufficiale lì appesi e poi lo rivolse a terra, dove c'erano un paio di scarpe eleganti, dei vecchi stivali e un altro paio di scarpe, ma di tela, da donna, piccole piccole. Queste scarpe erano occupate da due piedini altrettanto minuscoli, che proseguivano in due gambette ossute. Lucrezia ci mise un attimo a mettere a fuoco il tutto. Due occhi scuri la fissavano. Fu allora che si mise a urlare. Richiuse l'armadio con forza e indietreggiò, continuando a strillare più forte che poteva. C'era un fantasma nell'armadio di casa sua.

Due braccia forti la strinsero da dietro e una mano le tappò la bocca. Lucrezia si dimenò per un po', ma in questo modo la stretta non faceva che aumentare.

«Stai calma» bisbigliò una voce maschile.

Lucrezia si immobilizzò.

«Adesso ti tolgo la mano dalla bocca e tu non urlerai. Siamo intesi?» disse ancora l'uomo.

Lucrezia fece segno di sì con la testa.

Quando si voltò, libera di muoversi e parlare, aveva poco fiato e il cuore in gola.

Will stava davanti a lei, bianco come un cadavere.

Le stava puntando contro una rivoltella.

«Non urlare» ripeté.

«Non urlerò» lo rassicurò lei, «ma abbassi quell'arma, la prego.»

Will rimise a posto la rivoltella.

«Sa parlare l'italiano?» chiese lei, stupita. Si sedette sul letto, perché sentiva di essere sul punto di svenire.

«Mia nonna era italiana» spiegò lui. Aveva ancora l'aria severa e continuava a fissarla.

«Perché hai urlato?» le chiese.

«Perché ha sempre fatto finta di non capire la mia lingua?» ribatté Lucrezia, che aveva ritrovato coraggio e voce.

«Perché almeno so cosa dicono di me i nemici. Perché hai urlato?» ripeté senza scomporsi.

«Ho visto… qualcuno dentro l'armadio.»

Will sospirò.

«Questo non doveva succedere» disse poi, glaciale.

Lucrezia ricominciò ad avere paura. Allora quell'esserino nell'armadio non era un fantasma. Era una ragazzina in carne e ossa e l'ufficiale tedesco la teneva nascosta. Adesso lei sapeva. L'avrebbe uccisa, per questo?

«Non lo dirò a nessuno» si affrettò a rassicurarlo. «Terrò il segreto.»

Will la studiò attentamente. «Come faccio a sapere che non menti?»

Lucrezia deglutì forte e sentì che stava sudando freddo. «Perché ho paura.»

Il tedesco parve stupito dalla risposta. «Tu hai paura di me?»

Lucrezia sostenne il suo sguardo, ma annuì debolmente.

«Eppure mi chiami "stupido cafone", ogni volta che esci

da questa stanza. A questo punto, visto che non ti fai problemi a rivolgerti così a me, dammi pure del tu.»

Lei arrossì.

Will andò verso l'armadio e lo aprì.

I piedini non c'erano più. Al loro posto, una cascata di capelli neri. Il corpicino tremava tutto.

«Si è spaventata» constatò Will. Tese una mano e accarezzò i capelli della ragazzina.

«Lei è Yu Kari» disse a Lucrezia, «ed è giapponese.»

Lucrezia mosse un passo verso la creatura rannicchiata nell'armadio. Non aveva mai visto una persona giapponese.

Will continuò ad accarezzarla e dopo un po' la ragazzina alzò lo sguardo verso di lei.

Aveva gli occhi più neri che avesse mai visto. Era sporca e spaventata, ma Lucrezia la trovò bellissima.

«Quanti anni ha?»

«Dodici, credo» rispose Will. Le tese una mano e Yu Kari saltò fuori dall'armadio. Stava ancora tremando.

«Come mai...?»

Will la fulminò con lo sguardo.

«Troppe domande, signorina» tagliò corto.

Lucrezia si zittì e allungò una mano alla bambina. «Ciao, Yu Kari. Io sono Lucrezia.»

Le mancavano molto i suoi alunni. Cercò di sfoderare il sorriso più incoraggiante che poteva. Yu Kari, timidamente, ricambiò.

«Come siamo belle, quando sorridiamo» disse Lucrezia.

«Incredibile» commentò Will. «Da quando è con me, non l'avevo mai vista sorridere.»

«Non stento a crederci» rispose Lucrezia, poi si morse la lingua per la sua troppa audacia.

«Non ho neanche mai sentito la sua voce» confessò Will. «Temo che sia muta.»

«Io credo sia solo spaventata a morte» ribatté Lucrezia.

Will annuì.

Lucrezia si avvicinò a Yu Kari e si chinò verso di lei. Le prese le mani e se le mise intorno alla vita. La bambina abbandonò il viso contro il suo petto.

A Lucrezia vennero le lacrime agli occhi.

«Tutti questi giorni chiusa qui dentro» mormorò, «povera piccola.»

«Hai un'alternativa migliore?» borbottò Will. «Se si spargesse la voce che mi porto dietro una bambina, diventerebbe subito un facile bersaglio per chiunque volesse colpire me.»

«Capisco. Siamo in guerra, dopotutto. Non fidarsi di nessuno è la chiave per sopravvivere. Ma non pensavo che anche un ufficiale avesse di questi problemi. Una soluzione per questa povera ragazzina però bisogna trovarla. Non può continuare a passare le sue giornate chiusa in un armadio. Dove dorme, poi? Sul tappeto?»

Will la guardò con aria truce.

«Ci dormo io, sul tappeto» rispose.

Lucrezia accarezzò i capelli della bambina.

«Dovremo farle un bagno» aggiunse, poi.

«Io non ho tempo per queste cose. Sono già in ritardo. Oggi devono partire alcuni soldati e mi stanno già aspettando.»

«Posso occuparmi io di lei. Sono molto impegnata, ma qualcuno deve pur farlo.»

Will sembrava scettico.

«Perché dovresti aiutarmi, signorina Lucrezia?»

«Non lo faccio per te, ma per questa ragazzina» rispose Lucrezia, piccata.

«In questo caso, abbiamo un accordo» concluse Will. «Da questo momento in poi avrai la chiave della mia stanza. Sarai l'unica a potervi accedere. Ti occuperai di Yu Kari e in cambio potrai avere tabacco e cioccolato. O quello che vuoi.»

«Non voglio niente in cambio» ribatté Lucrezia, infastidita. Si guardarono negli occhi e questa volta lei sostenne lo sguardo di Will fino alla fine.

«Magari un giorno potresti farle visitare il farfallario. Sei tu la ragazza delle farfalle, vero?»

Lucrezia si sentì di nuovo avvampare.

«La ragazza delle farfalle?»

«I miei uomini ti chiamano così» le rivelò lui, e accennò un sorriso. Era molto più affascinante, quando sorrideva.

«Cercherò di conquistarmi la fiducia della ragazzina» disse Lucrezia. «Prima che voi arrivaste qui, facevo l'insegnante.»

Un'ombra di malinconia calò sul viso dell'ufficiale. Ci fu un attimo di silenzio, poi lui raddrizzò la schiena e la salutò con una sorta di buffo inchino.

Quando fu uscito dalla stanza, Lucrezia si accorse di avere ancora il cuore a mille.

«Yu Kari» disse alla ragazzina, che non la smetteva di fissarla, «io sono Lucrezia.»

Yu Kari sembrò capire.

La guardava con due occhi penetranti e profondi, che nascondevano tutti i segreti della storia che Will non aveva voluto rivelarle.

«Non so cosa ti sia successo, angioletto dai capelli corvini» mormorò Lucrezia, «ma da adesso in avanti, per te ci sarò io.»

7

SFINGIDE DEL CONVOLVOLO: le ali di questa farfalla hanno una colorazione bruno-grigiastra e sono decorate a fasce. Il nome prende origine dal comportamento del bruco di questa famiglia (le Sfingidi): quando viene disturbato, solleva il capo e assume una posizione che secondo gli entomologi è simile a quella di una sfinge egizia. Se una situazione ti infastidisce, non tenere la testa bassa. Assumi la posizione della sfinge. Tutte le farfalle, un tempo, sono state fieri bruchi combattenti.

Yu Kari passò un altro spillo a Lucrezia, che lo afferrò delicatamente con la punta delle dita, infilzò la crisalide e la mise nella teca insieme alle altre.

«E adesso fate la nanna, mie adorabili bambine. Presto sarete libere di scorrazzare nella vostra casa.»

Yu Kari le sorrise. Lucrezia aveva il vizio di parlare da sola e la ragazzina giapponese sembrava gradire. Pendeva dalle sue labbra, anche se forse non capiva una sola parola.

Era passata una settimana da quando aveva scoperto della sua esistenza e da allora, ogni volta che aveva potuto, Lucrezia aveva cercato di stabilire un contatto. La ragazzina non aveva mai parlato, ma in compenso sembrava un'ottima ascoltatrice e di sicuro adorava il farfallario, almeno quanto Lucrezia.

Ce l'aveva portata il giorno successivo, scortata da Will. Stava per fare buio. Avevano nascosto Yu Kari in una cesta per i panni sporchi, poi le avevano adagiato sopra un lenzuolo. Era talmente magra e leggera, che Will era riuscito a trasportarla senza usare un carrello.

«Bisognerà fare molta attenzione» le aveva raccomandato Will. «Spesso io non potrò essere con voi. Quindi la responsabilità sarà solo tua.»

Lucrezia rabbrividì. Sapeva che prendersi cura di Yu Kari era un impegno gravoso e pericoloso, ma lei non lo temeva. E non c'entrava solo la sua passione per l'insegnamento. C'era qualcosa di più. Aveva provato subito una sorta di strana empatia con Yu Kari. Come se fossero collegate da un filo invisibile. Lucrezia credeva nel destino. Soprattutto, era convinta che nessun incontro avvenisse per caso.

Quando avevano appoggiato la cesta al centro del farfallario, Lucrezia aveva tolto la coperta e Will aveva accarezzato la testa della ragazzina, mormorando qualcosa in giapponese.

«Sai anche il giapponese?» aveva chiesto lei, sempre più sorpresa.

«Solo qualche frase» si era schermito Will. «Ho lavorato in Giappone per un periodo.»

«È stato lì che hai conosciuto Yu Kari?»

Will annuì.

«Ma non voglio parlarne davanti a lei. Potrà anche non capire la nostra lingua, ma non è affatto stupida.»

Intanto, alcune farfalle avevano iniziato a svolazzare intorno alla cesta. Yu Kari, dapprima spaventata, aveva poi spalancato gli occhi neri e si era guardata intorno.

«Credo che tutte queste piante le ricordino casa sua»

aveva mormorato Will. Lucrezia aveva studiato la sua espressione: sembrava commosso. Doveva tenere molto a quella ragazzina. Da quel momento, non aveva fatto altro che pensare a lui sotto una luce diversa. Non aveva solo un paio di incantevoli occhi azzurri, che assumevano tonalità violette alla luce del sole. Era anche sensibile. Però accidenti, concludeva ogni volta che ci pensava, era pur sempre un ufficiale tedesco. Un nemico, insomma. Almeno così aveva continuato a ripeterle Martino, quando era riuscita a scambiare due parole in privato con lui, lontano da orecchie e occhi indiscreti.

Yu Kari aveva teso la mano e tentato di sfiorare una farfalla. Poi aveva guardato Will, come a chiedergli il permesso di uscire dalla cesta. Lucrezia si era sentita stringere il cuore. Will aveva annuito e lei si era tolta il lenzuolo che le ricopriva ancora i piedi e si era messa a passeggiare per il farfallario.

Aveva sfiorato alcune piante e annusato un bocciolo. Lucrezia l'aveva osservata. La ragazzina sembrava voler imitare il volo delle farfalle, o le loro movenze. Camminava in punta di piedi, nonostante non fosse necessario, e osservava i lepidotteri senza più provare a toccarli. Non c'era stato bisogno di sgridarla, né di farle capire in alcun modo che le farfalle non andavano disturbate. Doveva essere molto intelligente.

Nei giorni successivi, Lucrezia aveva fatto il possibile per conciliare i suoi impegni e gli incontri con Yu Kari. Certe volte non poteva fare altro che andare in camera di Will e passare del tempo con lei, a disegnare su alcuni vecchi quaderni che usava per i suoi bambini a scuola. Yu Kari ogni tanto guardava fuori dalla finestra, come per farle capire che avrebbe tanto voluto tornare a vedere le farfalle.

Quel giorno, finalmente, Lucrezia aveva trovato una scusa per coprire il carrello della biancheria e infilarci dentro la ragazzina. Prima di nascondersi, Yu Kari le aveva rivolto un sorriso che l'aveva ripagata di tutta la stanchezza e la tensione.

Alcuni fascisti che aveva incrociato avevano fatto un commento sul suo fondoschiena. In altre circostanze Lucrezia forse li avrebbe persino sfidati con lo sguardo, ma in quel momento il suo obiettivo era chiudersi nel farfallario con la ragazzina, per cui aveva lasciato correre.

Yu Kari osservava Lucrezia, che controllava le foglie alla ricerca di nuove crisalidi.

«La settimana prossima arriveranno nuovi bruchi» commentò, estasiata. Le sembrava impossibile essere riuscita a fare degli ordini in quei tempi duri, ma Will era stato irremovibile: il farfallario era importantissimo, per lui e la bambina, e quindi si era offerto di pagare tutte le spese. Lucrezia aveva accettato. Non aveva fatto parola di Yu Kari con nessuno: né con Maria, né con sua madre. I patti erano chiari: la ragazzina doveva rimanere un loro segreto.

Lucrezia osservò Yu Kari giocare con le farfalle, il viso che sembrava di porcellana e l'aria beata di chi si sta godendo un momento di pura felicità.

«Quanto potrà durare?» si chiese ad alta voce, mentre

la ragazzina accennava qualche passo di danza e poi sorrideva.

Will aveva ragione: probabilmente Yu Kari era muta. Lui le aveva assicurato di non averla mai sentita proferire parola e Lucrezia, ormai, aveva finito per credergli. Doveva essere così. Aveva anche provato a farla scrivere, ma Yu Kari si era rifiutata. Invece, quando Lucrezia leggeva, sembrava assorbire ogni parola, come incantata.

Avrebbe tanto voluto che quella ragazzina potesse parlare. Di sicuro aveva centinaia di domande da farle sulle farfalle e Lucrezia sarebbe stata felice di insegnarle tutto ciò che sapeva. Stare in quella serra, a volte, era come essere immersi in una crisalide. E in quel periodo, Lucrezia avrebbe trovato qualsiasi scusa per rimanerci il più a lungo possibile. Yu Kari le indicò una farfalla che stava succhiando del nettare.

«Quella è la farfalla Monarca» le spiegò allora lei. «È un'abile volatrice. Per venire qui ha attraversato l'oceano. Proprio come te.»

La ragazzina si fece seria e annuì. Chissà se aveva capito.

«Lucrezia!» chiamò una voce proveniente dall'esterno del farfallario. Quasi sicuramente era Maria.

«Accidenti, non dovrebbe essere qui!» imprecò Lucrezia. Poi guardò Yu Kari. Maria era una sua amica, ma aveva il vizio di parlare un po' troppo e non c'era da fidarsi di lei. Non ci si poteva fidare di nessuno.

«Devi nasconderti» disse con rammarico Lucrezia alla bambina, indicandole il capanno degli attrezzi che suo padre aveva ricavato di fianco alla serra.

«Vai lì. Io arrivo subito» le promise.

Yu Kari corse verso il capanno. Aveva capito.

Lucrezia si affrettò a uscire dal farfallario.

«Maria!» disse, fingendo di essere contenta di vederla. La sua amica sembrava parecchio preoccupata.

«Sto andando via» la informò. «Ma devo parlarti di Martino.»

Lucrezia alzò gli occhi al cielo.

«Non fare quella faccia, questa volta non si tratta della mia stupida cotta. È davvero urgente.»

«Dimmi, allora» si arrese lei.

«Non possiamo entrare?»

«Restiamo qui. Prendo un po' di aria fresca, almeno.»

Maria la guardò come se fosse pazza. In effetti, stava arrivando l'inverno e si gelava.

«Come ti pare. Ne approfitto per fumare l'ultima sigaretta… L'ultima per chissà quanto tempo» sospirò. Prima di accenderla, si guardò intorno, circospetta. C'era sempre il rischio che qualcuno le stesse spiando. Ormai si erano abituate a parlare sommessamente, le fronti vicine, le mani che si sfioravano. Anche quando non si trattava di questioni importanti, tra loro c'era il tacito accordo di tenere la voce al minimo volume possibile.

«Non hai più un soldato che ti rifornisce?»

Maria fece una smorfia.

«Fossi in te non ci scherzerei su. Bisogna decidere da che parte schierarsi. Anche noi donne dobbiamo fare la nostra parte.»

«Vuoi farti ammazzare? È mio fratello che ti ha detto queste cose?»

Maria prese la mano di Lucrezia. Le sue dita erano congelate.

«Vuole scappare. Ma la sua ferita non è ancora guarita del tutto. Dice che non c'è tempo da perdere. Non appena starà bene, lo rispediranno a combattere. Lucrezia, temo per la sua vita. Tu sola puoi convincerlo almeno ad aspettare.»

«Sai che hanno bisogno di lui» mormorò Lucrezia. «E sai che appena riuscirà, sparirà su in montagna. Lo stanno aspettando. Ha già finto abbastanza di stare dalla parte dei tedeschi.»

«Non credi che debba rimanere qui, nascosto da qualche parte?»

«Ci hanno provato in molti» ribadì Lucrezia, «e non hanno fatto una bella fine. Torturati dai tedeschi, quando è andata bene. Per non parlare di ciò che succede a chi li nasconde. Ho sentito che picchiano anche le donne.»

Lucrezia aveva parlato con un tono di disprezzo nella voce.

Maria trasse un sospiro di sollievo.

«Che c'è?» chiese Lucrezia. «Sembri quasi contenta.»

«Sono davvero preoccupata per tuo fratello» le confidò Maria, «non hai idea di quanto tenga a lui e alla sua vita. Ma in effetti lo ero anche per te. E mi fa piacere sapere che sei dei nostri.»

«E da che parte dovrei stare, secondo te? Ho paura. Come tutti. Ma non sono mai stata una repubblichina. Mai lo sarò» s'inviperì Lucrezia. Si accorse di aver fatto un passo indietro, quasi che i piedi avessero intenzione di scappare. Si sentiva tradita dalla sua stessa migliore amica, che l'aveva creduta capace di schierarsi con il nemico. Aveva ragione: non poteva fidarsi di lei.

«Non prenderla così male, stavamo solo ipotizzando.»

«Tu e chi?»

Maria serrò le labbra.

«Maria, con chi hai parlato?»

«Martino dice che quel tedesco, Will, ha una cotta per te.»

Gli occhi di Lucrezia divennero piccole, imperscrutabili fessure.

«Martino è stato sempre geloso di me. Fin da piccoli, non potevo giocare con nessun bambino senza la sua approvazione. Lo sai benissimo, perché c'eri anche tu.»

Maria sorrise.

«Certo» disse in tono bonario, «mi ricordo quella volta che ti nascondesti con Giacomo nel tronco di un albero e lui gli diede un pugno sul naso, perché pensava vi foste baciati. Ma quelle erano cose da ragazzini, Lucrezia. Adesso si sta parlando di una questione diversa. Quella di Martino non è solo gelosia, capisci? Era seriamente preoccupato per te. Non ci si può fidare dei fascisti. Tantomeno dei tedeschi. Lo capisci?»

Lucrezia sentì che le mani iniziavano a sudarle. Martino era furbo. Che cosa avrebbe fatto se avesse scoperto che sua sorella aveva stretto un patto con l'ufficiale che ospitavano alla villa?

«Certo che lo capisco» cercò di tagliare corto, «e riferisci pure a Martino che se vuole rassicurazioni, può chiedere direttamente a me. Sono pronta a fare la mia parte, come tutte, per il bene della patria.»

Maria la osservò come se stesse cercando un'ombra di contraddizione nel suo volto. Lucrezia non abbassò lo sguardo.

«Quindi non provi niente di serio per quel tedesco?»

«Ma come ti salta in mente?»

Maria strinse i pugni. «Io ti voglio bene, Lucrezia. Come a una sorella. Ma non so se riuscirei a rispettarti ancora, sapendo che hai una relazione con lui.»

«Parli come una vera partigiana, ma sappi che qui siamo in due a sentirci oppresse, non solo tu!»

«Meglio così, perché ci sarà bisogno del tuo aiuto, in effetti» ammise Maria. «Che ti piaccia o meno, è evidente che l'ufficiale Brusseler ti ha preso in simpatia. Devi riuscire a distrarlo, tra due sere, quando Martino ha in programma di scappare. Se scoprono il rifugio, tutto è perduto. Siamo solo agli inizi, ma è una battaglia che possiamo vincere.»

Maria schiacciò la sigaretta con la punta della scarpa.

Lucrezia si asciugò sul grembiule le mani, sudate nonostante il freddo.

«Fa paura anche a me sentire parlare di queste cose» disse Maria, «ma mi fa più paura pensare di dover sottostare a quei crucchi di merda o, peggio ancora, ai fascisti.»

Lucrezia non poté fare a meno di pensare agli occhi chiari di Will e alla sua espressione commossa, mentre guardava Yu Kari sorridere. In quel momento, si sentì una traditrice. Stava tradendo sua madre, prima di tutto, che sopportava l'invasione alla villa solo per avere razioni di cibo per la sua famiglia. Stava tradendo Martino, perché la sera, prima di addormentarsi, il suo pensiero andava a Will e al suo sguardo penetrante. Stava tradendo la sua migliore amica, perché non poteva confidarle ciò che aveva iniziato a provare il suo cuore. Ma stava tradendo anche Will: lui era il nemico, eppure condividevano un segreto, avevano un accordo a cui lei non poteva sottrarsi. Lasciava che tutti lo chiamassero verme, infame, crucco. Quei suoni le facevano male alle orecchie.

«Ti accompagno al cancello» disse alla sua amica, cercando di mascherare tutti quei pensieri, «poi tornerò qui a sistemare un paio di cose nel farfallario.»

Maria fece una smorfia di disappunto.

«Che c'è?»

«Niente» rispose l'amica, «è solo che siamo in guerra e tu non smetti di allevare farfalle. La trovo una cosa piuttosto ridicola.»

Maria era sempre stata un po' invidiosa di lei. In fondo, tra le due, era Lucrezia quella ricca, con due fratelli stupendi e un futuro garantito. Tuttavia, ora che erano in guerra, tante differenze si erano appianate. Lucrezia lasciò correre e si incamminò lungo il viale che portava al cancello.

«Ci sarà una festa tra due giorni, nella villa qui accanto, che è di un gerarca fascista. Ci andranno praticamente tutti e Martino intende portarmici. Ci saranno anche dei partigiani mischiati tra la folla e a un certo punto se lo porteranno via. Tu ballerai con Will per tenerlo occupato.»

Lucrezia si sentì avvampare. Fu costretta a voltare la faccia dall'altra parte.

«E chi ti dice che lui vorrà ballare con me?»

«Lo pensiamo tutti. Datti solo una sistemata a quei capelli, per favore. A volte sembra che tu abbia dimenticato che la guerra non ha distrutto gli specchi.»

Lucrezia non rise alla battuta, ma incassò il colpo senza replicare. Non vedeva l'ora che Maria se ne andasse.

«Martino è in grado di camminare?»

«Non proprio. Zoppica vistosamente. Avevamo pensato di nasconderlo a Dongo, a casa di un vostro parente partigiano, ma è troppo rischioso. I fascisti andrebbero a cercarlo pure lì.»

«Che cos'ha di tanto speciale mio fratello? Perché vogliono catturarlo a tutti i costi?» chiese all'improvviso Lucrezia.

Maria abbassò gli occhi. «Niente. Assolutamente niente. Solo che la guerra rende tutti più cattivi e quei bastardi non ci mettono niente a puntarti la rivoltella contro. Il tuo bell'ufficiale non è da meno. Quindi stai attenta. Usalo, ma poi giragli alla larga. Non concedergli più del necessario. Hai capito?»

Il tono di Maria era severo. Lucrezia non l'aveva mai vista così arrabbiata con qualcuno. Aveva preso la questione sul personale, forse perché, al contrario di lei, si era data anima e corpo alla causa. Lucrezia avrebbe tanto voluto confidarle tutto, ma sapeva che l'amica l'avrebbe presa a schiaffi e dopo quella conversazione ne era sempre più convinta. Il loro rapporto stava inaridendo al sole di un conflitto che nessuna delle due aveva voluto.

«Farò la mia parte» la rassicurò dopo un attimo di esitazione.

«Bene, e poi scapperai. Questa gente va sfruttata, non

assecondata. Stiamo solo aspettando il momento giusto per entrare in azione.»

Lucrezia annuì, poi si abbracciarono.

Quando finalmente riuscì a salutarla, si rese conto che il sole era calato. Pensò a Yu Kari sola, in quel capanno buio e scuro, e si mosse a passo svelto verso il farfallario.

Non accese luci, per non destare ulteriori sospetti. Era già abbastanza turbata per il fatto che suo fratello si fosse accorto che tra lei e Will c'era un'intesa particolare. Ma come aveva fatto, dato che giaceva a letto, ancora sofferente? La gente chiacchierava davvero troppo. Erano tutti pronti a puntarti un coltello dietro la schiena. La stessa Maria poteva avergli riferito qualcosa.

Lucrezia spinse la porta della serra ed entrò nel farfallario. Si appoggiò un attimo alla parete accanto alla teca delle crisalidi, per cercare di far rallentare i battiti del suo cuore, già piuttosto provato.

Fu allora che sentì una strana melodia. Proveniva dall'interno del farfallario: ne era sicura. Ma era troppo buio per vedere qualcosa. Trattenne il fiato. Era la voce acuta e limpida di una ragazzina. Le parole erano incomprensibili, ma il loro suono era bellissimo. Sembrava che un usignolo fosse entrato nella serra e stesse dando la buonanotte alle sue farfalle. Lucrezia, per un istante, si abbandonò al conforto di quella musica e scordò ogni cosa: suo fratello partigiano, la guerra, la mancanza di provviste, la paura di morire.

Poi si riscosse e accese una candela. Il canto, di colpo, si interruppe.

Gli occhi di Lucrezia si scontrarono con i profondi pozzi scuri di Yu Kari. La ragazzina si mise una mano sulla bocca, come se avesse fatto qualcosa di grave.

«Ma allora non sei muta!» esclamò Lucrezia. Non riusciva neanche a sgridarla per essersi allontanata dal capanno degli attrezzi. Una farfalla si era appoggiata sulla sua spalla e la ragazzina se ne stava lì immobile come una statua, agghiacciata dalla paura, per la possibile reazione di Lucrezia.

«Hai una voce bellissima» disse lei, e si avvicinò di qualche passo. «Non ti avevo mai sentita cantare. Insomma, non avevo proprio mai sentito niente di simile a quella canzone. Ti va di cantarla ancora? Siamo solo io e te, qui. Non ci ascolta nessuno.»

Yu Kari si guardò intorno. Lucrezia appoggiò la candela a terra.

«Insegnamela» la pregò ancora, e tentò di canticchiare la melodia che aveva appena udito.

La ragazzina le sorrise e aprì la bocca per intonare ancora quel canto.

Lucrezia, stavolta, cercò con molta fatica di andarle dietro. Le piaceva cantare ed era decisa a trovare un modo per comunicare con Yu Kari.

La prese per mano e cantò con lei, sottovoce, come fossero due complici ribelli.

Infine si mise a ridere e Yu Kari la imitò. All'inizio la sua risata era qualcosa di sommesso, appena percettibile. Ma ben presto si trasformò in un suono rotondo e deciso. Yu Kari si teneva la pancia con le braccia ossute e rideva, rideva, quasi non lo facesse da secoli. Sembrava non dovesse smettere più.

Tutto quel ridere divenne singhiozzo e il singhiozzo si tramutò in pianto disperato. Anche Lucrezia avrebbe voluto piangere, ma non fece altro che abbracciarla.

«Sì, piccolina» sussurrò. «Brava, così. Sfogati.»

Le accarezzò la testa e sentì la morbidezza di quei capelli lucidi e fini.

«Povera Yu Kari, da quanto tempo il mondo non sentiva la tua voce. Da quanto tempo non ti lasciavi andare a un pianto così.»

La tenne ancora più stretta. E si spaventò del pensiero che le attraversò la mente proprio in quel momento e che continuò a tamburellarle in testa per un bel po': *Non vedo l'ora di raccontare tutto a Will.*

8

PIERIDE DEL NAVONE: è una farfalla di colore biancastro, che presenta delle striature verde chiaro e alcune macchie grigie nella parte inferiore delle ali. È ampiamente diffusa nel Nord America e in Italia. La si può trovare in zone incolte, vicino a giardini, siepi, sulle rive dei fiumi. Questa è una farfalla che incontrerai quando avrai bisogno di solitudine. Non avvicinarti. Tu sei la creatura che porta macigni pesanti. Lei è quella che ti insegnerà come disfartene, se la osservi da lontano.

«E questo è mio fratello più piccolo, Alfonso» disse Lucrezia, mostrando alla giovane giapponese una fotografia del fratello.

«Fonso.»

«Al...» sillabò paziente Lucrezia.

«Al...» ripeté con fatica Yu Kari.

Lucrezia annuì.

«Al... fonso!» terminò la ragazzina.

«Brava!» disse Lucrezia, battendo le mani. Ogni progresso di Yu Kari le sembrava un miracolo. Dopo averla sentita cantare, tutto tra loro era cambiato. La ragazzina si era lasciata andare e aveva iniziato a voler ripetere le parole di Lucrezia. Da due giorni, ogni volta che poteva, Lucrezia tentava di insegnarle a parlare l'italiano. Continuava a ripeterle che era bravissima e Yu Kari la guardava con sospetto, quasi non ci credesse. Non dovevano averla elogiata spesso, in vita sua.

«Alfonso qui?» chiese Yu Kari. In soli due giorni riusciva già a farsi capire e formulare delle brevi domande.

«No» mormorò Lucrezia. «Alfonso è a combattere. Per colpa del Mascellone.»

L'aveva sentito chiamare così, il duce, e da quel giorno, quando poteva, si divertiva a dargli quel nome ogni volta che era da sola.

Quando Lucrezia ripensava alla loro infanzia, vedeva Alfonso indossare le camicie e i pantaloni dismessi da Martino.

«Questo ti sta piccolo» diceva Alfonso, quando vedeva una camicia che iniziava a coprire a malapena i polsi ossuti del fratello. Sapeva che sarebbe toccata a lui e vestiva ogni abito come fosse un privilegio. A scuola, in prima elementare, non aveva detto il suo nome, ma aveva sentenziato: «Sono il fratello del Martino» e tutti l'avevano guardato con rispetto. E ogni volta che qualcosa non andava, c'era sempre Martino a mettere a posto le cose.

Lucrezia ricordava ancora la volta in cui Alfonso era tornato a casa piangendo, con il naso sanguinante.

«Chi è stato?» aveva chiesto Martino.

«Il figlio della Pina.»

Martino non aveva aspettato il parere di Ernesta, né quello di suo padre. Si era precipitato da Gilberto, il figlio della Pina, la calzolaia, e l'aveva preso per la giacchetta, in piazza, davanti a tutti.

«Tu mio fratello lo devi lasciar stare, hai capito?» gli aveva detto. «Altrimenti lo vedi quel lampadario?»

Aveva indicato l'enorme lampadario all'ingresso dell'unica taverna che si affacciava sul lago.

«Io ti metto lì sopra e ci rimani tu, a far luce.»

Gilberto aveva la stessa età di Alfonso. Aveva guardato Martino, quel ragazzetto tutto ossa e coraggio, sputargli in faccia la sua rabbia e nonostante fosse più grosso di corporatura non aveva accennato a una replica. Aveva solo fatto segno di sì con la testa. Il giorno dopo, la signora Pina si era presentata a casa loro e aveva obbligato Gilberto a chiedere scusa.

La cosa bizzarra era stata che dopo quell'episodio Alfonso e Gilberto erano diventati migliori amici. Secondo Ernesta, Gilberto si era preso così paura che aveva deciso di compiacere Martino in tutti i modi. Ma la realtà era che quei due si erano scoperti molto simili. Alfonso, crescendo, aveva smesso di mettere i pantaloni di Martino e ne aveva pretesi di nuovi. La sua ammirazione era diventata invidia. Martino all'inizio non ci aveva fatto caso, però col passare del tempo c'erano stati i primi scontri verbali, che si consumavano quasi sempre a tavola. Ed era Martino, a cedere. Il loro rapporto aveva iniziato a vacillare e la guerra aveva fatto il resto. Martino si era schierato subito, senza dubbi, con i partigiani e pretendeva che Alfonso facesse lo stesso. Per lui era stato un gran colpo venire a sapere che il suo adorato fratello minore aveva già compiuto una scelta senza nemmeno parlargliene e si era schierato con i repubblichini, insieme all'amico d'infanzia, Gilberto.

«Lui ti diede un pugno sul naso, in passato. Ma tu ora me ne stai dando uno al cuore» gli aveva detto Martino, il giorno della verità. «Non so se riuscirò mai a perdonarti, per questa tua scelta.»

Lucrezia sospirò. Chissà se Martino parlava sul serio.

«Ti piacerebbe molto, Alfonso. Fa il duro, ma in realtà è il mio fratellone dal cuore d'oro.»

«Olo?»

«Scusa, mi sono messa a parlare a raffica.»

Lucrezia scoppiò a ridere e Yu Kari la seguì a ruota, anche se non aveva capito nulla.

Poi la ragazzina si toccò il ciondolo che portava al collo. Lucrezia non l'aveva mai notato prima di allora.

«Mamma» disse, con un filo di voce.

«Te l'ha dato la tua mamma?» chiese Lucrezia, e prese il ciondolo tra le mani, per osservarlo meglio. Era una foglia d'acero, finemente lavorata. Doveva essere un regalo speciale. Sicuramente l'unico ricordo che Yu Kari possedeva di sua madre.

«Ti mancherà tantissimo» mormorò Lucrezia, e le accarezzò i capelli.

In quel momento entrò Will, che le trovò abbracciate sul suo letto. Distolse subito lo sguardo, quasi imbarazzato. Per lui a volte era difficile mantenere l'aria da burbero ufficiale e non sciogliersi alla vista di quegli scambi di pura tenerezza.

«Stiamo facendo progressi» lo informò Lucrezia, sistemandosi la gonna.

«Ciao, Will» lo salutò Yu Kari.

«Oh, ciao cara. Come stai?»

«Tutto bene. E tu?»

Will guardò Lucrezia, esterrefatto.

«Non ci posso credere. In soli due giorni? Mi auguro

che la guerra finisca presto e che tu possa riprendere il tuo lavoro. Devi essere una maestra fantastica.»

Lucrezia si sentì avvampare.

«Questa sera se volete potete rimanere qui in camera mia. Io devo andare a una festa.»

«Veramente» bisbigliò Lucrezia «devo andarci anch'io. Maria, la mia amica, sta facendo un po' troppe domande. Non voglio che si insospettisca.»

«Bene» disse Will.

«Mi dispiace molto che Yu Kari debba restare nascosta. È una situazione così pesante per tutti...»

Will annuì.

«Magari ne parleremo tra un ballo e l'altro.»

Lucrezia avvampò di nuovo.

«O il tuo fidanzato è un tipo geloso?»

«Non ho un fidanzato» rispose lei.

Per un attimo lo guardò come una ragazza qualunque avrebbe guardato un uomo che ci sta provando. Dimenticò chi fosse, il suo grado, la sua provenienza, il perché fosse lì. Le parve che anche lui stesse facendo qualcosa di simile. Si soffermarono a squadrarsi, come se si stessero vedendo per la prima volta. Non c'erano più l'assediata e l'oppressore.

Poi Lucrezia cercò di riscuotersi e finse di togliersi un immaginario capello dal maglione.

Se Maria mi vedesse adesso, capirebbe tutto, pensò. Lei era molto sveglia per quel tipo di cose, mentre Lucrezia era ben più sprovveduta. Ma fino a quando sarebbe potuta andare avanti a fantasticare, senza che ne derivassero conseguenze disastrose? Non era una che amava giocare con il fuoco. Non lo faceva per questo. Era solo che Will le piaceva. Era davvero così sbagliato? Forse no. Ma poteva essere molto pericoloso. E finire male.

Yu Kari spostò lo sguardo dall'ufficiale alla sua insegnante di italiano e alla fine bisbigliò: «*Koi no yokan*».

«Che cosa ha detto?» s'informò Lucrezia.

«Non ne ho idea» rispose Will.

Yu Kari li osservava sorridendo.

«Cielo, ma è tardissimo!» esclamò dopo un istante Lucrezia. «Devo ancora passare di sotto e poi correre a cambiarmi...»

Si girò verso Yu Kari e le diede una carezza sulla guancia. Le aveva chiesto il kimono per lavarlo e in cambio le aveva ceduto un suo vecchio vestito a fiori, color rosa pallido. Con la sua carnagione olivastra, le stava benissimo.

«Se riesco domani ti porto qualche noce» le promise. «Le piacciono tantissimo.»

«Noci!» ripeté Yu Kari.

Lucrezia salutò Will con un cenno del capo.

«Preferivo quando mi davi del cafone» scherzò lui.

Lei arrossì un'altra volta.

Percorse il corridoio canticchiando e fece anche una giravolta. La porta della vecchia camera di Martino si aprì e lei andò a sbattere contro il petto di suo fratello.

«Martino, che spavento!» disse, e si scostò subito. Da quando era tornato, i loro incontri erano sempre stati fugaci e formali. Come se fossero due estranei. Martino aveva la barba lunga e i capelli scarmigliati. I suoi occhi scuri saettarono da una parte all'altra.

«Eri di nuovo in camera di quell'ufficiale?» le chiese.

La afferrò per un polso e strinse.

«Martino, mi fai male» protestò lei.

«Questa sera dovrai ballare con lui. Ma solo per farmi un favore. Poi chiederai a Maria o a qualsiasi altra ragazza di sostituirti e non entrerai più lì dentro. Ci siamo intesi?»

«Cos'hai contro Will?»

Martino la guardò sprezzante.

«Ti ha dato di volta il cervello, forse? È un tedesco!»

«Abbassa la voce. Potrebbero sentirti.»

Martino capì di aver perso il controllo. Si guardò intorno e si rese conto che era appena passato accanto a loro un manipolo di soldati. Si passò una mano tra i capelli e cercò di contenersi.

«Sorridimi» mormorò.

«Come?»

«Sorridimi» disse di nuovo tra i denti. «Deve sembrare una banale conversazione tra fratello e sorella.»

Lucrezia si sforzò di fare come lui le aveva ordinato.

«Questa è ancora casa mia. Anche se loro l'hanno fatta diventare un puttanaio. Non voglio che mia sorella diventi la donna di un tedesco.»

Lucrezia alzò la mano per colpirlo, ma lui la fermò in tempo. Si guardò di nuovo attorno. Per fortuna non passava più nessuno.

«Ho già perso Alfonso, in questo modo. Per tutto il tempo in cui ero in battaglia, ho sempre pensato che mai e poi mai mi sarei fatto portare via, da una stupida guerra senza religione, le persone che amo. E tu sei una di queste, sorellina. Possibile che non lo capisci?»

«Ho accettato di aiutarti, questa sera» replicò Lucrezia, cercando di mantenere un tono di voce tranquillo, «e l'ho fatto solo per te.»

Martino si calmò un po' e la guardò con occhi meno spiritati.

«Stai rischiando molto. State rischiando tutti. Ma è per una buona causa. E io ci credo. Sono con te.»

Martino l'abbracciò e lei non poté fare a meno di pensare a come andavano le cose prima della guerra, quando lui era l'uomo di casa, andava a pesca e teneva insieme i cocci della famiglia.

«Sei sempre stato forte» gli sussurrò ancora.

«Anche tu. Proteggi sempre la mamma. E abbi cura di te stessa. Avremo ancora bisogno di te, di Maria e di chi vorrà dare una mano. Ma servono persone fidate. Ci sono armi da trasportare. Molti operai, alla Falck di Dongo, sono dei nostri. Dobbiamo disarmare i tedeschi, prima di tutto. Prenderci più armi possibili. Ma in quella armeria ci sono anche dei fascisti. Non devi fidarti di nessuno, hai capito? Nessuno. Stiamo anche pensando di stampare un giornale di propaganda.»

Una porta si aprì di scatto e Lucrezia trasalì. Una giovane con la divisa da repubblichina li guardò per un attimo, poi li salutò con un cenno. Martino le rivolse uno dei suoi irresistibili sorrisi.

«Un giornale? Ma è pericolosissimo» protestò Lucrezia con un filo di voce.

Gli occhi di Martino si infiammarono.

«Lo fanno nelle grandi città e tutti si stanno mobilitando. È un modo per restare uniti. Se solo Alfonso fosse qui con noi…»

Martino non aveva mai accettato l'idea che Alfonso avesse preso la strada opposta alla sua. Aveva fatto il duro, con quella frase sul perdono, ma non faceva che nominare il suo fratellino ogni volta che gli era possibile. Diceva che non era colpa sua: si era fatto trascinare dai suoi amici fascisti e ora si spacciava per uno di loro. Secondo Martino, però, poteva anche essere tutta una copertura, proprio come aveva fatto lui. Lucrezia preferiva che il suo fratello maggiore la pensasse così: non avrebbe tollerato di vedere quei due litigare di nuovo. Non per questioni di guerra, almeno. Sapeva che l'ira dei partigiani nei confronti dei compaesani fedeli al duce poteva essere ancora peggio di quella dei tedeschi. Era una questione di cuore, di leggi non scritte. Di onore. Si ricordava di come, qualche giorno prima, una donna che faceva la sarta avesse cercato di avvisare i tedeschi del nascondiglio di un disertore. I partigiani, nonostante le ronde, avevano agito di notte e avevano fatto scrivere sulla porta di casa sua: *Traditrice, a morte i traditori*. Si leggevano ovunque, quelle scritte, sui muri. *Abbasso il fascismo. Tutti i traditori verranno puniti*.

Da qualsiasi prospettiva la si guardasse, la situazione che si era creata dopo l'8 settembre sembrava surreale. Lucrezia pensò che lo stesso sarebbe potuto succedere alle sue farfalle, nel momento in cui un divisorio le avesse costrette a decidere: da una parte l'ossigeno, dall'altra il nettare. Bisognava solo decidere di quale morte morire. O di che cosa sopravvivere.

«Vai a farti bella. Il primo ballo è mio» le sussurrò, e le stampò un bacio sulla fronte.

Lucrezia si avviò verso la sua stanzetta. Se prima dell'incontro con Martino era contenta, adesso qualcosa la turbava nel profondo.

Ripensò a quello che gli aveva detto: *Ballerò con Will. Ma solo per te.* Era vero? O stava mentendo anche a se stessa? Da quando Yu Kari era apparsa, non poteva dirsi indifferente all'ufficiale tedesco. I suoi sentimenti stavano mutando. E le facevano paura. Non lo trovava solo bello. Gli sembrava anche diverso. Da tutti gli altri tedeschi. Dagli uomini che aveva incontrato fino a quel momento. L'amore che lui aveva riversato su quella ragazzina giapponese le aveva sciolto il cuore. Will era speciale, per lei, e non riusciva più a negarlo.

Si mise davanti al piccolo specchietto impolverato e sciolse i capelli. Prese il rossetto e se lo passò sulle labbra. Non aveva nemmeno un po' di cipria. Avrebbe voluto splendere quella sera, come in passato, quando l'unico problema era fin dove si poteva accorciare la gonna. Ma di vestito buono ne aveva uno solo, color sabbia. Almeno, si disse, metteva in risalto i suoi occhi e anche le forme. Si rimirò nello specchio e provò a fare qualche posa, come se le stessero scattando una foto.

Ernesta la trovò così, con il sedere un po' sporgente e il petto in fuori.

«Come ti sei combinata?» borbottò.

Sembrava molto stanca. Si sedette sul letto. «Se non avessi da preparare la cena me ne andrei subito a dormire.»

«Sono pronta per stasera» le spiegò Lucrezia, un po' imbarazzata.

«E ci vai vestita così?»

«Troppo corto?»

«Decisamente.»

A sua madre qualsiasi vestito sarebbe sempre sembrato troppo provocante.

«Cerchi di attirare l'attenzione di qualcuno?» s'informò Ernesta.

«Mamma» sbuffò Lucrezia, «c'è un po' di musica stasera. Si ballerà. Quando mi ricapiterà di nuovo, in tempi come questi?»

«Hai ragione» si scusò la madre. «È che sono così preoccupata. Martino non vuole parlarmi. Non fa che dirmi di stare tranquilla e non capisce che in questo modo mi agita ancora di più. Sta tramando qualcosa, lo so.»

Gli occhi di Ernesta incrociarono quelli di Lucrezia, nello specchio. La madre forse colse il disagio della figlia.

«Non riesco a stare dietro a tutto» sospirò Ernesta, «questa guerra mi sta uccidendo. Non saremo più gli stessi, neanche quando sarà finita. Non si capisce da che parte stare. Non si capisce niente.»

«Si sta coi partigiani, mamma» bisbigliò Lucrezia. «Si sta con Martino.»

«E allora il mio povero Alfonso?» chiese la donna, insicura.

«Alfonso ha fatto la sua scelta. Noi la nostra.»

«E tu hai scelto di stare dalla parte del nemico o sei davvero fedele a Martino?»

Ernesta tremava, nel porre quella domanda.

Non lo so mamma, pensò Lucrezia, in fondo al cuore non lo so più nemmeno io.

Avrebbe voluto abbracciarla e consolarla, ma il tempo stringeva e lei doveva incontrarsi con Maria.

«Adesso devo andare, ma domattina parleremo.»

«Fai attenzione, mi raccomando» la ammonì Ernesta, «non mi fido dei fascisti. Tantomeno dei tedeschi. E neanche dei partigiani, se proprio devo dirla tutta. Non mi fido degli uomini. E tu sei la mia unica figlia femmina. Meriti il meglio.»

Lucrezia le diede un bacio sulla guancia, poi uscì. Passando accanto agli ulivi ricominciò a sognare. Fece qualche passo di danza e guardò la luna, che era quasi piena e si rifletteva, argentea, sul lago. Nonostante tutto fosse in bilico, si rese conto di essere viva e felice. Il suo cuore batteva per qualcuno, come non succedeva da tanto tempo. Quel pensiero, per un attimo, la coccolò. In fondo non importava poi così tanto, se la persona per cui si stava prendendo una cotta era un crucco. La guerra sarebbe finita e ognuno avrebbe fatto quello che voleva. Lei avrebbe ripreso a insegnare e Will sarebbe rimasto lì a Ossuccio. Martino poteva insegnargli a pescare. Alfonso ne sarebbe stato felicissimo. E Yu Kari sarebbe stata la loro figlioletta. Avrebbe preso lezioni di canto e magari sarebbe diventata famosa. Lei l'avrebbe seguita in ogni concerto e si sarebbe seduta in prima fila, nei posti riservati, vestita di una pelliccia e con i tacchi alti.

Maria interruppe il flusso dei suoi pensieri.

«Non potevi indossare il soprabito nero, al posto di quel vecchio cappotto?» le chiese.

Lucrezia arrossì.

«Questo tiene più caldo» si giustificò. Poi prese l'amica sottobraccio.

«Allora» disse Maria, «sei impaziente di ballare con il tuo tedesco?»

Lucrezia scrutò il suo volto, per cercare di capire se la stesse provocando. Ma Maria sembrava avere ben altro per la testa. Lucrezia pregò che fosse concentrata a danzare, quella sera, altrimenti si sarebbe accorta che le sue attenzioni per Will non avevano niente a che vedere con la commedia. Lo sentiva sulla pelle, quel desiderio di stare con lui. Aveva paura che fosse come una specie di alone luminoso, che le risplendeva intorno e che tutti avrebbero notato. Forse la sua amica si era fatta andare bene la spiegazione che Lucrezia le aveva dato al farfallario. Forse era davvero stata più convincente di quanto pensasse.

«E tu con chi ballerai?» chiese, per distrarla.

«Ho intenzione di far girare la testa a un bel po' di uomini, così farò anche ingelosire Martino» rispose divertita Maria.

Quando entrarono nel salone della villa, le accolse la musica di un organetto e Lucrezia si guardò intorno. Non era mai stata lì, nonostante da casa sua fossero veramente solo pochi passi. I saloni erano due, separati da una loggia dorica a tre arcate, ed entrambi avevano enormi finestre, che davano direttamente sul lago. Il salone principale aveva un lampadario d'epoca vittoriana, talmente enorme da dare la sensazione di poter cadere da un momento all'altro. C'era anche un bel caminetto piastrellato, e sulle pareti, a osservare gli ospiti, gli sguardi tronfi e severi dei primi padroni di casa. Lucrezia si soffermò un attimo a rimirare quei ritratti e provò un certo imbarazzo. La Villa delle Farfalle era molto più modesta e lei avrebbe voluto fare dietrofront. Ma poi si ricordò del motivo che l'aveva spinta fin lì.

Lo scorse subito: era in divisa e stava bevendo del vino con altri soldati. Anche Will si girò verso di lei e le sorrise. Martino osservò la scena e le andò incontro.

«Maria, che splendore. E quanto ben di Dio» scherzò Martino, adocchiando il suo provocante décolleté. Maria accennò un sorriso e prese il cappotto di Lucrezia.

«Vado ad appoggiare questi e rimedio qualcosa da bere.»

«Ti sei fatto la barba» notò Lucrezia.

«Già. Ho pensato che fosse più comodo. Divertiti questa sera. Verrò a chiamarti al prossimo ballo delle volpi.»

Il ballo delle volpi era il foxtrot, naturalmente, e Lucrezia lo adorava.

Maria tornò con due bicchieri colmi di champagne e due soldati al seguito.

«Alla vostra, belle fanciulle» disse uno di loro, che portava i baffi e aveva due begli occhi scuri. L'altro fece il baciamano a Maria. Lucrezia ne fu certa: non se lo sarebbero scollate di dosso per tutta la sera e Maria avrebbe fatto qualche pazzia di cui poi si sarebbe pentita. Era fatta così. Dopo il primo bicchiere, entrambe avevano già gli occhi lucidi e ridevano a ogni battuta. La musica si faceva sempre più incalzante, tanto che Lucrezia si ritrovò in pista insieme al baffetto che la teneva per la vita, quasi senza accorgersene.

A un tratto, Martino le si parò davanti e lei fece in modo di precipitare tra le sue braccia, dicendo al soldato che doveva proprio concedere un ballo al fratello.

«Smettila di bere» le sussurrò lui in un orecchio. «Will non ci toglie gli occhi di dosso. È tutta la sera che ti osserva. Ora ridi.»

Lucrezia lo guardò senza capire. Lui di nuovo le bisbigliò: «Ridi».

Lei proruppe in una fragorosa risata. Era facile ridere, con l'alcol in corpo.

Martino faticava a ballare. La sua gamba non glielo permetteva. Ogni tanto il viso rivelava lo sforzo che stava facendo per nascondere il dolore.

«Brava, sorellina. Dopo questo ballo ti fionderai dal tuo tedesco e io me ne andrò. Ci sentiremo presto. Te lo prometto.»

Quando Martino si staccò da lei, tutti stavano battendo le mani a tempo di musica.

Stai attento, fratellone, pensò Lucrezia con il cuore in gola.

Lucrezia si ritirò in disparte e Will la raggiunse quasi subito.

«Sei molto richiesta, questa sera. Temevo che non sarei più riuscito ad avvicinarti.»

«Mi hanno fatto ballare molto. Ma è per questo che siamo qui, no?» incalzò lei.

Si sentiva inebriata da tutto quel vociare e dalla musica. Era audace ed elettrizzata.

«Io non sono molto bravo, ma se i piedi non ti fanno male, potrei invitarti per questo valzer.»

«I miei piedi potrebbero ballare fino a mattina» esagerò Lucrezia, «e io potrei non volermene più andare da qui.»

Will scoppiò a ridere.

«Questa sera sei diversa» le bisbigliò in un orecchio. «E non è solo il rossetto.»

Lucrezia sentì un brivido correrle giù per la schiena. La mano destra di Will si posò appena sotto le sue spalle. Il suo tocco era leggero, ma deciso. Lucrezia percepì l'odore della sua pelle e per un attimo si dimenticò che stava ballando con un tedesco, per una sorta di "missione" segreta. Sentiva molti occhi su di sé. Qualcuno iniziò a mormorare, indicandola. Lucrezia cercò di non pensare. La musica ricominciò.

«Te la cavi bene» approvò Lucrezia.

«E tu sei leggiadra come una delle tue farfalle.»

«Dopotutto sono la ragazza delle farfalle, no?» scherzò Lucrezia.

Era talmente emozionata, che dopo il primo ballo si dimenticò il motivo per cui era lì: distrarre Will. Martino aveva studiato tutto nei minimi dettagli: andare a quella festa era stato un vero colpo di genio. Nessuno poteva sospettare che sarebbe sparito proprio quella notte. Si era pure finto alticcio, ma lei sapeva che non aveva toccato neanche una goccia di vino.

«Sei bella» disse Will.

«Sono arrossita già due volte, oggi, per colpa tua» civettò Lucrezia.

«Lo sei sempre, non fraintendermi. Anche quando hai i capelli raccolti, e un ciuffo ti è sfuggito. Allora ci soffi sopra, per toglierlo dagli occhi.»

«Ce l'hai fatta di nuovo» disse lei. «Sei riuscito a farmi arrossire.»

Si sedettero a guardare gli altri ballare. Lucrezia si sentiva osservata da tutti. Forse era solo un'impressione. Maria era sparita e anche Martino. La sua amica non era andata neanche a salutarla. Ma era tipico di Maria, quando trovava un uomo che le piaceva. Lucrezia non la biasimava: non poteva certo aspettare Martino per sempre.

«Sono molto ammirato per ciò che stai facendo con Yu Kari.»

«Mi fa piacere. Mi sto affezionando parecchio a lei. Mi fa sentire meno la mancanza della scuola. Mi dà l'idea che la guerra non abbia cambiato tutto.»

Will sospirò.

«Quella bambina ne ha passate tante. È successo tutto così in fretta. Quando ero in Giappone, diventai amico di un soldato semplice. Mi insegnò qualche parola di giapponese e mi presentò sua moglie e la figlia, Yu Kari. Andai qualche volta a cena da loro.»

«Poi cosa successe?»

Will si guardò intorno. Qualcuno aveva iniziato a intonare canzoni, la situazione stava degenerando.

«Non è il posto giusto per questo genere di racconti. Che ne dici di due passi sul lungolago?»

Lucrezia esitò. In teoria, doveva tornare a casa con la sua amica, anche se non la vedeva più da nessuna parte.

«D'accordo. Ma poi devo rientrare.»

«Tuo malgrado, abitiamo nello stesso posto.»

Lei sorrise. Lo prese sottobraccio e mentre uscivano si rese conto degli sguardi di invidia e cattiveria che le lanciarono alcune ragazze. Immaginò i commenti che avrebbero fatto non appena avesse lasciato la stanza. Decise di scacciarli dalla testa con tutte le sue forze. Non dovevano rovinare quella serata.

«La luna questa sera è gigantesca» disse Will.

«Peccato per il freddo.»

Lui si tolse la giacca e gliela mise sulle spalle.

«Quel cappotto è troppo leggero» sussurrò.

«Ti ringrazio. Continua la storia di Yu Kari, ti prego» insistette lei.

Will sospirò.

«Vorrei parlare di cose meno tristi, ma mi rendo conto che devi sapere. Ichiro, il padre di Yu Kari, aveva tanti nemici. Non so come se li fosse fatti. Era un uomo litigioso, anche se con me si è sempre comportato bene e con gran rispetto. Sua moglie sembrava davvero molto sottomessa e anche la figlia. Una notte, una delle ultime prima di tornare in Germania, scoppiò un incendio nella sua casa. Qualcuno appiccò il fuoco di proposito, di questo ne sono certo. Io abitavo nella palazzina di fronte. Dormivo poco e male. Ci misi un secondo ad accorgermi delle fiamme. Mi precipitai in casa sua e...»

Will si interruppe. Si mise le mani sul viso.

«Continua, ti prego» disse Lucrezia.

«Non vorrei turbarti troppo. So che anche tu hai visto molti feriti, ma ti assicuro: fu una scena terribile, persino per me. La moglie di Ichiro era stesa a terra. Il corpo di Ichiro era accanto a lei. C'era sangue ovunque, sulla sua divisa. Un coltello da cucina accanto alla sua mano destra. Cercai disperatamente Yu Kari. La trovai svenuta, poco lontano, sotto il tavolo della cucina. Non so bene come andarono le cose. Aveva le mani insanguinate. Forse aveva cercato di rianimare suo padre, non ne ho idea. Solo lei potrebbe raccontarci cosa accadde davvero quella notte. La trascinai via, la affidai a un amico e gli chiesi di chiamare i soccorsi. Poi tornai in mezzo alle fiamme, per cercare di recuperare gli altri due corpi. E fu allora che mi resi conto di una cosa agghiacciante: Ichiro era ancora vivo.»

«Dio mio...»

«Le fiamme stavano per divorare il suo corpo e io rischiavo di bruciare insieme a lui. Perdeva sangue dalla bocca. Riuscì a dirmi solo una parola, prima di morire.»

«Quale?»

«Yu Kari.»

Lucrezia trattenne il fiato per l'emozione.

«Capii che la sua era una richiesta di aiuto. Non voleva che Yu Kari rimanesse sola e così mi stava chiedendo di portarla via. Era in pericolo lì, capisci?»

Lucrezia annuì. Anche lei avrebbe interpretato in quel modo le parole di Ichiro. E in certi casi la razionalità non conta. Se Will aveva pensato che la bambina dovesse andarsene dal Giappone, probabilmente era stata la scelta giusta per lei.

«È stato molto difficile nasconderla e farla viaggiare con me. Ma questo è quanto. Non ti voglio tediare con troppi dettagli.» Will si interruppe e la guardò. Poi riprese: «I tuoi occhi sono ancora più belli, con la luna dentro» sussurrò, sfiorandole delicatamente una guancia. Lucrezia appoggiò la testa sulla sua mano. Era una mano così grande e possente.

Will la ritrasse.

«Scusa» si affrettò a dire Lucrezia.

«Non è colpa tua» mormorò lui. «Sono io lo stupido.»

«Che intendi dire?»

«C'è un'altra cosa che devi sapere di me. Mi sei piaciuta da subito. Ma sono sposato. Ho una moglie, in Germania, anche se è una donna che non amo. Il nostro è stato un matrimonio combinato.»

«Perché non porti la fede?»

«Perché non mi sento davvero legato a lei.»

Lucrezia guardò l'acqua scura del lago. In un attimo tutti i suoi sogni sprofondarono come sassi pesanti nell'acqua. Si sentì mancare.

«Questo cambia ogni cosa» sussurrò. «Io sono una ragazza seria.»

«Lo so, Lucrezia. È per questo che non volevo avvicinarmi a te, nonostante provassi quest'attrazione incontrollabile. Ma poi tu hai scoperto la ragazzina e questo ha mandato all'aria i miei piani.»

«Anche tu, ora, potresti aver mandato all'aria i miei.»

Will le prese il mento tra le mani.

«La guerra ha cambiato le vite di tutti. Non sappiamo

quanto durerà, ma adesso è difficile fare programmi per il futuro. È impossibile sapere che cosa succederà. Questo ci rende fragili e vulnerabili. Ma anche forti. Possiamo vivere, Lucrezia. Dobbiamo, vivere. Per tutti quelli che continuano a morire.»

Lucrezia guardò i suoi occhi chiari illuminati dai riflessi della luna e si chiese che cosa avrebbe potuto fare per resistere al tumulto di emozioni che stava provando. La sua mano si posò sul petto di Will e lui la strinse. Poi le loro labbra si sfiorarono.

«È sbagliato» mormorò lei subito dopo.

«Lo so» rispose Will, e la strinse ancora più forte tra le braccia.

«È tutto sbagliato: la guerra, il momento, le ingiustizie. È tutto maledettamente sbagliato.»

Lui la attirò a sé di nuovo e questa volta si scambiarono un bacio appassionato. Lucrezia gli sfiorò il collo con le labbra. L'odore della sua pelle era intenso e virile. Le parve che il suo corpo non desiderasse altro che unirsi a quello di Will. Si sentiva fragile e vibrante. Da qualche parte nella sua testa continuavano a riecheggiare le parole "la puttana del tedesco". Ma in un'altra parte il desiderio di lui era più forte e alla fine vinse l'abbandono.

«Will...» bisbigliò, prima di abbandonarsi a un altro bacio infuocato.

«Rientriamo» disse lui, e la prese per mano.

Per tutto il tragitto, non parlarono più. Ascoltarono il rumore dei propri passi sull'erba, poi sulla ghiaia, infine sulle scale.

Si salutarono sottovoce, come due ladri, con un bacio leggero, quasi impercettibile.

«A domani» la salutò Will.

Lucrezia aprì la porta della sua camera.

Ernesta la sentì e accese la luce.

Si guardarono intensamente negli occhi. Lo sguardo di Ernesta era sorpreso, ma anche perentorio.

«Che ho fatto?» chiese Lucrezia.

Per un attimo ebbe paura che sua madre l'avesse spiata. Oppure che la sua espressione lasciasse trapelare quello che lei temeva da un po': si era innamorata.

Poi abbassò gli occhi e si rese conto dell'errore che aveva commesso. Si era dimenticata di ridare la giacca a Will. Era rientrata in camera con la divisa di un ufficiale tedesco sulle spalle. Ernesta non gliel'avrebbe mai perdonato.

9

PIERIDE DEL BIANCOSPINO: le nervature alari di questo lepidottero sono nere nei maschi e marroni nelle femmine. Si trova in luoghi fioriti di campagna, soprattutto in collina. È diffusa in buona parte di Europa, Africa mediterranea, Asia e anche in Giappone.

Il suo nome scientifico è Aporia, che significa "angusto passaggio", per la caratteristica del lepidottero di essere introvabile in certi periodi e in determinati luoghi, dove solo l'anno prima è stato presente. Alla schiusa, questa farfalla espelle un liquido color rosso sangue, che macchia l'albero sul quale è collocato il bozzolo. Questo ha portato a credere che la Pieride del Biancospino sia di cattivo presagio. Se incontri questa farfalla, fai molta attenzione: spesso è talmente impegnata a succhiare i liquidi dal terreno che potrebbe non spostarsi al tuo passaggio. Impara a non calpestare chi è più fragile di te.

Cernobbio, Albergo Regina Olga, 5 marzo 1945

Lucrezia si rigirò tra le lenzuola del letto a baldacchino. Will mormorò qualcosa, poi emise un suono basso e prolungato, simile a quello di un cane che guaisce. A lei venne da ridere, ma si trattenne. Scese dal letto e scostò le tende di pizzo bianco. C'era già del gran movimento, sotto di loro. Soldati tedeschi che partivano, altri che rientravano, nello stesso edificio in cui Lucrezia era al tempo stesso libera e prigioniera. Presto avrebbe dovuto svegliare il suo ufficiale e dirgli che era tempo di tornare alla Villa delle Farfalle. Will era dovuto andare a Como per certi documenti di massima segretezza e aveva chiesto a Lucrezia di accompagnarlo. Era molto teso in quei giorni e passava diverso tempo ad ascoltare notiziari e mandare messaggi ai suoi superiori. Lucrezia sapeva che qualcosa non stava andando per il verso giusto, ma non faceva mai domande. Will aveva trovato il modo di alloggiare nell'albergo che fungeva da quartier generale degli alti funzionari del governo germanico.

«Sarà solo per una notte» l'aveva avvisata lui, «ma almeno potremo dormire insieme.»

Lucrezia era sempre più combattuta: da una parte l'amore per Will, nel corso dei mesi, era cresciuto e si era rafforzato. Dall'altra, era divenuta più intensa anche la sua attività nella lotta partigiana. I compagni avevano iniziato a fidarsi di lei. Tutti dicevano che Martino, nome di battaglia Volpe, aveva una sorella davvero in gamba: una spia dei tedeschi. Lucrezia non si sentiva affatto così. Non era sua intenzione tradire Will, ma nemmeno Martino. Il suo cuore era diviso ogni giorno di più, quando in sella alla sua bicicletta prima e percorrendo sentieri nei boschi poi, portava munizioni e medicine a Martino e ai suoi compagni, nascosti sulle montagne. Era consapevole di quanto fosse rischiosa quell'attività. Non c'era via d'uscita. O decidevi di essere una partigiana, oppure eri una traditrice. Da qualche parte doveva stare. Aveva sentito di molte donne che erano già state arrestate, o uccise, per molto meno di quello che stava facendo lei. Però, con Will, era tutto più facile. Eppure non lo stava usando. Lo amava davvero. Come non aveva amato mai nessuno in vita sua.

Una sera, mentre rientrava a piedi, era stata fermata da un repubblichino. Nella borsetta aveva alcuni messaggi di vitale importanza, che avrebbe dovuto portare a Gravedona il giorno successivo.

«Ferma» aveva detto il soldato, con fare perentorio.

Lucrezia l'aveva osservato: avevano all'incirca la stessa età, eppure erano così profondamente diversi. Non l'aveva mai visto, neanche di sfuggita. E sì che conosceva tutti i suoi coetanei. Forse veniva da Milano. In ogni caso, appena udita la parola "alt", Lucrezia si era sentita già le manette ai polsi. Cercò di non tremare più del necessario e strinse i pugni, per far arrivare più sangue alla testa.

«Dove sei diretta?»

«Alla Villa delle Farfalle.»

Lo sguardo del giovane si era rabbonito. Tutti conoscevano la villa, sapevano che era occupata dai tedeschi e che fungeva da loro quartier generale.

«Cos'hai nella borsa?»

Lucrezia aveva tremato ancora di più. Se le avesse fatto rovesciare il contenuto non sarebbe finita nei guai solo lei, ma tutta la compagine sulle montagne.

«Niente di importante» aveva balbettato. Non era una grande "collegatrice". Molte delle sue compagne, quando trasportavano qualcosa di segreto, sapevano cosa rispondere e come farlo, se venivano intercettate. Sembravano quasi addestrate. Lei aveva troppa paura. Non sapeva mentire bene e aveva sempre un'aria spaurita, anche quando non era necessario.

«Questo posso giudicarlo solo io.»

Il fascista si era avvicinato, con un ghigno che avrebbe fatto spavento al demonio. Pareva quasi godere, in quel momento. Lucrezia aveva cercato di rabbonirlo.

«Mi aspettano alla villa» aveva detto, «davvero, devo rientrare prima della ronda.»

Ma lui sembrava non ascoltarla. Lei si era sentita persa. Aveva guardato quel giovane negli occhi.

Siamo così diversi, io e te, aveva pensato. Eppure, prima di questa guerra, ci saremmo potuti incontrare in un bar a Dongo e tu avresti provato a offrirmi un caffè. Io forse avrei rifiutato, perché la prima volta che un uomo ti offre qualcosa, bisogna sempre negarsi. Invece guardaci. Due ragazzi che giocano a fare la guerra.

La Balilla guidata da Will si era fermata accanto a loro proprio in quel momento. Lucrezia aveva tirato un sospiro di sollievo. Il fascista si era messo sull'attenti.

«Riposo, soldato» aveva detto Will, «qualche problema?»

Lui aveva indicato Lucrezia.

«Stavo esaminando il contenuto della borsa di questa possibile sovversiva, signore.»

Will aveva scrutato gli occhi di Lucrezia e conoscendola bene ne aveva indovinato tutto il terrore. Era chiaro che non si aspettava nulla da lei, per quanto riguardava il conflitto. Il suo amore andava oltre quello che Lucrezia doveva fare per il bene dei suoi compagni. Sapeva di non poter pretendere che lei stesse dalla sua parte. Lui era l'invasore, lei la prigioniera. Eppure si amavano alla follia. Al punto tale da non pensare alle conseguenze.

«Lei è con me» aveva detto Will, «e non è una sovversiva.»

«Sissignore» aveva risposto il repubblichino, con una smorfia a metà tra il seccato e il deluso.

Lucrezia si era affrettata a salire in macchina con Will.

«Grazie» aveva mormorato.

Will aveva aperto la bocca per rispondere, ma poi ci aveva ripensato. Per tutto il tragitto verso casa, non avevano scambiato una parola. All'ingresso della villa si erano salutati con un bacio appassionato.

Lucrezia era rientrata in camera e si era messa a piangere. Ernesta aveva fatto di tutto per consolarla, ma la situazione era talmente tesa che anche le parole di sua madre non le erano state di grande conforto. Non era facile, per Ernesta, accettare quella situazione.

«Ho un figlio in guerra insieme ai fascisti. Uno disperso tra le montagne, a fare l'eroe. E la terza ha avuto la disgrazia di innamorarsi del nemico» si lamentava sua madre.

Non avevano più parlato di quell'episodio. La loro relazione si fondava su un tacito accordo: non discutere di guerra. Ma spesso era difficile. Will nascondeva le sue carte, Lucrezia faceva sparire oggetti in borsa. Lui la proteggeva, lei non domandava mai nulla. Una mossa falsa e ci avrebbero rimesso allo stesso modo. Will imprecava contro i soldati, per scaricare la tensione. Lucrezia si rifugiava nel farfallario e lasciava che lui sbollisse la rabbia. Non voleva sentirlo urlare in tedesco. Le sembrava un'altra persona. Quando si era calmato, lo raggiungeva in punta di piedi. Lo abbracciava e si chiudevano in camera sua. I tratti del suo viso, a poco a poco, si ammorbidivano e lui tornava a essere solo un uomo. Lucrezia gli toglieva la divisa e lui appoggiava la testa sui suoi seni.

«Non ce la faccio più» le confidava in quei momenti. «Vorrei che questa guerra non fosse mai iniziata.»

«Ci saremmo incontrati lo stesso?»

Lui ci pensava su, stupito.

«No» rispondeva, «o forse sì. Ci sono persone destinate a incontrarsi e ad amarsi, qualsiasi cosa succeda intorno a loro.»

In quei momenti erano soltanto un uomo e una donna, distesi su un letto, a parlare e fare l'amore.

Entrambi erano a conoscenza del limite della loro storia. Tutti e due stavano rischiando la vita per proteggere quello che provavano l'una per l'altro.

Ci sono amori che sono come piante bellissime: crescono in mezzo al fango, inizialmente non visti. Ma poi sbocciano e tutti si rendono conto della meraviglia che si sono persi. E ne diventano quasi gelosi. Allora possono decidere: proteggere la bellezza o distruggerla. Il loro amore era così. Per quanto facessero, per quanto provassero, ci sarebbe stato sempre qualcun altro in mezzo a loro. Qualcuno poco sensibile ai fiori nati sul selciato.

Will si mosse ancora e finalmente si svegliò.

Guardò Lucrezia, appostata alla finestra.

«Non voglio sapere che ore sono» si lamentò. «Voglio stare ancora qui con te, in questa stanza così bella. Vieni, abbracciami.»

Lei si era fiondata sopra di lui.

«Amo i tuoi capelli sciolti e questo sorriso che hai anche di primo mattino.»

«Vorrei che il tempo si fermasse, ma dobbiamo andare» lo avvisò Lucrezia.

Gli occhi azzurri di Will divennero di un blu più intenso. «Finirà tutto» mormorò, «molto presto finirà tutto.»

La prese tra le braccia e fece scorrere un dito sulla sua schiena nuda. Lei fremette. Aderì contro il suo corpo e ricominciarono a fare l'amore.

Quando entrambi furono vestiti, Lucrezia prese la sua piccola valigia e scese le scale. L'aria del lago era frizzante, ma il sole splendeva in mezzo a una miriade di piccole nuvole bianche.

«Un giorno faremo un picnic sul lago» disse a Will, «e mangeremo pane bianco, con quintali di marmellata alle fragole.»

Will sorrise.

Durante il tragitto, Lucrezia tirò fuori il loro argomento preferito: Yu Kari.

La ragazzina era cambiata molto, nel corso di quei due anni. I suoi capelli erano cresciuti e anche le sue gambe. Era snella e i suoi seni si erano fatti tondi e pieni. Ormai poteva aggirarsi tranquillamente per la Villa delle Farfalle. Lucrezia era riuscita a presentarla prima in casa e poi in paese con discrezione e sensibilità, e Will si sentiva rassicurato al pensiero che lei la proteggesse. Yu Kari, inoltre, ora era in grado di comunicare e di badare a se stessa. Perfino Ernesta, all'inizio diffidente, si era abituata alla presenza di quella strana ragazza spuntata da un giorno all'altro, che aveva tratti orientali ma parlava perfettamente l'italiano e ballava il foxtrot.

Il fascino orientale di Yu Kari non passava di certo inosservato. Durante una breve visita di Alfonso, Lucrezia si era resa conto di come il fratello minore non riuscisse a staccarle gli occhi di dosso. E non era il solo: ogni uomo che passava per la villa guardava Yu Kari come se fosse una dea. Negli ultimi tempi, poi, un giovane ma ambizioso repubblichino di vent'anni aveva iniziato a farle una corte spietata.

«Lo trovo noioso» disse Lucrezia, «le sta sempre addosso. Quando le affido una commissione, lui magicamente si trova da quelle parti. Le regala fiori, cioccolata, caramelle. Le lascia bigliettini davanti alla porta della stanza. Non lo sopporto più.»

Will rise e le prese la mano.

«Ti ricordi quando l'anno scorso ti lasciai quel biglietto appassionato sotto la porta e lo intercettò Ernesta? Non la prese molto bene.»

Lucrezia ricordava benissimo quel giorno. Sua madre le aveva consegnato il biglietto e poi aveva iniziato a inveirle contro. A Lucrezia era sembrato l'inizio della fine.

«Mamma, stai urlando» le aveva detto. «Qui ci sono soldati ovunque. Vuoi farmi ammazzare?»

«E tu vuoi farmi morire di crepacuore?»

«Non ho scelto io di innamorarmi» aveva borbottato Lucrezia, «anzi, sai benissimo che Will mi stava anche antipatico.»

«Ti sta sfruttando» l'aveva avvertita Ernesta. «Sei una bella donna e lui è solo. Si sta prendendo gioco di te.»

«Non ci provare» aveva replicato Lucrezia, «non provare a sminuire quello che sentiamo l'uno per l'altra. Ci sono molte storie di sesso. Questa non lo è. È una cosa seria.»

«Vedremo quando finirà la guerra» aveva risposto sua madre, incurante di ferirla.

E così, in cuor suo, Lucrezia si era trovata a sperare che la guerra non avesse mai fine, perché avrebbe voluto dire separarsi da Will. Era pronta a rinunciare a tutto, per lui: al cibo, alle scampagnate, alla sua stessa vita.

«È diverso» borbottò Lucrezia, scacciando quei pensieri. «Yu Kari è troppo giovane per farsi un amante. Dovrebbe frequentare le ragazze della sua età, con cui invece sembra non legare. Perché?»

Will aggrottò la fronte.

«Credo che non sia una persona semplice. E non è uguale alle altre. Non solo per via del taglio degli occhi.»

Aveva ragione. Yu Kari non sembrava interessata alle coetanee e si rendeva apposta antipatica. L'unica persona con cui passava volentieri il suo tempo, oltre ai ragazzi, era Lucrezia.

«Come si chiama questo corteggiatore?»

«Marcello.»

«Dovrò tenerlo d'occhio. È di buona famiglia?»

Lucrezia sbuffò. «Allora non mi ascolti quando parlo. Ti dico che è di ottima famiglia. Sta pure dalla vostra parte. Ma non è questo il motivo per cui non mi piace.»

Will le lanciò un'occhiata torva, tuttavia non replicò. Quando uno dei due faceva una battuta di troppo sulla loro situazione ambigua, l'altro cercava di stemperare con più diplomazia possibile.

«Non trovo giusto che frequenti già un uomo, tutto qui.»

«E lei cosa ne pensa?»

Lucrezia si strinse nelle spalle. «Non abbiamo ancora avuto modo di parlarne.»

«Forse sarebbe il caso di farlo» suggerì lui. «Più aspetti, più lei si allontanerà da te.»

Lucrezia slacciò il foulard che aveva annodato intorno al collo e trasse un profondo respiro.

«Che c'è?» chiese, quando si accorse che Will la stava fissando.

«Niente, mi piacciono questi nostri battibecchi. Sembriamo marito e moglie. E Yu Kari potrebbe essere...»

«... nostra figlia» concluse lei, e lo guardò con aria sognante.

Quando Lucrezia entrò nel farfallario, trovò Yu Kari intenta a pulire il pavimento della serra.

«Ciao» le disse.

La ragazza la salutò, distratta, e tornò al suo lavoro.

Indossava un kimono nuovo, di seta verde, che Will le aveva procurato per il suo quattordicesimo compleanno.

I lunghi capelli neri le scivolavano sulle spalle magre. Lucrezia rimase incantata a fissarla.

«È un po' che non parliamo» osservò dopo un attimo, cercando di sfoderare uno dei suoi sorrisi migliori.

«Di che cosa vuoi parlare?» domandò Yu Kari, che sembrava poco interessata a fare conversazione.

«Di quello che vuoi.»

«Inizia tu.»

«Bene» replicò Lucrezia. Una farfalla dal manto cobalto planò sulle loro teste.

Era il momento giusto.

«Ho notato che molti ragazzi ti fanno la corte» azzardò. Non voleva essere troppo diretta, ma neanche lasciare che la conversazione andasse per le lunghe.

«Sarà che ci sono davvero poche ragazze qui. E ancor meno occasioni.»

«C'è qualcuno che ti piace, in particolare?»

Yu Kari la osservò, sospettosa. Lucrezia si rese conto che si era creata una certa distanza tra loro e si chiese come fosse possibile.

«Non c'è nessuno di speciale quindi?»

«No» disse Yu Kari, convinta. Ma Lucrezia la conosceva bene e sapeva che stava mentendo. Quando diceva una bugia, o ometteva qualcosa di importante, l'angolo sinistro della sua bocca le si contraeva in una specie di ghigno inquietante.

«Nemmeno Marcello?»

«Chi?» replicò Yu Kari, distogliendo lo sguardo.

Lucrezia sospirò e di colpo si sentì svuotata. Aveva dato tutto per quella ragazzina. Si era impegnata per farle avere la migliore istruzione possibile. L'aveva protetta da Ernesta, da Maria, da Martino. E adesso Yu Kari si era chiusa in quello che sembrava un mondo inaccessibile a lei.

«L'interrogatorio è finito? Posso andare?»

Lucrezia strinse i pugni. «Ci capivamo di più quando non sapevi l'italiano.»

Yu Kari la osservò. «Lo penso anch'io» mormorò.

Poi si voltò e s'incamminò verso l'uscita.

Lucrezia si lasciò andare sulla panca e guardò le farfalle svolazzarle intorno. Dove aveva sbagliato?

Passò la mattina nel farfallario, poi si avviò in cucina per aiutare con il pranzo. Mentre scendeva le scale per andare in cantina, fu attratta da una risata soffocata, che proveniva dallo sgabuzzino. Si mosse a passi felpati e lo socchiuse. Era molto buio, ma scorse la sagoma di Yu Kari abbracciata a quella di un ragazzo. Doveva per forza essere Marcello. I due si zittirono, quando videro lo spiraglio di luce che filtrava dalla porta appena aperta.

Allora era tutto vero. Non solo i suoi timori erano confermati, ma la cosa era andata anche più in là del previsto. Lucrezia sbatté la porta e si allontanò, arrabbiata. Non sapeva per cosa si sentisse più tradita. Se per il fatto che Yu Kari le avesse mentito o perché stesse proprio con quella carogna di Marcello, che non aspettava altro che lei facesse un passo falso per coglierla sul fatto.

Entrò in cucina pallida come un fantasma. Si mise a sbucciare le patate, con la testa altrove. Le venne in mente quel giorno di tanto tempo prima, quando la neve era scesa su Ossuccio e aveva fatto diventare l'isola Comacina un piccolo colle incantato.

«È meraviglioso» aveva detto Yu Kari, che la neve non l'aveva mai vista.

I suoi capelli neri e il cappottino color ocra risaltavano ancora di più, in mezzo a quel bianco.

«Lucrezia, devo darti una cosa» aveva detto Yu Kari. Si era sfilata dal collo il ciondolo a forma di foglia d'acero.

«Sei matta? Apparteneva a tua madre.»

«Voglio che l'abbia tu. Prima di mia mamma, era appartenuto a mia nonna.»

«È una cosa troppo preziosa, non posso accettarla.»

«Ma tu mi hai regalato le tue farfalle. Prendilo. Ti prego.»

Lucrezia aveva lasciato che Yu Kari le legasse il ciondolo al collo.

«Grazie» aveva sussurrato, commossa. Yu Kari le aveva regalato l'unica cosa che la legasse al suo passato.

Sentì una lacrima correre lungo la guancia. La zuppa era pronta. Quando uscì per distribuire le scodelle ai soldati, Maria le andò incontro.

«Dobbiamo parlare» le disse con urgenza nella voce, «fatti sostituire un attimo.»

Lucrezia si sfilò il grembiule e seguì Maria sul retro, dove andavano sempre per fumare o per discutere di cose importanti.

«Domani sera devi andare da Martino» la informò l'amica. «Un compagno si è ferito e serve che tu porti alcuni medicinali.»

Lucrezia annuì. Non aveva alcuna voglia di fare tutto quel tragitto nel bosco, ma sapeva di non avere altra scelta.

«Ci andrei io» disse Maria, «ma sono già impegnata con la propaganda.»

«Non ti preoccupare» bisbigliò Lucrezia, «vado io.»

«Rimarrai a dormire su, naturalmente. Questo potrebbe insospettire Will. Cerca di trovare una scusa plausibile.»

«Non è la prima volta» replicò Lucrezia, ostentando una finta sicurezza. «Will non è un problema.»

Maria inarcò un sopracciglio, poi si guardò intorno.

«Che...»

«Zitta!» le intimò l'amica.

Poi si appiattì contro la parete e balzò dall'altra parte, sfuggendo allo sguardo di Lucrezia. Si sentì un urlo.

Maria ritornò tenendo Yu Kari per i capelli.

«Guarda un po' chi stava origliando la nostra conversazione!»

Lucrezia aggrottò la fronte e sfidò Yu Kari con lo sguardo. La ragazzina mantenne gli occhi fissi in quelli di lei.

«Sono sicura che non era lì per farsi gli affari nostri. Lasciala andare, Maria.»

«Prima deve dirmi che cosa ha sentito!» protestò l'amica. Non le andava molto a genio, la ragazzina. Da quando c'era lei, il suo rapporto con Lucrezia era cambiato. Si era instaurata una sorta di rivalità, tra le due, un'antipatia che entrambe nascondevano a stento e solo per quieto vivere.

«Non ho sentito niente» le rassicurò Yu Kari, «volevo solo parlare con Lucrezia.»

A quella frase, Lucrezia si sciolse. Allora, forse, per loro c'era ancora qualche speranza. Sicuramente Yu Kari si era resa conto di averla trattata male e adesso intendeva scusarsi.

«Maria stava giusto andando, vero?»

L'amica avrebbe voluto replicare, ma in quel momento dietro di loro comparve Will, insieme al fotografo.

«Yu Kari» disse, «ti ho cercata per tutta la villa, e anche

in giardino! Avevi promesso che oggi ti saresti fatta fotografare!»

Yu Kari sbuffò. Era diventata intrattabile anche con Will, ma lui faceva finta di niente.

«Perché tu e Yu Kari non fate una foto? Dai, verrà bene.»

Le due donne, ciascuna scettica per un motivo diverso, sorrisero alla fotocamera.

Yu Kari si disse che non aveva alcuna voglia di abbracciare Lucrezia, quel giorno.

Lucrezia sorrideva guardando Will e sperava che tutto si sarebbe aggiustato.

Quello fu l'unico scatto che le ritraeva insieme.

10

SFINGIDE COLIBRÌ: le sue ali sono brune e l'addome termina con una breve coda a ventaglio. Per alimentarsi, riesce a stare ferma in volo davanti al fiore e srotola la sua spirotromba. Questa sua tipica posizione la fa assomigliare a un colibrì. Potresti definirla instancabile. La verità è che ha carpito il vero segreto della vita: non smettere mai di sbattere le ali.

Lucrezia si avvolse nel pesante maglione di lana. La primavera era alle porte, ma l'aria era ancora gelida, soprattutto quella sera. Si calò il cappello sulla fronte. Vi aveva nascosto dentro tutti i capelli. Aveva indossato anche un paio di guanti e nello zaino trasportava le medicine e altre provviste per i partigiani. Si guardò intorno. Era a metà strada. C'era ancora parecchia salita da fare, prima di arrivare al rifugio di Martino e degli altri. Il sole stava per nascondersi dietro la montagna, meglio accelerare il passo. Si appoggiò solo un attimo accanto a una quercia, per riprendere fiato e ripartire con più lena.

La sera prima aveva avuto modo di avvertire Will della sua partenza.

«Alfonso mi ha chiesto di raggiungerlo a Como» aveva mentito.

Mi dispiace, amore. Devo fare la mia parte. Non posso mollare i partigiani. Non posso smettere di combattere.

«Dovresti fare attenzione, non è un buon momento per scorrazzare in città» le aveva risposto Will.

Vai, se devi andare. Stai attenta, tesoro. La guerra non è un gioco e tu stai rischiando tantissimo. Non posso continuare a proteggerti senza che ci siano delle conseguenze. E quando menti, lo capisco. Perché i tuoi occhi, a me, dicono sempre la verità.

«Sai che entrambi abbiamo dei doveri» aveva aggiunto lui, prima di salutarla, «e che io mi fido ciecamente di te. Tu ti fidi?»

Stava cercando di dirle qualcosa. Ma lei non riusciva ad afferrare.

Lucrezia aveva annuito. Poi avevano cambiato argomento, come facevano sempre.

Ricominciò a camminare, cercando di scacciare tutte le paure. I sentieri di montagna erano abbastanza pericolosi, ma sicuramente le compagne partigiane, in città, se la passavano peggio.

A un certo punto le parve di sentire un rumore di passi leggeri alle sue spalle. Si fermò e si voltò di scatto, ma vide solo la fitta trama del bosco e l'oscurità, che calava minuto dopo minuto.

«Non essere sciocca» disse a bassa voce, «non ti sta seguendo nessuno. Te ne accorgeresti. Te lo sarai sognato.»

Per ben due volte, la situazione si ripropose. Sentiva dei passi, ma erano talmente lievi che poteva essere solo suggestione. Forse era semplicemente l'eco della sua paura. Le avevano detto che i controlli dei soldati fascisti si erano fatti più intensi. Decise di essere prudente e di deviare dal sentiero verso una strada che conoscevano solo lei e Martino, nel fitto del bosco. La salita era più irta, ma più sicura.

A ogni passo, si voltava. E se Will avesse deciso di tradirla, questa volta? Se sua madre aveva ragione e lui la stava usando per arrivare a Martino? Le mancò il fiato, ma poi decise di proseguire. Riusciva a percepire lo scricchiolio di ogni foglia, sotto ai suoi piedi. Quando raggiunse la baita di Martino e degli altri era già buio. Picchiò alla porta con due pugni secchi, fece una pausa e bussò altre cinque volte.

Fu proprio Martino ad aprirle.

«La mia sorellina coraggiosa» disse, «vieni dentro, stai tremando. Iniziavo a temere che ti fosse successo qualcosa. Ero già in preda al panico. Ti stavo venendo a cercare.»

Alcuni uomini erano ancora svegli, e parlavano tra loro. Altri erano gettati sulle brandine improvvisate e stavano dormendo. Dal vano vicino, proveniva un chiacchiericcio. Tutti la salutarono con gran rispetto. Lucrezia si sentì il cuore gonfio di orgoglio.

Martino la fece sedere su una coperta, accanto al fuoco.

«Hai fame?» le chiese.

Lei fece cenno di no con la testa.

«Ho solo freddo» mormorò, «e sete.»

Martino le porse dell'acqua, poi frugò nello zaino di Lucrezia e si avvicinò al compagno ferito.

«Ci servivano proprio delle garze pulite e anche del disinfettante.»

«Dovrebbe essere visitato da un medico» constatò lei, dando un'occhiata alla gamba del compagno Bubi.

«Chissà quando sarà possibile» bisbigliò Martino.

Lucrezia tornò a concentrarsi sul fuoco. Guardò le fiammelle danzare. Era indecisa se raccontare o meno a Martino della strana sensazione che aveva avuto mentre saliva. Ma poi si disse che era meglio non dargli ulteriori preoccupazioni.

Martino continuava a frugare nello zaino, come un bambino nel sacco di Babbo Natale.

«Cioccolato e tabacco!» esclamò. «Ma come hai fatto?»

«Il tabacco è da parte di Maria» si affrettò a precisare Lucrezia, «e pure la lettera.»

Martino sorrise.

«Non ti danno più così fastidio le sue attenzioni» notò lei.

«Maria si è comportata in maniera fantastica con noi. Mi ha dimostrato di tenerci davvero. Alla causa, ma anche a me. Sta combattendo una doppia battaglia e...» Martino smise di parlare, imbarazzato.

«E sembra la stia vincendo» concluse Lucrezia, che conosceva abbastanza bene il fratello da indovinare i suoi nuovi sentimenti verso Maria.

Martino aveva uno sguardo che lei non gli aveva mai visto.

Bevve un sorso di grappa e si rivolse di nuovo verso la sorella. «Appena finisce la guerra me la sposo» sussurrò.

Lucrezia sgranò gli occhi. «Che cosa?»

«Qui la chiamano l'Angelo Azzurro, per via degli occhi. E io mi ingelosisco da morire. Chi l'avrebbe mai detto, eh sorellina?»

Lucrezia si appoggiò alla sua spalla.

«Sono molto contenta per te. E anche per Maria. Credo si sia innamorata di te la prima volta che vi siete visti, ti ricordi?»

«Come scordarlo? Quel giorno mi è rimasta appiccicata tutto il tempo. Giocavamo a nascondino e lei trovava sempre me. Era la mia ombra.»

«Eri il mio fratellone. Non le sembrava vero che ti fossi degnato di venire a giocare con noi.»

«L'avevo fatto solo per te.»

«Certo, per controllarmi, come al tuo solito.»

«Non dire stupidaggini.»

«Sei sempre stato molto geloso.»

Martino annuì e si fece serio.

«Meriti il meglio. E il meglio non è un tedesco, che presto scapperà a gambe levate. Ma di questo spero tu sia consapevole. La mamma mi fa arrivare delle lettere, ogni tanto. Quello che scrive su di te mi confonde. Sembra che mi stia nascondendo qualcosa. E spesso mi faccio qualche domanda.»

«Del tipo?» azzardò Lucrezia, anche se non era sicura di voler sapere.

«La mia sorellina, la "spia", la "gazza ladra"… stai davvero dalla nostra parte?»

«Con la testa e con il cuore» rispose convinta Lucrezia.

Martino la osservò in una maniera che le fece gelare le ossa, nonostante il calore del fuoco.

Ma c'è un'altra parte di cuore che è legata profondamente a Will. È una forza più irrazionale, che non riesco a controllare. E non c'è minaccia che tenga, questa piccola parte appartiene solo a lui.

Non ebbe il coraggio di pronunciare ad alta voce quelle parole. Rimasero in silenzio ancora un po', stanchi di tutto.

«Come stanno le tue farfalle?» domandò infine Martino, mentre si sdraiava accanto a lei.

«Benissimo. La guerra non le tocca, sono ben protette nella loro serra. Credo che a nessuno verrebbe in mente di fare del male a delle creature del genere. C'è una specie nuova, adesso, mi sta dando tante soddisfazioni.»

«Quanto vorrei passare un'ora lì dentro. Lasciare che mi gironzolino attorno e mi liberino da tutte le ansie.»

«Presto lo farai» lo rassicurò Lucrezia, e gli aggiustò la coperta sulle spalle.

«Come si chiama la nuova specie?»

Martino adorava sentire i nomi scientifici delle farfalle, quasi quanto osservarle nascere.

«Papilio-Palinurus. Il suo nome deriva da Palinuro, il nocchiero dell'Enea di Virgilio. È una farfalla di colore verde smeraldo e nero. Spesso la confondo con le foglie delle piante. Ha una bellissima apertura alare. È diventata la preferita di Yu Kari.»

Lucrezia smise di parlare, perché Martino si era addormentato. Doveva essere molto stanco. Sul suo volto, però, c'era un sorriso beato, come se stesse sognando la farfalla Palinuro che gli svolazzava attorno.

Fu il rumore del primo sparo a svegliarla. Era riuscita ad assopirsi solo all'alba, quando già il sole filtrava attraverso l'unica finestrella. Quindi aveva dormito al massimo un'ora. Come aveva fatto a non accorgersi di loro?

Martino giaceva a terra davanti alla finestra, agonizzante. I partigiani correvano a prendere le loro armi per far fuoco contro i fascisti.

C'era del fumo. Qualcuno aveva appiccato un incendio.

«Martino» chiamò Lucrezia, «dobbiamo uscire di qui. Muoviti.»

Gli occhi di Martino erano già in un altro mondo, ma il suo corpo si muoveva ancora.

«Martino» strillò Lucrezia.

«Scappa» le disse Tasso, il migliore amico di Martino, «per lui non c'è più niente da fare.»

Si sentì un'altra scarica di colpi e fuori dalla baita Lucrezia vide Marcello, l'espressione soddisfatta di chi ha vinto e la boria di chi è pronto ad ammazzare chiunque gli capiti a tiro.

Lucrezia scosse ancora suo fratello, poi si rese conto che non aveva altra scelta: doveva scappare. Con le lacrime agli occhi uscì dalla baita e si mise a correre. Non si era tolta il cappello, la sera prima. Aveva preferito non mostrare ai partigiani i suoi lunghi capelli dorati. In quel momento si rese conto di somigliare a un ragazzino, mentre, terrorizzata, si dirigeva verso il bosco e sentiva spari e grida.

Una carneficina. Ecco cosa stava succedendo lì dentro. Si domandò come avesse fatto a uscirne indenne.

«Sta scappando! Fermatelo!» sbraitò Marcello.

Lucrezia si voltò. Qualcuno la stava inseguendo. Corse ancora più veloce, si perse in mezzo agli alberi, con il suo aguzzino alle calcagna.

Fece un balzo per nascondersi dietro a una roccia e per poco non cadde in un dirupo. Si fermò, come un cerbiatto braccato. Da un lato c'era il soldato sempre più vicino. Dall'altro un burrone. Tutto intorno a lei iniziò a vorticare.

Non aveva mai sofferto di vertigini, ma in quel momento la paura del vuoto era anche più grande di quella di morire. Dovette appoggiarsi alla roccia, per non cadere a terra.

Quando riuscì ad alzare di nuovo lo sguardo, trasalì. L'uomo che le stava puntando la rivoltella contro era Will. La sua mano tremava e anche la bocca. Si guardarono per un istante che le parve infinito. Poi Lucrezia si voltò verso lo strapiombo.

Se lui non spara, lo uccideranno. Se spara, avrà il peso della mia morte sulla coscienza, per sempre.

Era a un bivio e non poteva lasciar decidere a lui. Doveva buttarsi. Farlo per Will. Le girava la testa. Non aveva paura di morire. Aveva paura che il loro amore finisse in quell'istante.

Una lacrima le scese lungo la guancia. Will stava per abbassare l'arma, quando Marcello, dietro di loro, gridò: «È la spia dei partigiani! Falla fuori!».

Lucrezia guardò di nuovo lo strapiombo e si chiese se anche le sue farfalle provassero quella sensazione di vertigine, prima di prendere il volo dopo la muta. Ma lei non aveva le ali. Tuttavia era decisa: avrebbe risparmiato a Will la scelta più brutta della sua vita. In ogni caso, lei era spacciata.

Tese le braccia e chiuse gli occhi. Proprio mentre stava per compiere il passo decisivo, sentì un colpo di rivoltella.

Riaprì gli occhi e vide Marcello accasciarsi come una foglia secca.

Will sparò altri due colpi. Gli occhi del ragazzo si posarono su di lui, increduli. Si portò la mano al ventre, dove Will aveva sparato più volte. Fece per dire qualcosa, poi guardò negli occhi Lucrezia. Lei non avrebbe mai dimenticato quello sguardo. Marcello, in quel momento, aveva capito tutto.

«Dobbiamo andare» la esortò Will. «Presto! Non c'è tempo da perdere!»

Lucrezia guardò ancora una volta lo strapiombo. Ne era come affascinata, adesso.

«Lucrezia» urlò Will, e la prese per un braccio.

Corsero giù per il sentiero, a fatica. Will perdeva sangue dalla fronte, una pallottola l'aveva ferito di striscio.

Lucrezia sentiva che il suo corpo non le apparteneva più. Will le parlava, ma le sue parole se le portava via la breva, il vento del lago. Non capiva cosa le stesse dicendo.

Avevano due modi diversi di affrontare lo shock: lui aveva sentito il bisogno di agire e di farlo in fretta; lei era rimasta immobile, pietrificata dagli eventi.

Ma su una cosa si erano comportati esattamente allo stesso modo e questo dimostrava quanto si amassero, nonostante il loro fosse un amore impossibile.

Lui l'aveva salvata, uccidendo un alleato. Lei si sarebbe gettata nel precipizio, piuttosto che fargli sopportare il peso di quella scelta.

Quando arrivarono alla Villa delle Farfalle, si rinchiusero in camera di Lucrezia e lei gli medicò la ferita. Lacrime silenziose le rigavano le guance e il suo cuore continuava a battere troppo forte.

Lucrezia pensò che non sarebbe più tornato a pompare sangue in maniera regolare.

«Parlami, tesoro» la esortò Will, «parlami.»

Lucrezia avrebbe voluto dirgli tante cose. Ma non ci riusciva. Quando aprì la bocca ne venne fuori un urlo, intenso e prolungato.

Lui la zittì.

«Non così, ti prego» sussurrò. «Se ci sentono, faranno domande. Non così.»

Lei avvertì un dolore fortissimo allo stomaco.

«Respira, per favore» la incitò Will, «respira piano. Brava.»

Lucrezia proruppe in un pianto disperato. Will la strinse tra le braccia.

«Non avrei mai sparato» le disse, «lo sai, vero? Non mi ero accorto che fossi tu. Non avrei mai sparato all'amore della mia vita.»

Lei continuò a singhiozzare.

«Ti amo, ragazza delle farfalle» mormorò lui, «ti amo troppo per lasciarti volare via.»

Due colpi secchi alla porta interruppero i loro discorsi.

Maria entrò senza aspettare che rispondessero.

Non degnò Will di uno sguardo.

Si concentrò su Lucrezia. Le bastò un'occhiata per capire che Martino era stato ucciso.

«No» gridò, accasciandosi a terra. Will lasciò la mano di Lucrezia, che andò incontro all'amica.

«No, dimmi di no» continuò a ripetere Maria. Poi i suoi occhi pieni di lacrime e furore si puntarono su Will.

«Non è stato lui» si affrettò a dire Lucrezia. «Maria, lui mi ha salvata. Saresti qui a piangere due persone, adesso. Qualcuno deve avermi seguita. Ma Will non sapeva nemmeno di Martino. Ha dato retta a Marcello...»

«Marcello...» bisbigliò Maria. Aveva gli occhi iniettati di sangue, stava cercando qualcuno a cui dare la colpa. «Marcello è quel piccolo esaltato che se la fa nello sgabuzzino con Yu Kari?»

Lucrezia annuì.

«Allora quella puttanella la deve pagare» sbraitò Maria.

Lucrezia ripensò ai passi leggeri che aveva sentito nel bosco. Solo Yu Kari era a conoscenza della missione, perché le aveva spiate e aveva sentito che stavano complottando qualcosa per la sera successiva.

«Io l'ammazzo» disse Maria.

«Ti prego, stai calma» la ammonì Lucrezia.

«Ha ucciso tuo fratello!»

«Non è stata lei!»

«Ma ha fatto in modo che scoprissero il nascondiglio! Era l'unica a conoscenza di tutto. Ti sei fidata di lei, l'hai cresciuta e le hai insegnato a parlare. E lei, con quella sua soave vocina, è andata a spifferare tutto a Marcello! Ora lui dov'è?»

Lucrezia tentennò.

«Oh, santo cielo, non ti fidi neanche più di me? Dimmi dov'è!»

«L'ho ucciso» intervenne Will, «perché altrimenti Lucrezia sarebbe morta.»

Maria abbracciò l'amica. Entrambe ricominciarono a piangere.

«Chi lo dirà a mia madre?» singhiozzò Lucrezia.

La porta si aprì lentamente, un'altra volta.

La testolina nera di Yu Kari fece capolino all'interno della stanza.

Maria si avventò su di lei.

«Tu! Serpe, accolta in questa casa come una sorella! Lurida, schifosa, troia dei nazisti!»

La prese per il collo e iniziò a stringere. Lucrezia e Will intervennero.

Yu Kari cominciò a tossire.

«Non sperare di cavartela» le disse Maria. Poi se ne andò sbattendo la porta.

«Ma che cosa è successo?» chiese Yu Kari con aria innocente, quando riuscì a recuperare la voce.

«Non uscirai da questa stanza» disse Will, «fino a che non mi dirai se hai parlato con Marcello riguardo a quello che hai sentito dire da Lucrezia.»

Yu Kari abbassò lo sguardo.

«Lui mi faceva tante domande. Io ho risposto e gli ho detto qualcosa. Mi ha chiesto di seguirti, ma non pensavo che...»

«Tu non pensavi?» sbraitò Lucrezia. «Io ti ho... Ti ho dato tutta me stessa. Mi sono fidata di te. E tu hai fatto uccidere Martino!»

Yu Kari guardò negli occhi Lucrezia, ma solo per un istante. Non riusciva a reggere la vista di tanta rabbia e tanto dolore insieme.

«Io...» balbettò la ragazza, con la sua voce delicata e fine.

Lucrezia la interruppe e le assestò uno schiaffo sulla guancia. Il colpo era talmente forte che la ragazza, per un attimo, vacillò.

«Mio fratello è morto» sibilò lei, «e tu non mi rivolgerai mai più la parola. Per nessun motivo.»

Yu Kari si portò la mano sulla guancia, che già stava diventando rossa, e guardò Will, ma lui si voltò dall'altra parte.

Lucrezia indietreggiò.

«Sparisci!» le disse. «Sparisci subito dalla mia vista. E dalla mia vita.»

Yu Kari esitò, ma Will le aprì la porta.

I suoi occhi sembravano dire: dove vado, adesso?

Le sole due persone che aveva al mondo la stavano cacciando.

Quando finalmente uscì dalla stanza, Lucrezia poté tornare a piangere.

«So che ti saresti buttata per me» mormorò Will, «e adesso so anche un'altra cosa. Questa guerra è tremenda, semina sangue e morti. Ma di una cosa sono certo: il nostro amore è più forte di tutto.»

«Lo è, davvero» ne convenne Lucrezia.

Pensò che se Will non l'avesse amata davvero, non avrebbe mai sparato a Marcello. Non solo l'aveva salvata, ma aveva anche permesso tacitamente che lei continuasse a fare ciò in cui credeva: essere la spia dei partigiani.

«Si sistemerà tutto. Tornerete a essere amiche. Torneremo a sorridere.»

Ma su questo Will si sbagliava di grosso. Lucrezia aveva la certezza che niente sarebbe tornato come prima.

11

PAPILIO-PALINURUS: è comunemente chiamata "farfalla smeraldo", per la colorazione delle ali, di un verde splendente. Vicino alla base delle code presenta due macchie rosse, che imitano degli occhi, per attirare l'attenzione dei predatori su una parte non vitale del corpo. Non lasciare che i tuoi punti deboli vengano esposti alla vista del nemico. La farfalla smeraldo ti incita a usare dei piccoli trucchi, per mettere in luce le tue finte debolezze e celare le tue vere ferite.

Ossuccio, aprile 1945

Lucrezia si chinò a raccogliere una farfalla morta. Ne conservava solo alcune, quelle perfette. Questa aveva l'ala spezzata, ma era la farfalla Palinuro. La stessa di cui aveva parlato a Martino, la sera prima che morisse.

Nonostante fosse passato quasi un mese, Ernesta non si era ancora ripresa. Non riusciva più a dare una mano a nessuno e passava le sue giornate alla finestra, con una rivoltella nella tasca del grembiule. Lucrezia aveva evitato di raccontarle i dettagli, soprattutto aveva cercato di non esplicitare il coinvolgimento di Yu Kari nella faccenda. Già era difficile proteggerla da Maria. Non che Lucrezia l'avesse perdonata, ma le voleva bene, nonostante tutto, anche se cercava di evitarla.

Maria non era rimasta a Ossuccio. Dopo gli ultimi eventi, aveva deciso di partire e raggiungere un altro gruppo di partigiani, a Milano.

«Mi conoscono e si fidano di me» aveva spiegato all'amica, che tentava di dissuaderla. «Non posso più rimanere a guardare. Ho bisogno di fare qualcosa di importante. L'Angelo Azzurro ha sete di vendetta.»

Lucrezia era sollevata per quella partenza. Non solo per Yu Kari. Maria doveva sparire per un po'. Lei aveva la protezione di Will, ma dopo quello che era successo, nessuno era più al sicuro.

L'ultima persona che si aspettava di trovare quella mattina nel suo farfallario era Alfonso.

«Martino» sussurrò, inizialmente sorpresa.

Somigliava talmente tanto al suo caro fratello maggiore, che per un momento pensò di essere di fronte a un fantasma.

«Per me è un complimento» disse lui, a voce bassa.

«Alfonso» si corresse Lucrezia, stupita, «cosa ci fai qui?»

Gli corse incontro e lo abbracciò.

Alfonso la strinse e si aggrappò a lei, così forte che Lucrezia ebbe paura di spezzarsi.

«Ho sentito di Martino» disse lui, «e ancora non riesco a crederci.»

Lucrezia annuì e rivide i suoi fratelli mentre facevano il bagno insieme, nel lago. Quando tutto aveva un senso. Le parve di percepire ancora gli schizzi d'acqua sul viso, mentre i due fratelli la prendevano in giro: «Lucrezia, fifona che non sei altro, vieni in acqua!».

«Il tuo ufficiale tedesco è ancora qui?» si informò Alfonso, mentre Lucrezia sistemava la farfalla Palinuro.

«Sì» disse lei, «perché?»

Alfonso fece una smorfia.

«Da questa parte del lago non sapete proprio niente» borbottò, «o forse sei tu che non presti attenzione ai notiziari. Esci, ogni tanto, dal tuo santuario?»

Lucrezia riconobbe il fratello minore. Protettivo e scorbutico al tempo stesso.

Si sentì offesa e in altre circostanze forse avrebbe dato inizio a un battibecco, ma non aveva voglia di discutere con il fratello, dopo tutto quello che era successo.

«Da quando Maria se n'è andata, non mi tengo molto informata. I partigiani non si fidano più di me. Io e Will siamo un po' isolati.»

«Certo, posso immaginarlo. Sei davvero un'ingenua, sorella. I partigiani sanno molto più di quello che vogliono dare a vedere, credimi. Devi stare molto attenta.»

«Sono una partigiana anch'io» ribatté Lucrezia, anche se non era più così sicura di cosa volesse dire.

«Sì, la partigiana delle farfalle» la schernì Alfonso, scacciandosi dalla spalla una farfalla rossa che trovava particolarmente attraente la sua giacca.

Tirò fuori un volantino e glielo mostrò.

Lucrezia lesse ad alta voce: «Si sente prossima l'ora della resa».

«È un comunicato della Brigata Garibaldi Lombardia. Avrebbe fatto felice Martino. L'avrebbe reso pazzo di gioia, per la verità.»

Lucrezia guardò anche la data: 21 aprile 1945. Alfonso non era tornato solo per piangere Martino. Stava cercando protezione. O forse un consiglio. O forse aveva semplicemente paura.

«A Milano c'è una confusione tremenda, in questo momento» proseguì lui. «Fascisti che si preparano a combattere, partigiani che escono allo scoperto, ragazzini che appiccano falò e bruciano le loro cartoline precetto nel fuoco.» Si fermò per prendere fiato. «I tedeschi ci abbandonano» concluse Alfonso, «è la fine.»

Martino avrebbe detto: "È l'inizio", pensò Lucrezia, ma per non turbare il suo fratellino tacque e si limitò a cullarlo tra le sue braccia, come quando, da piccolo, la svegliava dopo un brutto sogno.

L'aveva quasi insultata, un attimo prima, e adesso si rifugiava da lei come a cercare consolazione.

«Ho visto nostra madre. Mi ha puntato la rivoltella contro. Ha detto che sono stato io a uccidere Martino. Sembra impazzita. Non so cosa fare. Dovrei tornare a Milano e combattere, ma ho paura. Non so più in chi o in che cosa credo.»

Lucrezia sospirò.

«Lo so, sta capitando un po' a tutti. Gente che abbandona le armi. Alcuni fuggono sulle montagne. Altri si sentono traditi e si nascondono in vecchie soffitte. Forse potresti farlo anche tu.»

«Stare nascosto?» s'indignò Alfonso, con quel briciolo di orgoglio che gli era rimasto. «Mai. Devo fare la mia parte. Anche se non so più quale sia.»

«Martino è morto per qualcosa in cui credeva» replicò ferma Lucrezia. «Tu in che cosa credi?»

Alfonso abbassò lo sguardo. Era proprio quello, il punto. Se n'era andato e questo faceva di lui un disertore. Aveva già scelto. Ma non era il solo. Molti si erano sentiti traditi e sconfitti. Era il caos.

«Qui sembra rimasto tutto come l'ho lasciato» bisbigliò. «Sembra che la guerra non ci sia mai stata.»

«Invece c'è stato l'inferno anche su questa sponda del lago» lo ammonì Lucrezia, ricordandogli come l'aveva trattata poco prima.

«Lo so. Scusa. Abbiamo mesi interi da raccontarci. E forse, poco tempo.»

Alfonso si guardò intorno e le farfalle iniziarono a svolazzargli più vicino.

«Puoi rimanere qui» disse infine Lucrezia. «È casa tua.»

«Non sarei al sicuro nemmeno a Ossuccio. Da Dongo a Como, è pieno di partigiani che vogliono la mia testa appesa a un palo.»

«Allora non diremo a nessuno che sei tornato. Rimarrai nella casa delle farfalle. Solo io posso accedervi. Non ti accadrà niente.»

Alfonso si accasciò sulla panca e l'uomo in divisa che Lucrezia aveva avuto davanti fino a qualche minuto prima si trasformò in un fragile ragazzino pieno di timori.

«Non sentirti in colpa» lo rassicurò Lucrezia, «non hai nulla da rimproverarti. Tutti abbiamo paura di morire, in guerra. Tutti.»

Alfonso le baciò una mano. Non riusciva ad ammetterlo, ma sapeva che quella che lei gli aveva proposto era la soluzione migliore.

«Vado a prenderti del cibo e delle coperte, anche se non ne avrai bisogno. Qui, come sai, fa sempre molto caldo» gli disse.

Lui annuì.

Lucrezia uscì dal farfallario, con il volantino ancora in mano.

Entrò in camera di Will e lo sorprese mentre faceva le valigie.

Dopo quello che aveva sentito, la cosa non la stupì per niente.

«Lucrezia» disse lui con un filo di voce, «ti stavo cercando.»

Lei chiuse la porta a chiave.

«Non dire niente» lo pregò, «so già quello che c'è da sapere. Alfonso è tornato.»

«Allora la situazione è davvero peggiore del previsto» replicò lui. «Non ti avrei abbandonata senza dirti niente. Questo lo sai, vero? Il nostro non è un addio. Tornerò a prenderti.»

Lucrezia scrutò quegli occhi azzurri, che tanto aveva amato. Sapeva che le parole di Will potevano essere dettate dall'emozione del momento. Ma c'era un'unica cosa da fare: fidarsi.

Lui però aveva una moglie che lo aspettava, in Germania. Al solo pensiero, Lucrezia sentiva il cuore stringersi in una morsa. Non riusciva ad accettare che lui sarebbe tornato da lei e avrebbero condiviso il letto.

«Parlerò con lei» si affrettò ad aggiungere Will, come se potesse leggerle nel pensiero, «e poi tornerò a prenderti.»

«E Yu Kari?»

«Per lei questo viaggio è troppo pericoloso. Partirò appena me lo diranno i miei superiori, da un momento all'altro. Forse questa sera stessa. Ma tornerò a prendere anche lei.»

«Vorrei che venisse con te. La sua presenza in questa casa non è più gradita.»

«Lo so» disse Will, «lo so, tesoro. Troverò una soluzione. Tu nel frattempo cerca solo di tenerla al sicuro. E tieni al sicuro anche te stessa, ti prego. Se ti succedesse qualcosa, non potrei mai sopportarlo.»

Lucrezia si alzò sulle punte e gli posò un bacio sulle labbra.

«Sei la Gazza Ladra. È così che ti chiamano, vero?» mormorò Will. «Non ti faranno alcun male. Sei la sorella di Martino. Dimenticheranno tutti che hai amato un tedesco, se adesso me ne vado.»

Lucrezia non ne era così convinta. Sapeva cosa facevano i partigiani alle amanti dei tedeschi. Ma lei si sentiva l'una e l'altra cosa: la ragazza del tedesco e la Gazza Ladra. Come dividersi? Da che parte stare?

Le vennero le lacrime agli occhi, tuttavia non era ancora il momento per essere tristi.

Lucrezia aveva imparato molte cose dalle sue adorate farfalle. E una, in particolare, era quella che considerava la più preziosa: vivere ogni momento come se fosse l'ultimo in cui puoi sbattere le ali.

Si avvicinò di nuovo a Will e gli posò la testa sul petto. Lui le accarezzò i capelli e si chinò a baciarle le labbra, lentamente, assaporando ogni singola sensazione. Fece passare un dito sulla nuca di Lucrezia, sul suo collo, poi scivolò sui seni e affondò il viso nel suo petto.

Quando si stesero sul letto, Lucrezia ne era sicura, anche se faceva fatica ad ammetterlo perfino a se stessa: quella sarebbe stata l'ultima volta in cui avrebbero fatto l'amore.

Il giorno successivo Lucrezia andò in camera di Will per rifare il letto: non c'era più traccia delle sue cose.

Presa dall'ansia, si mise a cercarlo per tutta la villa. Ogni angolo della casa parlava di lui, ma il suo bel tedesco se n'era andato.

Aveva voglia di piangere, solo che sapeva di non potersi sfogare. Corse alla sua serra, per parlare con Alfonso.

Appena varcata la soglia, sentì quella risata tanto familiare quanto, ormai, insopportabile. Il cuore le si strinse al ricordo di quando lei e Yu Kari avevano riso la prima volta, proprio nello stesso posto. Quante cose erano cambiate, da allora.

Yu Kari stava parlando con Alfonso. Lui le osservava un po' gli occhi e un po' le gambe e pendeva dalle sue labbra.

«Tu cosa ci fai qui?» chiese Lucrezia. «Sai che non ti è più permesso entrare nel farfallario.»

«Va tutto bene» s'intromise Alfonso. «Yu Kari mi stava tenendo compagnia. Ci sentiamo un po' soli, io e lei.»

«A Yu Kari, come ho appena detto, non è permesso entrare qui dentro.»

Alfonso guardò con aria interrogativa la sorella. Non l'aveva mai vista così accigliata.

La ragazza giapponese si fece da parte e accennò un sorriso ad Alfonso.

«Vai a fare gli occhi dolci a qualcun altro!» sbraitò Lucrezia.

Quando Yu Kari uscì, Alfonso la guardò come se si aspettasse una valanga di spiegazioni. Ma Lucrezia aveva capito che era meglio tenere segrete certe cose, quindi alzò le spalle e si limitò a dire: «Non è molto brava con le farfalle. L'altro giorno, per colpa sua, è morta una Palinuro».

Alfonso si accontentò di quella spiegazione e non chiese altro.

«Hai l'aria sconvolta» le disse. «Qualcosa non va?»

Lucrezia scoppiò a piangere. «Will se n'è andato, esattamente come avevi previsto.»

Alfonso la abbracciò.

«La guerra unisce e poi allontana» mormorò accarezzandole i capelli, «ne so qualcosa. Ma ha fatto la cosa giusta, per salvarsi la pelle. Tornerà indietro, se ti ama davvero.»

Lucrezia annuì. Non gli riferì che era esattamente quello che le aveva promesso Will. Temeva che se avesse rivelato a qualcuno le sue speranze, queste si sarebbero sgretolate, come castelli di sabbia alla prima mareggiata.

Lucrezia si svegliò con una nausea terribile. Guardò fuori dalla finestra: una fitta pioggerellina cadeva sul lago e sugli ulivi del giardino. Il cielo era pieno di nuvole scure e minacciose. Ma nella Villa delle Farfalle regnava una strana calma. Sembrava che le pareti stessero aspettando qualcosa. Un temporale, forse. O una resa. Le tende della finestra ondeggiavano, accompagnate da un vento invisibile, e la polvere accumulata sui mobili aveva preso a danzare nell'aria. Lucrezia, per un attimo, credette di essere impazzita. Andò in bagno e vomitò l'anima. Quando riuscì ad alzare la testa, fece un rapido calcolo. Era il 27 aprile. Il ciclo non le veniva da quasi due mesi. Si guardò allo specchio e si ritrovò pallida come un cencio. Il solo pensiero di mangiare le dava il voltastomaco. Non c'erano dubbi: era incinta. Passò la mattina davanti alla finestra, a guardare fisso davanti a sé. Non aveva più una madre con cui confidarsi: Ernesta era ancora troppo chiusa nel suo dolore.

La porta della camera di Lucrezia, che Will aveva occupato fino a pochi giorni prima, si aprì intorno alle cinque del pomeriggio.

Una raggiante Maria varcò la soglia. Portava i capelli cortissimi e i calzoni.

«Hanno catturato il Mascellone, a Musso!» urlò.

Poi corse ad abbracciare Lucrezia.

«L'hanno preso» ripeté. «Lucrezia, mi senti? Dobbiamo andare.»

«Quando sei tornata?» riuscì a chiedere Lucrezia.

«Ma che importa? Seguimi, presto!»

Lucrezia non toccava cibo dalla sera prima. Il solo pensiero di fare un passo la prostrava.

«Ma dove vuoi andare?»

«Non capisci? Stiamo tutti andando a vedere cosa succederà adesso. Non puoi rimanere in casa. Non in questo momento. Forse non hai capito, la guerra sta finendo. Presto daranno la notizia, vedrai! Abbiamo vinto, Lucrezia. Siamo liberi.»

Lucrezia aveva appena scoperto di aspettare un bambino. E aveva anche un estremo bisogno di dirlo a qualcuno.

«Maria, io...»

«Tu devi solo prendere una boccata d'aria. Subito. Mettiti qualcosa addosso e scendiamo.»

Nonostante tutto, Lucrezia si trovò costretta a obbedire all'amica. Inforcarono le biciclette e si avviarono verso Dongo. C'erano tantissime altre persone che camminavano in quella direzione. Le poche autovetture venivano fermate dalla folla inferocita. Più si avvicinavano a Dongo, più a Lucrezia girava la testa.

«Evviva la 52ª Brigata!» urlavano tutti.

«Vogliamo la testa del duce» rispondeva qualcun altro, brandendo il fucile.

Lucrezia si vide passare di fronte volti di bambini, uomini, donne dai capelli arruffati, vecchi dai visi rugosi e combattivi. Dovettero scendere dalla bicicletta e proseguire a piedi.

Qualcuno, però, marciava nella direzione contraria.

«Come mai quelli corrono di là?» chiese Lucrezia, che ormai si doveva appoggiare all'amica, per non svenire.

«Non ne ho la più pallida idea» rispose Maria.

«Hanno rubato le valigie dei fuggiaschi» spiegò loro un partigiano, «i soliti avvoltoi.»

Lucrezia si guardò in giro. In effetti, la strada brulicava di strane fascette di carta. Ne prese una in mano.

«Sono quelle che si usano in banca, per tenere insieme le mazzette di biglietti da mille» constatò Maria.

Proseguirono ancora un po', ma la folla a un certo punto si arrestò. Spari e insulti si facevano sempre più pesanti.

Bambino mio, si disse Lucrezia, scopro che ci sei in un momento così strano. Da quanto tempo i nostri cuori battono insieme, dentro di me?

Poi un viso di donna attrasse la sua attenzione. Era un volto noto: occhi scuri, ricci capelli castani, sguardo penetrante, labbra carnose. Tentava di nascondersi in mezzo alla folla. Cercava una via di fuga.

«Ma io quella la conosco» mormorò Lucrezia.

Maria si girò, la donna però si era già volatilizzata.

«Chi?»

«Era Claretta Petacci» disse Lucrezia, «l'amante del duce. Ne sono quasi sicura.»

Maria si voltò di nuovo e scrutò ancora in mezzo alla folla.

«Possibile che l'abbia riconosciuta solo tu?»

«Non mi sento bene» Lucrezia cambiò discorso.

«Che hai?» chiese Maria, preoccupata.

«Mi gira la testa.»

«Sei bianca cadaverica.»

Dopo aver visto quella donna che cercava una via di fuga, Lucrezia si era sentita ancora più sola e vulnerabile. Una sagoma che corre controcorrente: aveva visto questo. Una parte di Lucrezia stava correndo via, da un'altra parte. Avrebbe voluto scappare con lei, invece di fingere. Avrebbe voluto solo piangere, mentre tutti esultavano. Doveva essere forte per la creatura che aveva in grembo, ma temeva di aver perso l'unico grande amore della sua vita.

Il volto di Claretta Petacci, o di una donna che poteva somigliarle molto, fu l'ultima cosa che Lucrezia vide prima di perdere i sensi.

12

DIDIMA (MELITAEA DIDYMA): è la farfalla diurna più variabile nel disegno delle sue ali e per questo molto studiata dagli entomologi alla ricerca di nuove sottospecie. È facilmente avvistabile da maggio a ottobre perché trascorre molto tempo in volo, di fiore in fiore. Si mimetizza facilmente in caso di pericolo. Questa farfalla può insegnarti ad apprezzare il valore delle cose semplici: i fiori, la casa, una famiglia. E ti ricorda che non sempre nascondersi è sinonimo di codardia. A volte è questione di sopravvivenza.

Ciò che successe nei giorni seguenti cambiò per sempre la vita di Lucrezia.

Maria sapeva tutto e in quei mesi divenne il canale di comunicazione tra lei e il mondo esterno. Andava a trovarla ogni giorno e le riferiva quello che stava accadendo.

Le raccontò dell'esecuzione di Mussolini e dei suoi fedelissimi, nonché di Claretta Petacci, cercando di trattenere l'entusiasmo.

Quando l'aveva riportata a casa, il giorno della cattura del Mascellone, Lucrezia era scoppiata a piangere.

«Sono incinta» aveva detto. «E adesso come faccio?»

Maria aveva tirato un calcio alla porta, poi si era ricomposta. «Will ti ha lasciata, vero?»

«No» aveva risposto Lucrezia, «non mi ha lasciata. Sta solo aspettando che si calmino un po' le acque.»

Maria aveva cercato di nascondere la sua espressione scettica, ma non ci era riuscita.

«Ha lasciato qui anche Yu Kari» aveva detto Lucrezia.

«Devi fargli sapere che aspetti un bambino. Ma adesso non puoi. Tu e Alfonso dovete evitare di farvi vedere in giro per un po'. I partigiani si stanno infervorando sempre di più. E ogni nemico, o presunto tale, va punito. Non so se capisci cosa intendo.»

«Io non sono mai stata vostra nemica!» aveva sbottato Lucrezia.

«Sei incinta di un tedesco. Eri la sua amante. Eri anche la sorella della Volpe, ma chissà perché le cose positive si dimenticano presto.»

Poi le aveva stretto la mano. «Quando arriverà il momento ti aiuterò a raggiungere il tuo Will. Non preoccuparti, non crescerai questo figlio da sola.»

Lucrezia aveva ricambiato la stretta e cercato di trattenere le lacrime.

Maria le aveva raccomandato di non uscire più di casa: dopo l'euforia iniziale, i partigiani stavano rastrellando tutti i fascisti e i simpatizzanti dei tedeschi. Non risparmiavano nemmeno le donne.

«Più tempo passi nel farfallario, meglio è» le aveva suggerito. «Forse lì dentro non verranno a cercarti. Pensano che durante la guerra sia stato abbandonato.»

E così Lucrezia era rimasta nascosta insieme ad Alfonso nel farfallario. Passavano le giornate ad aspettare le visite di Ernesta, che portava loro del cibo, o di Maria, che portava invece informazioni.

Ogni tanto Lucrezia scorgeva un'ombra scura, ferma sulla soglia: era Yu Kari. Non osava entrare, li osservava dall'esterno. Anche lei non sapeva cosa fare. Lucrezia avrebbe dato oro pur di trovare un modo per ingannare il tempo. Si incantava a guardare il volo delle farfalle e piangeva ogni volta che ne scorgeva una morta. Un giorno aveva raccolto una farfalla ancora viva, ma dalle ali spezzate. Aveva provato in tutti i modi a curarla, ma era rimasta impotente nel guardare quel meraviglioso lepidottero agonizzare sotto le sue mani.

«Ci sono pochi bruchi. Le piante hanno bisogno di cure. Se non esco al più presto, questo farfallario diventerà un cimitero.»

«Vuoi mettere in pericolo tutti e due?» sbottò Alfonso. «Cerca di avere un po' di pazienza. Lascia calmare gli animi. Ci vuole tempo, perché le cose tornino alla normalità.»

Lucrezia di tempo non ne aveva. Ogni volta che la porta si apriva sbirciava da dietro alcune assi appoggiate alla parete, nascoste da una pianta tropicale. Lì, avevano ricavato una specie di rifugio: sperava di vedere entrare Will. Ma non era mai lui.

Poi, una notte, sentì delle grida. Riconobbe la voce acuta di Yu Kari.

«Parla o farai una brutta fine» stava dicendo un uomo.

«Non so niente» rispondeva Yu Kari, «non so niente.»

«Controlliamo nella serra» disse una terza voce.

Lucrezia sentì i due uomini avvicinarsi, mentre Yu Kari scappava verso la villa, forse ad avvisare Ernesta.

Alfonso si portò un dito sulle labbra e le fece cenno di tacere, quindi si alzò e andò verso il capanno degli attrezzi. Ci si infilò dentro, armato di rivoltella.

Non posso perdere un altro fratello, pensò Lucrezia, non posso perdere anche lui.

I due partigiani entrarono.

«Fa un bel calduccio qui dentro» sentenziò uno dei due. L'altro iniziò a ribaltare scatoloni e coperte. Lucrezia sbirciò tra le assi e vide che si stava dirigendo proprio al capanno in cui si era nascosto Alfonso.

«Chiudi la porta o usciranno le farfalle» disse uno dei partigiani.

«Chi se ne frega» ribatté l'altro.

Fece per aprire il capanno, quando Lucrezia diede un calcio a una delle due assi e si mostrò a loro.

«Chiudi la porta» ruggì.

Stava proteggendo Alfonso, ma anche le sue adorate farfalle.

«Le farfalle tropicali muoiono, al freddo» spiegò.

I due partigiani si guardarono con aria interrogativa, poi scoppiarono a ridere.

«Ecco dove ti nascondevi» mormorò uno dei due, «allora le voci erano vere. La tua amica Maria pensava davvero di poterti proteggere in eterno?»

«Proteggermi da cosa?» ribatté Lucrezia. Le mani le tremavano, ma cercava di nasconderlo.

«Pensi davvero che non si sappia? Sei stata la puttana di un tedesco» disse sprezzante il partigiano armato, quello che si era avvicinato al capanno. Le sputò in faccia. Lucrezia avvertì il sapore della sua saliva e sentì arrivare l'ennesimo conato di vomito. Pregò che Alfonso non intervenisse.

«Io sono la Gazza Ladra!» urlò. «Ho combattuto come voi. Ho rischiato la vita come voi.»

«Balle» disse l'altro partigiano. «Tu avevi comunque la protezione dei tedeschi.»

«Tanti di noi hanno fatto il doppio gioco» sibilò Lucrezia, «si chiama sopravvivenza.»

Il partigiano con la rivoltella gliela piantò nello stomaco. Lucrezia sentì una fitta e pensò al suo bambino.

«Ti prego, non sparare» disse, «aspetto un figlio.»

I due si guardarono.

«Quindi è vero» ribatterono, quasi all'unisono. «È il figlio di un tedesco.»

«Vi prego» piagnucolò Lucrezia, che non sapeva più cos'altro dire. «In memoria di mio fratello, la Volpe.»

«Martino ti avrebbe fatto uccidere all'istante, se avesse saputo» disse quello con la voce familiare. Aveva due occhi piccoli, sembravano due puntine da disegno.

«Ora tu verrai con noi» aggiunse l'altro, «di certo non meriti di stare qui, al caldo. C'è chi sta pagando per molto meno.»

Il partigiano armato se la caricò in spalla. Lucrezia con la coda dell'occhio vide Alfonso che apriva la porta del capanno e puntava la rivoltella contro di loro. Gli fece cenno di no con la testa. Non poteva permettere che gli accadesse qualcosa di male. Suo fratello era pallido come un cencio. A Lucrezia parve di sentire i pensieri di Alfonso tamburellare nella testa: Salvala o ti sentirai un codardo per sempre. Ma poi la porta del farfallario si richiuse e nessuno venne in suo soccorso. Lucrezia cercò di divincolarsi, l'altro partigiano però le diede una botta in testa. La puzza di alcol del suo alito fu l'ultima cosa che sentì prima di svenire.

Quando si risvegliò, le sue narici percepirono odori molto più intensi. Era riversa sul pavimento, in una stanza fredda e cupa. Attorno a lei c'erano molte donne, avvolte in stracci di fortuna, quasi tutte con i capelli rasati, i volti tumefatti, le labbra viola. Lucrezia cercò di muoversi, ma si accorse di non averne le forze. Si portò una mano al ventre e tentò di controllare se era tutto a posto. Ma era ancora presto per dirlo.

«Stai ferma» mormorò la sua vicina. Le donne erano stipate l'una accanto all'altra, Lucrezia poteva sentirle respirare e rabbrividire.

«Dove sono?»

«A Dongo» disse in un sussurro l'altra, «ma non devi parlare. Cerca di recuperare le forze. Ti hanno portata qui in uno stato pietoso. Ho avuto paura che non ti svegliassi più.»

«Come ti chiami?» chiese Lucrezia.

«Clara.»

«Clara, devi farmi un favore. Ti prego. Puoi guardare se perdo sangue, lì sotto?»

«Hai il ciclo?»

«No» rispose Lucrezia, «sono incinta.»

La donna, che portava una benda in testa e aveva occhi scurissimi, si sporse a controllare.

«Sembra che vada tutto bene. Forse, con un po' di fortuna, riuscirai a tenere il bambino.»

«Grazie al cielo.»

«Ma devi riposare» sussurrò Clara, «o le probabilità diminuiranno.»

Le accarezzò la fronte. «Povera cara, anche tu non hai nessuna colpa.»

Lucrezia cercò di abbandonarsi alla voce di Clara, ma le balenò in mente qualche sprazzo di ricordo di quello che era successo.

Un partigiano l'aveva tenuta ferma. Un altro l'aveva spogliata. Ricordava delle risa. Lei aveva tentato di ribellarsi, allora una donna l'aveva chiamata "troia dei tedeschi" e le aveva sputato in faccia. Poi le avevano rasato i capelli e siccome Lucrezia continuava a dibattersi come una farfalla impazzita, l'avevano riempita di calci fino a farle perdere di nuovo i sensi.

Più i ricordi tornavano a galla, più Lucrezia sentiva un nodo salirle dallo stomaco fino alla gola.

L'amore non è un crimine, pensò.

«Non piangere» la zittì Clara, «pensa solo a dormire. Non piangere. Piangere porta via tutte le forze, in questi casi. Pensa al tuo bambino. Piangerai quando sarai libera. Avrai tutto il tempo per farlo.»

La notte stava calando e molte donne attorno a lei singhiozzavano.

Lucrezia tese la mano a Clara.

«Perché lo fai?» domandò. «Perché mi aiuti?»

«Perché siamo donne» rispose Clara. E le strinse forte la mano.

Lucrezia passò due giorni insieme a quelle donne, tra sospiri, lamenti e imprecazioni. Ogni tanto arrivava un partigiano e lasciava qualcosa da mangiare e da bere. In molte si avventavano sul cibo. Clara prendeva la sua razione e passava qualcosa a Lucrezia.

«So che non hai più voglia di vivere, ma devi pensare al bambino» le disse.

Il terzo giorno, proprio quando Lucrezia sentiva le forze venire meno, Maria entrò nella cella.

Era scortata da due partigiani armati di fucili.

«State indietro» disse uno di loro alle donne. Tutte si fecero da parte.

«Mio Dio» mormorò Maria quando la vide, «ma cosa le avete fatto? Liberate subito questa donna. È una mia amica.»

Clara prese Lucrezia per un braccio. Avevano passato tre giorni insieme e si era presa cura di lei. Lucrezia le sussurrò: «Tornerò a prenderti». Clara, allora, sorrise.

I due uomini lasciarono che Maria portasse fuori Lucrezia.

«Riesci a camminare, tesoro?»

Lei fece segno di sì.

«Avete commesso un grave errore» sbottò Maria, con quel piglio che ormai Lucrezia conosceva bene. «Questa donna ha preso parte attiva alla resistenza e suo fratello è morto per salvare il culo a tutti voi!»

«Ma è incinta di un tedesco.»

«È stata violentata, animali!» continuò Maria, senza guardare in faccia Lucrezia, «o pensate che la Gazza Ladra si sarebbe concessa così facilmente al nemico?»

I due partigiani si fecero da parte e le due donne furono fatte sedere in una specie di sala degli interrogatori.

«Appena possibile vi riportiamo a Ossuccio, signore» annunciò uno dei due soldati.

«Sarà meglio per voi!» sbraitò Maria.

Poi si chinò su Lucrezia. «Mi dispiace non essere riuscita a intervenire prima. Lucrezia, perché non hai lasciato che prendessero Alfonso? Lui aveva più colpe di te, se le tue possono definirsi tali. È stato un repubblichino.»

Lucrezia non riuscì a spiegarsi. Aveva sete e le girava la testa. Non sapeva nemmeno lei il motivo per cui aveva voluto proteggere Alfonso mettendo a rischio la vita sua e del suo bambino. Forse perché era il suo fratello minore e avrebbe fatto di tutto per lui.

«Martino l'avrebbe protetto allo stesso modo» riuscì a rispondere. Poi svenne un'altra volta, consapevole di essere al sicuro, tra le braccia della sua amica.

Alfonso si vestì e diede una pettinata ai capelli. Lucrezia lo guardò, incredula.

«Dove pensi di andare?» chiese.

«A cercare lavoro» rispose lui. «O pensi che debba rimanere in questa villa a marcire per sempre?»

Lei annuì.

Aveva ragione. Non aveva senso rimanere chiusi ad aspettare. Erano passati due mesi, nessuno era più venuto a cercarli e cominciavano a circolare voci di un'amnistia che avrebbe riappacificato definitivamente il Paese. Tuttavia, Lucrezia era sicura che tutto quello che era successo sarebbe rimasto impresso come un marchio nelle loro memorie.

«Mi sono sentito un verme, quando ti hanno presa» aveva ammesso Alfonso, «e mi sono vergognato. Ho pensato di suicidarmi, di farla finita. Ma poi mi sono detto che il tuo sacrificio sarebbe stato vano. Sei sempre stata la più forte, tra di noi.»

Lucrezia sapeva però che non era vero. Non si sentiva forte e soprattutto era avvolta da una nuvola di solitudine. Non c'era giorno in cui non pensasse ai momenti che aveva passato in quella cella, agli orrori che aveva dovuto subire per mano dei partigiani. E la guerra le appariva come un concetto strano, confuso. Non sapeva più quali fossero i suoi amici e quali i nemici. Non comprendeva nemmeno se stessa. Aveva raccontato a Maria della ragazza che l'aveva aiutata mentre era rinchiusa lì dentro, Clara. Maria era tornata per farle visita e provare a capire di cosa era accusata, ma la ragazza era sparita. Per giorni Lucrezia aveva sperato, poi però Maria le aveva riferito la terribile notizia: Clara era morta perché aveva tentato di fuggire.

Lucrezia si era recata a Musso, dove la donna era stata sepolta.

«Perché lo fai?» le aveva chiesto Maria. «La conoscevi appena.»

«Perché siamo donne» le aveva risposto.

Ernesta, pian piano, aveva cominciato a riprendersi. Tutto era tornato al proprio posto. Tutto, meno le cose che contavano davvero.

«Come stai?» chiese Alfonso.

«La nausea non mi dà pace» rispose Lucrezia.

«Intendevo come va l'umore. Come ti senti dentro.»

«Sto aspettando. Sto ricordando.»

«Ancora nessuna notizia da Will?»

Lucrezia scosse la testa. «Ancora nessuna. Maria suggerisce di aspettare un altro po'.»

«Meglio che tu le dia retta. Sai che se potessi andrei a prendere il tuo tedesco per la giacchetta, vero?»

Si abbracciarono. Poi Alfonso uscì.

Lucrezia chiuse la porta e s'incamminò verso la cucina. La casa la coccolava e la straziava al tempo stesso. Qualche volta, soprattutto di sera, anche se le porte e le finestre erano sbarrate passavano delle correnti d'aria e allora lei riusciva a sentire di nuovo il profumo di Will, come se le pareti l'avessero trattenuto, per riportarglielo quando più ne aveva bisogno.

Si diresse verso il farfallario, sapeva di trovarci Yu Kari. Ormai si era abituata alla sua presenza lì e la tollerava, anche se non le faceva piacere.

Era come se entrambe vagassero nella villa alla ricerca di qualcosa che avevano perduto.

La trovò che stava cantando, circondata dalle farfalle. Sembrava rispondessero alle sue vibrazioni. Le vorticavano intorno, dolcemente, senza mai sfiorarla. Yu Kari cantava sempre le stesse canzoni. Lucrezia avrebbe voluto sapere il significato delle parole.

«Ciao» le disse.

«Ciao. Vuoi che me ne vada?»

I suoi capelli neri si erano fatti ancora più lunghi. Doveva proprio farseli sistemare. Quelli di Lucrezia, invece, stavano ricrescendo lentamente. Più chiari e più spessi. Lucrezia li odiava.

«No, puoi rimanere se ti va.»

Yu Kari la guardò con gratitudine. Poi rimase in silenzio.

«Non ci sono notizie da parte di Will» sospirò Lucrezia.

Si guardarono. Entrambe avevano perso molto più di quello che si aspettavano.

«Scriverà» bisbigliò lei. «Scriverà e ti verrà a prendere.»

«C'è una cosa che devi sapere...» azzardò Lucrezia. Era giunto il momento di dirglielo.

«Credo di saperla già» mormorò lei.

«E sarebbe?»

«Aspetti un bambino.»

Lucrezia spalancò la bocca.

«Come fai a...?»

«Non volevo origliare, lo giuro. Ma stavo scendendo le scale e ho sentito che ne parlavi con Maria. Questa casa è così silenziosa, adesso. Non è colpa mia, stavolta.»

«Lo so. Va bene così. Da quanto lo sai?»

«Da qualche giorno» rispose Yu Kari.

Poi distolse lo sguardo e si rimise a cantare.

Lucrezia sentì una fitta alla pancia.

Chiuse gli occhi e ascoltò la voce di Yu Kari. L'aveva sempre fatta stare bene. Quando lei terminò, disse: «Devi prendere lezioni di canto».

Yu Kari si voltò verso Lucrezia. I suoi occhi tornarono a brillare.

La lettera arrivò quindici giorni dopo. Fu Ernesta a consegnargliela.

«Deve aver fatto molta strada, questa lettera. Credo che qualcuno l'abbia anche aperta» la informò.

Lucrezia non se ne curò e si chiuse in camera. Provò ad annusare la carta, ma non ritrovò il profumo di Will.

Era talmente eccitata e nervosa che per un attimo le mani le tremarono e la vista le si offuscò.

Stai calma, si disse, andrà tutto bene. Già il fatto che ti abbia scritto significa che non ti ha dimenticata.

Trasse un profondo respiro e finalmente si decise a leggere la lettera, con molta fatica, perché la calligrafia di Will era minuta e nervosa. Sembrava avesse scritto di getto.

Mia cara Gazza Ladra,

spero che le cose in Italia stiano andando per il verso giusto. Immagino meglio di qui. Ti risparmio il racconto degli eventi politici, che sicuramente avrai già appreso dalla radio.

Finalmente posso scriverti con la certezza che la nostra lettera non verrà intercettata e che comunque non metterà in pericolo la tua incolumità.

Non sai quanto mi sei mancata.

Sono successe tantissime cose. Ho rivisto Agatha e ho cercato più volte di parlarle di noi. Ma la situazione non si è rivelata così semplice come avevo prospettato. Sua madre era morta da poco e lei era affranta e provata, anche per la mia lontananza. In tutti gli anni in cui sono stato via, non ha fatto altro che attendermi e sperare in un futuro insieme. Mi sono ritrovato avviluppato nel suo dolore e ho fatto di tutto per cercare di lenirlo. Non è stato semplice, perché avevo ancora gli occhi pieni del tuo sorriso e le mani che sapevano del tuo profumo.

Ma poi, poco alla volta, ho capito che dovevo fare qualcosa per lei. Tu sei una donna forte. Ho imparato a conoscerti in questi anni. Sei la mia ragazza delle farfalle e proprio come loro trovi sempre una ragione per alzarti e volare. Lei no. La sua ragione di vita sono io. Al momento, dunque, mi trovo costretto ad aspettare prima di dirle la verità.

Perché ne morirebbe.

La realtà, amore mio, è che ti penso tutti i giorni.

Non passa attimo in cui non ci sia un ricordo di noi che viene a trovarmi. Avrai la pazienza di aspettare questo povero uomo che si sta facendo in quattro per far contenti tutti? Stare lontano da te è una sofferenza, credimi. Ma presto troverò una soluzione.

Scrivimi, ti prego. Raccontami di te, delle tue farfalle, di Yu Kari. Spero che lei non stia creando problemi. Mi sento in colpa anche per questo.

Mi auguro che presto saremo di nuovo tutti insieme, come una famiglia.

Ti saluto con un bacio sulle labbra, mein Mädchen der Schmetterlinge.

Tuo, Will

Lucrezia lesse e rilesse più volte quelle righe.

«Aspetto un figlio da te!» gridò, con rabbia, alle pareti della casa, le quali le restituirono la sua stessa voce, che la colpì come uno schiaffo.

«Aspetto un figlio, Will» disse ancora, questa volta più piano.

Poi prese carta e penna e scrisse: *Aspetto un figlio ed è tuo. Torna da me appena puoi. La tua fragile farfalla.*

Lesse le righe che aveva appena buttato giù e guardò il fuoco del caminetto. Allungò il braccio e gettò nelle fiamme la sua richiesta di aiuto.

Non avrebbe risposto. Sarebbe sparita. Lui non avrebbe resistito e sarebbe tornato da lei. Non poteva finire tutto così.

Non era una donna forte, era solo una ragazza innamorata. C'era una bella differenza. Una donna forte può sopportare tutto. Una ragazza innamorata è come una farfalla esposta al gelo dell'inverno. Le sue ali rinsecchiscono e lei muore.

Corse giù per le scale e ignorò sua madre, che la chiamava a gran voce.

Quando raggiunse la riva del lago, iniziò a piangere.

«Non è giusto» singhiozzò, «non è giusto.»

Il lago era calmo e le onde le bagnarono i piedi. Lei si tolse le scarpe e si immerse fino alle caviglie.

Quante lacrime dovrò ancora versare, prima di essere un po' felice?, si chiese.

«Non puoi ancora fare il bagno, l'acqua è troppo fredda» disse qualcuno alle sue spalle.

Lucrezia si voltò e la riconobbe. Era una vecchia che abitava a Como e che tutte le estati si trasferiva a Ossuccio.

«Perché piangi?» le chiese. «Sei giovane e bella e la guerra è finita. Non devi essere triste. Tutto rinasce.»

«La guerra cambia gli occhi della gente, il modo di guardare» rispose Lucrezia. «Io non sarò mai più quella di prima.»

Tornò a riva e si sedette sulla panchina con quella mezza sconosciuta. Aveva il volto rugoso e le mani ossute. Nei suoi occhi, però, Lucrezia vide scorrere le ultime vicende che avevano segnato la fine del conflitto.

«Dimmi, ragazza, che volto ha il nemico? Quello spaventato di chi deve scontare errori altrui? O quello di chi brandisce ancora una volta il fucile, chiedendo vendetta?»

Lucrezia guardò di nuovo verso il lago. Non raccontò cosa aveva dovuto subire grazie ai partigiani. Non le disse che stava soffrendo per un tedesco. Non disse niente.

«Ma io vengo qui, a sedermi. E mi perdo a osservare le onde. Ognuno dovrebbe avere un suo posto scacciapensieri. Questa panchina mi è sembrata adatta. Cara ragazza, asciugati quelle lacrime e cerca di sorridere. Dammi retta, non pensarci più. Chiunque tu abbia perso in questa guerra, è andato. Non si rimane gli stessi, ma si può provare a essere felici. Con quello che ci è rimasto.»

Lucrezia si voltò a guardarla e si chiese se quell'anziana signora conoscesse la sua storia, o se tutte le storie, a guerra finita, si somigliassero un po'.

Troverò il mio posto scacciapensieri, si disse, dovessi cercarlo per il resto dei miei giorni.

Ma sapeva che dovunque fosse andata, qualsiasi cosa avesse fatto, l'amore per Will non l'avrebbe mai abbandonata.

Margherita

Non si diventa farfalle in un giorno.
Spesso occorre più tempo. A volte, invece,
si rimane crisalidi per tutta la vita.

13

ARCTIA VILLICA: è una farfalla notturna delle famiglia degli Erebidi. La femmina di questa specie, però, può volare anche di giorno. È fortemente attratta dalle luci e vola da marzo a luglio. È molto sensibile ai climi più rigidi. Non avere paura della tua natura. Alcuni di noi sono animali notturni e si sentono meglio nell'oscurità. Non rinnegare mai te stessa.

Ossuccio, febbraio 2014

Così mi rassegnai a vivere nell'unico posto al mondo in cui da sempre trovavo un po' di serenità: la mia amata Villa delle Farfalle.

Anita terminò l'ultima riga del diario della nonna. Aveva molti anni meno di lei quando aveva scritto quelle ultime frasi. Possibile che poi non fosse più successo nulla di interessante, nella sua esistenza? Girò la pagina. C'erano molti appunti sulla vita delle farfalle. Come se Lucrezia avesse voluto scrivere un volume scientifico sulla nascita e la riproduzione dei lepidotteri.

Un appunto, in particolare, colpì l'attenzione di Anita. Riguardava lo stadio dello sfarfallamento. C'era qualcosa, nelle note di Lucrezia, che andava al di là della spiegazione scientifica e sembrava suggerire altro, come se la vita di sua nonna fosse contenuta in quelle righe.

Quando la farfalla esce dalla crisalide, si ha il fenomeno del-

lo sfarfallamento. La farfalla rompe la crisalide con una dilatazione del torace e con la testa. Così può liberare le antenne e le zampe e a poco a poco tirare fuori il resto del corpo. Le ali, a questo punto, sono ancora raggrinzite e accartocciate. Guai se qualcuno provasse a toccarle per distenderle. La farfalla rimarrebbe menomata per tutto il tempo della sua già breve vita. Occorrono giorni perché il sangue venga pompato nelle venature delle ali, per indurirle e rafforzarle. La farfalla deve espellere alcune gocce di un liquido rossastro, che contiene in prevalenza acido urico, e solo allora potrà ritenersi pronta per volare.

Sua nonna aveva avuto il tempo di diventare farfalla? O qualcuno aveva dispiegato le sue ali prima del tempo?

Margherita entrò nella stanza, talmente in punta di piedi che Anita se ne accorse dopo qualche istante.

«Che ore sono?» chiese, e si rese conto di essere molto stanca.

«Le sette di mattina. Non avrai passato tutta la notte a leggere quel diario?»

«L'ho finito» ammise Anita, «e adesso sono piena di domande.»

«Vuoi riposare un po'?»

«No. Vorrei sapere cosa successe dopo. Perché la nonna smise di scrivere il diario? Lei e Will si rividero? E da dove salta fuori Yoko?»

Margherita fece una smorfia.

«Sapevo che si sarebbe aperto il vaso di Pandora. Tuo padre e io abbiamo sempre voluto mantenere il segreto per questo motivo. Tua nonna voleva così. Noi eravamo d'accordo.»

«Allora spiegami. Perché improvvisamente ho la testa confusa. Non credevo che anche tu, mamma, potessi avere dei segreti.»

«Non come quelli di tua nonna» borbottò Margherita, «o come i tuoi.»

«Che ne sai dei miei?»

«Riconosco un segreto pericoloso da uno innocuo. Ne sento la puzza.»

«Nessun segreto è mai innocuo» ribatté convinta Anita.

«Stavo per fare colazione» la informò sua madre, tagliando corto. «Scendi con me?»

«Va bene.»

Anita e Margherita percorsero il lungo corridoio pieno di stanze e scesero le scale. Anita adesso osservava ogni dettaglio della villa con occhi diversi. Aveva ancora in mente i baci descritti da sua nonna e i passi felpati della ragazza giapponese, Yu Kari. La testa era un brulicare di informazioni che si confondevano tra loro.

Margherita mise il caffè sul fuoco e iniziò a tostare il pane. Anita seguiva i suoi movimenti con interesse, quasi vedesse anche sua madre per la prima volta. Le sembrava diversa, come se averle dato quel diario l'avesse resa più leggera. O forse era solo una sua impressione.

«Hai sempre l'aria così sconvolta, dopo una notte insonne?» chiese Margherita, sorridendo.

«Non ho molta voglia di scherzarci su. Mi hai detto che la storia non è finita. Adesso mi interessa capire che cosa successe dopo. Riguarda anche te.»

«Ma non solo» sospirò Margherita.

Anita prese una fetta di pane tostato e ci spalmò sopra una gran quantità di marmellata ai mirtilli.

«Se penso che le battute finali della guerra si sono svolte a pochi chilometri da qui…» sospirò.

«E in che modo, poi. Quella parte non è descritta nel diario di Lucrezia, lei a quel tempo era troppo impegnata a nascondersi e a pensare al suo Will. I partigiani fermarono Mussolini a Musso. Erano meno di quelli che credevano i tedeschi, ma loro dopo la notizia della resa della Germania erano terrorizzati.»

«Molto interessante, ma…»

«Per non parlare di come venne catturato il Crapun.»

Era chiaro che Margherita sciorinava aneddoti della guerra a Dongo per non parlarle di quello che era successo a Lucrezia.

Il campanello trillò.

Zia Maria comparve sulla soglia, armata di zainetto e con ai piedi un paio di scarponcini da montagna. Nonostante l'età era ancora dannatamente arzilla.

«Sei pronta, Marghe?» chiese.

«Mi ero completamente dimenticata» ammise la madre di Anita.

«Di cosa?» chiese quest'ultima, sempre più confusa.

«Io e tua madre oggi avevamo in programma una passeggiata sull'isola Comacina. Ti unisci a noi?»

«Veramente io… Dovrei andare con Yoko e Filippo a prendere il materiale per iniziare a rimettere in piedi il farfallario… Filippo alla fine ha accettato. Mi è arrivato un messaggio questa notte. Sembra che Yoko non parli d'altro. È così entusiasta.»

Maria la squadrò.

«Sta parlando sul serio, tua figlia? Ho sentito bene?» chiese infine. I suoi occhi azzurri, seppure un po' sbiaditi, incutevano ancora un certo timore.

«L'Angelo Azzurro...» mormorò incantata Anita.

Maria rimase impietrita. «Come mi hai chiamata?»

Anita si rese conto di aver parlato ad alta voce.

«Ha letto il diario di Lucrezia, questa notte.»

Maria avvampò. «Era da mezzo secolo che nessuno mi chiamava più in quel modo. Mi hai fatto accapponare la pelle, ragazza mia. Infilati un paio di pantaloni e seguici sull'isola. Non accetto scuse. Non questa volta.»

«Ma veramente...»

«Ti conviene obbedire. Non credo sia facile dissuaderla» la ammonì sua madre.

Anita ingoiò il resto del pane e mandò un messaggio a Filippo: *Possiamo rimandare a domani per il farfallario? Purtroppo devo seguire mia zia e mia madre sull'isola. A più tardi.*

Le dispiaceva molto deludere Yoko, ma allo stesso tempo aveva bisogno di fare ancora molte domande a Margherita. Ed era convinta che anche Maria si sarebbe persuasa a parlare.

Salirono sulla barca a remi mezz'ora dopo.

«Lascia, faccio io» disse Anita alla madre, che stava per mettersi a remare.

«Speriamo che non ci porti a Bellagio» scherzò Maria. Ma Anita non era dell'umore giusto per ridere.

La giornata, sebbene molto fredda, era splendida. Il sole

si allungava sul lago e l'isola Comacina sembrava una farfalla color smeraldo.

«Una Palinuro» bisbigliò Anita. Aveva di nuovo parlato ad alta voce.

Maria sbuffò. «Quel diario dà alla testa, Margherita. Dovresti bruciarlo.»

Anita pensò a quello che aveva letto riguardo a Maria. Al suo amore per Martino. Era chiaro che nonostante fossero passati molti anni, ci soffriva ancora. Certi amori sono destinati a durare per sempre, proprio come pensavano Lucrezia e Will.

«A proposito» disse Anita, «voi due dovete raccontarmi cosa successe dopo.»

Maria e Margherita si lanciarono un'eloquente occhiata.

«Forse è meglio non rovinare una giornata tanto bella» sussurrò Margherita.

Anita la fulminò con lo sguardo.

«Allora potevo rimanere con Yoko.»

«Io non capisco perché quelle ragazzine abbiano tanta presa su di voi. È una maledizione di famiglia» brontolò Maria.

Questa volta fu Margherita a lanciarle un'occhiataccia.

Quando attraccarono, la prima a scendere fu Maria.

«Andiamo subito verso la chiesa di San Giovanni Battista» disse mettendosi in cammino di buon passo.

«Lei prende le gite come delle meravigliose marce» scherzò Margherita, rivolta alla figlia. «Questa sera sarai tu ad avere mal di piedi.»

«È instancabile» commentò Anita, fermandosi a stringere i lacci delle scarpe. Margherita la aspettò.

«Mamma» disse Anita, «so che forse non sei pronta a raccontarmi tutto. Ma c'è un motivo per cui mi hai fatto leggere quel diario. Lo so. Lo intuisco. Ti prego solo di rispondere a una domanda che mi sta a cuore.»

Margherita sospirò. «Va bene» cedette, «ma poi cerchiamo di goderci questa passeggiata. Gli spettri del passato ti hanno tormentata fin troppo.»

«Will e Lucrezia si videro ancora? O lui la lasciò davvero sola con il bam... con te?»

Quindi lei doveva aver conosciuto Yu Kari.

«È complicato. Non posso rispondere a questa domanda senza spiegarti tante altre cose.»

Anita capì che sua madre era in difficoltà. C'erano dei segreti che desiderava svelare, ma le era difficile sostenere il peso dei ricordi. Doveva aver sofferto molto e lei se ne rese conto solo in quel momento. Non ci aveva mai pensato, ma realizzò che le sofferenze dei genitori, a volte, ricadono sui figli e possono condizionarne l'intera esistenza.

«Will non smise affatto di pensare a Lucrezia. Forse tua nonna prese a odiarlo, perché non tornò mai più alla Villa delle Farfalle. Ma mio padre non sapeva della mia esistenza e nel frattempo anche Agatha partorì un bambino. Poi un giorno, molti anni dopo, si presentò alla villa un signore, che poteva avere una settantina d'anni. Chiese di tua nonna. Io lo condussi da lei. Naturalmente Lucrezia era in quel maledetto farfallario. A volte si dimenticava perfino di mangiare, per prendersi cura dei suoi insetti.»

Margherita fece una pausa e Anita la scrutò in volto. Sembrava che quella storia del farfallario la facesse molto soffrire. Ma c'era dell'altro: sua madre stava cercando le parole giuste da usare. E selezionava con cura le cose da dire e quelle da tenere segrete.

«Quando andai da mia madre con quel signore, Lucrezia mi rimproverò. Disse di non averlo mai visto prima e lo cacciò via in malo modo. Tua nonna non è sempre stata la vecchietta gentile che hai conosciuto. Io mi scusai con lo sconosciuto e lui mi lasciò il suo recapito telefonico. Mi chiese di incontrarci ancora. Io accettai. Non avevo molto da fare, all'epoca, e con mia madre ho sempre avuto un rapporto un po' strano. Avrei dato qualsiasi cosa pur di farla innervosire e scuoterla dalla quiete apparente in cui era sprofondata.»

«Quell'uomo era Will?»

«No» disse Margherita, con una punta di sofferenza nella voce, «non era lui. Will era ammalato e non poteva alzarsi dal letto. Quell'uomo si chiamava Albert ed era il suo migliore amico d'infanzia. Era venuto su richiesta di Will, che non si era mai dato pace: voleva sapere perché nel corso degli anni Lucrezia non avesse mai risposto alle sue lettere. Voleva salutarla un'ultima volta, prima di morire. Io naturalmente rimasi scioccata, perché tua nonna mi aveva sempre raccontato che mio padre era un partigiano morto in guerra.»

Margherita sospirò.

«Per anni, a scuola, mi ero vantata di mio padre come di un eroe. Come se non bastasse, ero la sua fotocopia. Bionda, occhi azzurri. Tu invece hai preso il colore degli occhi di tua nonna.»

«Andasti a trovare Will?»

Margherita annuì.

«Fu un momento commovente. Lui mi guardò e capì subito chi ero. Si mise a piangere e volle a tutti i costi alzarsi dal letto per abbracciarmi. Continuava a guardare dietro alle mie spalle, come se si aspettasse di vedere apparire Lucrezia.»

«Ma la nonna non arrivò mai» conclusi, delusa.

«No» disse Margherita, «ed è una cosa che ancora oggi non mi spiego. Tutto quell'amore per Will e poi neanche una risposta, neanche una lettera per lui... A meno che...»

Lo sguardo di Margherita si perse in un punto all'orizzonte.

«A meno che... cosa?»

Lei scosse la testa.

«Niente. Ogni tanto ipotizzo cose impossibili. A ogni modo rimasi qualche tempo a Colonia e indovina chi mi fece da guida in città?»

Anita allargò le braccia. Non era in vena di rebus.

«Urs. Tuo padre. Il figlio di Albert.»

«Che cosa? Ma non vi eravate conosciuti quando lui era venuto in gita sul lago di Como e tu gli avevi fatto da guida turistica?»

«Questo è quello che decidemmo di dirti. In realtà tornai in Italia solo per recuperare le mie cose. Aspettavo già te.»

Anita rimase con la bocca spalancata. La storia si ripeteva: sua madre si era innamorata di un tedesco. E per quanto non lo potesse affermare con certezza, era quasi sicura che la sua vita prima dell'incontro con Urs fosse stata parecchio monotona. Non così quella di suo padre, che aveva un precedente matrimonio alle spalle.

Anita fece per aggiungere qualcosa, ma la voce gracchiante di Maria le interruppe: «Ehi, voi due! Vi volete sbrigare? Mi sono già fatta due volte il giro della chiesa. E poi la vecchia sarei io!»

Margherita e Anita si incamminarono ridendo.

Una farfalla volò sulla testa di Anita. Era gialla, o forse verde chiaro, in netto anticipo sulla stagione. Anita girò la testa per guardarla e a un certo punto si accorse che sotto di lei c'erano le acque scure del lago. Avevano camminato lungo il sentiero a strapiombo sull'acqua, percorrendo il primo tratto dell'isola, ma fino a quel momento, immersa com'era nella storia, Anita non ci aveva quasi fatto caso. Fu un attimo: le vennero i brividi e le vertigini. Iniziò a mancarle il fiato. Sua madre era già distante, quindi decise di non chiamarla e provò a calmarsi da sola.

Pensare che una volta mi arrampicavo sugli alberi senza problemi, si disse.

Poi quello che le era successo aveva risvegliato in Anita il senso di vertigine. Ma lei non era ancora pronta per parlarne. E mentre si aggrappava alla balaustra di legno, per rimanere in piedi, ripensò al giorno in cui sua nonna aveva avuto un episodio di vertigine molto simile.

Stavano facendo una passeggiata in montagna, poco sopra Ossuccio. La nonna aveva appena intonato *Scarpettine* e Anita cantava insieme a lei. D'improvviso, Lucrezia si era voltata verso uno strapiombo e la canzone si era interrotta.

«Nonna, cosa c'è?» aveva chiesto Anita. Erano solo loro due.

La nonna non aveva risposto. Era rimasta a fissare lo strapiombo e per un attimo Anita aveva avuto paura che stesse per buttarsi giù.

Le aveva stretto la mano.

«Nonna, nonna!» aveva urlato.

Gli occhi di Lucrezia erano rimasti fissi nell'oblio. Le gambe le tremavano.

«Andiamo via da qui» aveva sussurrato Lucrezia.

Si era incamminata verso il sentiero nel bosco, senza mai voltarsi. Anita aveva guardato in fondo al burrone, per capire cosa avesse spaventato tanto la nonna. Adesso lo sapeva. Ma allora, da bambina, non aveva considerato l'idea che quella vertigine fosse stata provocata da un trauma passato.

Anche io adesso ogni volta che sento di poter precipitare ho paura, pensò.

Cercò di non guardare verso il lago, ma ormai era consapevole di essersi rovinata la giornata.

Lucrezia, senza volerlo, aveva lasciato in eredità alla nipote quel brutto modo di reagire allo shock.

Non ricordare, Anita. Non adesso. Non puoi tornare indietro. Quel che è successo è successo. E tu non sarai più la stessa di prima. Proprio come dopo una guerra. Hans non capirà. Nessuno comprenderà davvero fino in fondo. Mantieni il segreto, fallo per te stessa. Pe proteggerti.

Anita rimase immobile, in attesa che Margherita e Maria tornassero indietro.

Si sentiva come una farfalla senza ali. O come una crisalide interrotta.

14

BRINTESIA CIRCE: è una delle farfalle più grandi d'Europa. Ama le radure nei boschi più aridi e i posti assolati. Il colore delle ali è nero e marrone scuro, con delle fasce bianche. In alcune zone è una specie protetta, in quanto in via di estinzione. Abbi sempre il coraggio di chiedere aiuto. Non isolarti, quando senti che il tuo mondo sta crollando a picco. Anche le farfalle più belle, a volte, hanno bisogno di protezione.

«Abbiamo fatto veramente tardi» mormorò Maria, «saranno quasi le sei, tra un po' fa buio. Anita, riesci a remare un po' più veloce?»

Avevano mangiato nell'unico ristorante dell'isola, e così Anita era riuscita a recuperare le forze. Poi, però, avevano perso tempo e quando erano andate a riprendere la barca il sole stava già calando.

«Ci provo, zia» rispose Anita.

«Cosa diavolo...?» disse Margherita, guardando verso la riva.

«Sembra un fantasma» commentò Maria.

Ad aspettarle c'era Yoko. Era vestita di bianco, con una sciarpa che sventolava sopra la testa e si intrecciava ai suoi capelli neri, nel vento.

«Dio mio» fece di nuovo Maria, quasi impaurita. «Non ti sembra una scena già vista?»

Margherita annuì, ma non replicò.

Una volta che ebbero attraccato, Anita scese dalla barca e si precipitò verso la piccola.

Yoko le buttò le braccia al collo. Stava tremando. Il suo corpo era ghiacciato.

«Ma da quanto tempo sei qui? E dov'è il tuo papà?»

La bambina aveva le labbra quasi viola per il freddo.

«Stai tremando» constatò Anita. «Ti devo portare subito a casa.»

«Sarebbe compito di qualcun altro» osservò Maria, per nulla impietosita. Di colpo la sua espressione si era fatta dura. Anche Margherita sembrava seccata.

«Va bene, voi andate a casa, io mi occupo di lei.»

«Che padre è, uno che continua a perdersi la figlia?» commentò Maria, mentre si allontanava con Margherita.

«Un padre in difficoltà» bisbigliò Anita.

La trasportò per alcuni metri. La bambina continuava a parlarle nell'orecchio. Suo malgrado, Anita fu costretta ad ascoltare.

«C'era una volta una bellissima principessa dai lunghi capelli neri. Abitava in una casa in riva al lago. Tutte le mattine andava sulla spiaggia e aspettava di sentire il canto. Qualcuno la chiamava, al di là delle onde. Qualcuno cantava lungo le sponde. Qualcuno che lei non aveva mai visto, ma che pensava fosse bellissimo. La mamma le disse di non allontanarsi troppo dalla riva, perché il lago era pericoloso. Ma un giorno lei sentì quel canto sempre più forte. Diceva così:

Mia principessa, vieni con me,
prendi la barca e partiamo io e te.

Non appartieni al mondo di terra,
non fa per te questa brutta guerra.
Mia principessa, vieni con me,
prendi la barca e partiamo io e te,
insieme, lo sai, potremo cantare,
nessuno quanto me ti potrà amare.
Mia principessa, vieni con me,
prendi la barca e partiamo io e te.

«Allora la principessa salì sulla barca...»

Mentre Yoko cantava la filastrocca, Anita si rese conto che il suo corpo era scosso dai brividi. Quella storia era inquietante. O forse lo era tutta la situazione: lei che portava in braccio Yoko, le vertigini, gli sguardi sprezzanti di sua madre e Maria.

Yoko continuò, con la sua vocina dolce e penetrante: «La principessa sparì in mezzo ai flutti. Nessuno la vide più, dopo quel triste giorno. La regina la fece cercare in lungo e in largo dai pescatori. Ma non c'era più niente da fare. La principessa era sparita. Certe notti, però, quando la luna è piena e in cielo non ci sono stelle, si sente la voce del lago e della principessa, che insieme cantano... Mia principessa...»

«Yoko, smettila, ti prego.»

Yoko appoggiò la testa sulla spalla di Anita e si mise a piangere.

Intanto erano arrivate a casa di Filippo.

Lei lo vide arrivare dalla sponda opposta del lago.

«Yoko, grazie al cielo» disse lui, e si precipitò ad abbracciarle.

«Grazie» mormorò verso Anita. «La stavo cercando da questo pomeriggio. Mi è scappata e non avevo idea di dove fosse finita. Conosce meglio di me la sponda del lago e spesso si nasconde di proposito.»

«È mezza congelata» replicò Anita. «Dobbiamo toglierle questi vestiti, sono umidi.»

«Ci penso io» la rassicurò lui. Ma Yoko non voleva mollare il collo di Anita, così lei entrò in casa e aiutò Filippo a sistemare la bambina. Le diedero del latte caldo con il miele e attesero che si addormentasse nel suo letto.

«Mi chiedo se sia il caso di chiamare un medico» sussurrò Anita. «Temo che possa venirle la febbre.»

«Vediamo come va la notte» disse Filippo.

Aveva lo sguardo stanco, gli occhi gonfi e i capelli spettinati. Anche Anita sapeva di non essere per niente in ordine, e nemmeno troppo profumata, dopo tutta la giornata passata a correr dietro a Maria.

«Mi dispiace di averti rovinato la serata» si scusò lui. «Posso offrirti almeno una birra e qualcosa da mangiare?»

Anita annuì e mentre si recavano in cucina disse: «Sicuramente non ho un bell'aspetto. È tutto il giorno che camminiamo. Maria è instancabile».

«Sembri a pezzi, in effetti. Vediamo se il mio famoso panino alla salamella ti tirerà su.»

Anita moriva di fame. Mentre Filippo si dava da fare con il panino, lei gli raccontò di come avesse trovato Yoko quasi in trance, e della storia che le aveva raccontato.

«Faceva venire i brividi, davvero» concluse.

Filippo sospirò.

«È ossessionata da quella storia. L'ha letta in un libro illustrato di leggende giapponesi, che apparteneva a sua madre. Da allora continua a ripeterla.»

«Sembra quasi convinta che qualcuno possa davvero cantare sull'altra sponda del lago… È una cosa difficile da spiegare, per un adulto. Ma sono certa che lei ci creda.»

Filippo le servì il panino e stappò due bottiglie di birra. Anita si disse che sentirsi a casa poteva avere a che fare con qualcosa del genere. Quel senso di familiarità con Filippo le piaceva da morire e allo stesso tempo la rendeva vulnerabile. E lei sapeva che questa volta doveva essere forte.

«Il fatto è che Yoko vuole crederci, con tutte le sue forze. È l'unico modo che ha per stare vicina alla sua mamma.»

«Che cose le è successo?» chiese Anita. Era da quando li aveva conosciuti che voleva chiederglielo, ma già una volta Filippo aveva evitato il discorso.

«Forse è bene che tu lo sappia» ammise lui. Anita pensò che c'erano più segreti su quella sponda del lago che in tutta Colonia.

«Accadde quando Yoko aveva solo quattro anni. Cho, questo era il nome di sua madre, insistette per fare un giro in barca tutti insieme. Io le dissi che il meteo non prometteva niente di buono, ma lei adorava le escursioni. Così la accontentai. Ero innamorato di Cho come un ragazzino. Aveva una tale fantasia. Raccontava tantissime storie a Yoko. La faceva vivere in un altro mondo.»

Anita pensò a Lucrezia. «Credo di capire quello che intendi.»

«Così uscimmo, a pomeriggio già inoltrato. Yoko era felicissima e anche Cho. Era bello vederle insieme. Poi però un temporale si abbatté all'improvviso sulla nostra barca e Yoko cadde fuoribordo. Io mi gettai in acqua e riuscii a salvarla giusto in tempo, prima che scomparisse in mezzo ai flutti. Quando risalimmo a bordo, Cho non c'era più.»

Anita rimase un attimo con il panino a mezz'aria, senza sapere cosa dire.

«La cercai ovunque, mentre la pioggia continuava a inondare la nostra barchetta. Furono momenti terribili. Quando arrivarono i soccorsi, era troppo tardi.»

«La ritrovarono?»

Filippo scosse la testa.

«Cercarono per giorni. Non mi diedi pace. Continuai a insistere anche quando tutti rinunciarono. Sembrava si fosse volatilizzata. Non mi perdonerò mai per quello che è successo.»

Anita smise di mangiare e posò una mano sopra quella di Filippo. Era gelida.

«Scusa, non sono discorsi da fare a tavola» borbottò.

«Non ti devi scusare di niente. Adesso capisco perché Yoko si comporta in quel modo e si è fissata con quella leggenda. Deve essere stato davvero terribile, per lei. E anche per te.»

Filippo si alzò, prese una foto da dentro un cassetto e la porse ad Anita. La donna immortalata in quello scatto era Cho. Stava stendendo i panni al sole e sorrideva. Anita pensò che somigliava tantissimo a Yu Kari. Aveva lo stesso sguardo penetrante. Ma preferì tenere per sé quelle considerazioni.

«Era bellissima» disse.

«Aveva dieci anni più di me» raccontò Filippo, «e la prima volta che la vidi, stava leggendo un libro in riva al lago. Mi disse che le piacevano i posti isolati e che sognava la calma e la tranquillità. È strano che il destino se la sia portata via proprio durante un temporale. Lei era la persona più quieta che abbia mai conosciuto. O almeno, con me lo è sempre stata. Anche se non ha avuto un'infanzia molto felice.»

Anita si sentì un'aliena. Solo lei poteva dire di avere dei bellissimi ricordi di quando era piccola?

«Che cosa intendi?» chiese a Filippo, e tracannò un lungo sorso di birra.

«Non ne parlava spesso. Ma so con certezza che solo con me aveva trovato la tranquillità che tanto sognava.»

Anita annuì e decise di smettere di fare domande. Prima o poi anche lei avrebbe dovuto dare delle risposte e allora si sarebbe pentita di tutta quella curiosità sulla vita degli altri. Sapeva che in molti si stavano chiedendo perché lei fosse tornata, così, all'improvviso. Per un po' poteva crogiolarsi ancora nel suo mutismo, ma prima o poi avrebbe dovuto abbandonare il bozzolo e ne era terrorizzata. Che cosa avrebbero pensato di lei? Sua madre l'avrebbe ancora guardata negli occhi? E Filippo?

«Forse è meglio che vada, adesso» sussurrò. «Si è fatto tardi e ho davvero bisogno di una doccia.»

«Ti ho trattenuto fin troppo» si scusò Filippo, «e non ti ho ringraziato abbastanza per quello che hai fatto.»

«Mi aiuterai col farfallario. Questo è il miglior ringraziamento possibile.»

Per un attimo Filippo la guardò così intensamente che Anita ebbe paura di non riuscire più a staccarsi da quegli immensi occhi azzurri.

Dio mio, pensò, mi ci potrei perdere dentro.

Poi cercò di sorridere.

«Ti aiuterò volentieri» replicò lui, «ma lo faccio anche per Yoko. Per colpa tua da quando le hai messo in testa questa cosa delle farfalle, non parla d'altro.»

«Veramente è colpa della mia nonna materna, Lucrezia» spiegò Anita. «Mi ha lasciato in eredità un mucchio di farfalle da catalogare.»

A quelle parole Filippo rimase un attimo interdetto. Anita, però, era davvero stanca e non ci badò più di tanto.

«Vorrei fare qualcosa solo per te» disse Filippo, mentre si avviavano verso la porta, «per sdebitarmi.»

«Non devi sdebitarti di nulla, davvero» rispose Anita, «ma se proprio ci tieni, magari un giorno potresti farmi da guida per un'escursione.»

Filippo sorrise.

«Non credo tu ne abbia bisogno.»

«Invece sì» ribatté lei. «Soffro di vertigini e da quando sono qui va sempre peggio. Forse potresti aiutarmi a superare la fobia delle altezze.»

«Non sono uno psicologo» rispose Filippo, «ma se questo è il tuo desiderio, proverò ad accontentarti.»

Si sorrisero ancora, sulla soglia di casa, e di nuovo Anita

ebbe l'impressione di non riuscire a scollare gli occhi da quelli di lui.

«Buonanotte, Filippo» lo salutò alla fine, con grande sforzo.

«Buonanotte, ragazza delle farfalle» rispose lui.

Anita era già girata di spalle, quando si sentì chiamare in quel modo. Non si voltò più. Ma qualcosa la fece rabbrividire. E il vento, quella sera, aveva smesso di soffiare.

15

MORFO BLU (MORPHO MENELAUS): è un lepidottero diffuso in America centrale e meridionale. Il suo nome scientifico deriva da Menelao, il re dell'antica Sparta. Le sue ali sono di un meraviglioso blu metallico iridescente. Si ciba anche di funghi e ciò la rende particolarmente preziosa per la dispersione delle spore. Puoi essere anche la più insignificante tra le creature su questa terra, ma sei al mondo per uno scopo preciso. Trovalo.

«Anita, questi dove li metto?»

Yoko stava trascinando alcuni tubi flessibili, decisamente troppo pesanti per lei.

«Tesoro, poggiali pure per terra» rispose Anita, con un sorriso.

Stavano lavorando da due giorni al farfallario ed erano già a buon punto. Yoko non si era data tregua nemmeno per un attimo. Margherita non aveva mai messo piede in giardino, ma ogni tanto, dalla camera di Anita, che dava sulla serra, scostava la tenda e osservava il procedere dei lavori.

Anita sapeva che le costava una gran fatica.

Filippo arrivò con un sacchetto pieno di biscotti.

«Sono freschi di forno» disse, «quindi, signorine, posate pale e picconi.»

Ogni volta che arrivava Filippo, Anita sentiva la testa farsi più leggera e il cuore batterle come quello di una ragazzina. Più cercava di tenerlo a bada, più quello martellava, ribelle.

«Cosa sono i picconi?» chiese Yoko.

Filippo scoppiò a ridere.

«Biscotto al cioccolato per la mia farfallina curiosa...» disse, e le porse un dolcetto a forma di esse, ricoperto di cioccolato fondente.

«Wow, grazie» fece Yoko, e si sedette a mangiarlo accanto a lui.

Al cospetto di tanta tenerezza, Anita si sentì stringere il cuore. Più guardava Filippo e più si convinceva che Yoko non avrebbe potuto avere un padre migliore.

«È meglio se ne mangi qualcuno anche tu» esclamò lui rivolto ad Anita. «Oggi abbiamo in programma la prima tappa delle nostre escursioni in salita, ricordi?»

Anita annuì.

Yoko si intromise, parlando con la bocca piena di cioccolato: «Perché non posso venire anch'io?»

«Come eravamo d'accordo, monella?»

Yoko alzò gli occhi al cielo e rispose: «Niente capricci quando siamo al farfallario. Ma quando arriveranno le farfalle?».

Filippo e Anita risero di nuovo.

«Bisogna prima ordinare le piante tropicali. Ogni bruco, da cui nasce la farfalla, ha la sua pianta preferita. Poi bisognerà avere tanta pazienza. Un sistema di riscaldamento efficiente e...» stava dicendo Anita, quando Yoko la interruppe.

«Perché dobbiamo riscaldare le farfalle?»

«Perché altrimenti sentono freddo» disse Filippo. «Vengono da posti dove fa molto più caldo. Per questo stiamo costruendo loro una casa confortevole.»

Yoko guardava un po' Filippo e un po' Anita, mentre loro si divertivano a spiegarle tutto. A ogni risposta seguivano almeno tre domande.

Quando arrivò il momento di separarsi, Yoko non fece storie e salutò il suo papà con un bacio sulla guancia.

«A dopo, stellina» disse lui.

«A dopo, papi. A domani, Anita. Buona escursione.»

«Grazie, tesoro. Ci vediamo domani. Ti aspetto qui.»

«Poi ordiniamo le piante?»

Anita fece cenno di sì.

Quando rimasero soli, Filippo chiese: «Sei pronta?».

«Credo di sì» rispose Anita. «Questa tuta va bene? E le scarpe?»

«Certo. Pensavo di andare in macchina e poi proseguire a piedi. C'è un punto molto panoramico, che si affaccia sul lago di Como. Te la senti?»

«Ci posso provare.»

«Bene, allora andiamo. Abbiamo già perso fin troppo tempo.»

Filippo si trasformò di colpo in una guida professionale e attenta. La condusse in macchina fino all'imbocco del sentiero che dovevano percorrere, dove c'era un ampio parcheggio.

«Mi sento così stupida ad avere questo problema con le vertigini» gli confidò Anita, «anche perché non è sempre stato così.»

Iniziarono a camminare.

«E poi cosa è cambiato?»

«Non lo so» mentì Anita, che non si sentiva pronta a confidarsi con lui. «Di colpo ho iniziato a non sopportare più le altezze.»

Se anche Filippo non credette alla sua versione dei fatti, non lo diede a vedere.

Anita non era molto allenata a camminare in salita, dovette fermarsi più volte per riprendere fiato e bere dalla borraccia.

«Non bere troppo» le raccomandò Filippo.

«Sì capo» rispose lei.

«Siamo quasi arrivati» annunciò lui, dopo un'oretta di cammino.

«Bene» rispose Anita, «i miei polmoni non ce la fanno più.»

«Ti terrò in allenamento, da oggi in avanti» rise Filippo, «ma adesso concentrati. C'è un prato, davanti a noi. Oltre quel prato c'è un punto panoramico davvero mozzafiato. Molti turisti ci vengono apposta. Vuoi provare a dare un'occhiata?»

«Sono qui per questo» rispose Anita, asciugandosi il sudore dalla fronte. In realtà non si sentiva assolutamente pronta.

«Okay, allora ci muoveremo a piccoli passi. C'è una panchina, ci siederemo lì. Va bene?»

Anita annuì.

Lui le prese la mano e iniziarono a camminare verso la panchina. Nemmeno il suo contatto bastava a distrarla, il terrore era troppo grande. Le sembrava di poter morire da un momento all'altro.

Almeno morirò stringendo la mano di un uomo gentile, pensò.

Più si avvicinavano, più lei sentiva di sudare freddo.

«È molto in alto» ansimò.

«Possiamo fermarci quando vuoi» propose paziente Filippo.

Anita guardò la panchina. Allungò una mano fino a toccarla. Ancora non aveva il coraggio di guardare di sotto.

«Che cosa devo aspettarmi?» domandò.

«Niente di brutto. Ci sono qui io.»

Anita alzò un poco la testa e scorse le cime delle montagne, dall'altra parte del lago. Trasse un profondo respiro e guardò giù.

Non immaginava di essere così in alto.

I tetti rossi delle case sembravano minuscole formiche brulicanti. Aveva l'impressione che si muovessero, ma sapeva che in realtà era la sua testa che iniziava a fare scherzi. Cercò di concentrarsi sulla striscia color cobalto del lago, ma si sentì ancora peggio.

Non pensare, Anita. Quello che ti è successo è stato solo un incubo. Non era reale. Non pensare. Opponiti al ricordo. È accaduto a un'altra donna, non a te. Tu sei sempre stata forte. Hai preso la decisione giusta. Hai fatto bene a scappare qui. Hai fatto bene a dimenticare. Non servirebbe a niente dirlo a qualcuno. Non ti crederebbero. Direbbero che hai agito da puttana, per i tuoi scopi personali. Forse ti rinchiuderebbero addirittura in prigione, come successe a tua nonna tanti anni fa. Solo che nessuno verrebbe a salvarti. Quando hai bisogno, nessuno viene mai a toglierti dai guai.

Anita tentò disperatamente di scacciare quelle voci.

«Siediti» le disse Filippo, preoccupato per la sua espressione.

«Credo di non farcela» disse Anita, e iniziò a indietreggiare.

Quando fu di nuovo in mezzo al bosco, si sentì meglio. Si sedette ai piedi di un abete.

«Scusa» mormorò, e si prese le ginocchia tra le braccia. «Ero convinta di potercela fare.»

Aveva la fronte imperlata di sudore e i capelli appiccicati alle guance.

Filippo sulle prime non disse niente. Le posò una mano sulla spalla e attese che il suo respiro fosse più calmo.

«Va tutto bene» la rassicurò alla fine, «va tutto bene, non devi avere paura di nulla. Io sono qui e possiamo scendere, subito. Okay? Devi solo chiedermelo. Bevi un po' d'acqua.»

«Mi sento una cretina» disse Anita.

«Ci sono un sacco di persone che soffrono di vertigini. Non sei l'unica. Ognuno supera il problema a suo modo, con i suoi tempi. Questo è stato un primo tentativo. Ne seguiranno altri. Ti fidi di me?»

Anita scoppiò a piangere.

Filippo sospirò e la prese tra le braccia.

«C'è sempre un motivo dietro alle nostre paure» disse convinto, «e sono sicuro che questo valga anche per te. Ma non voglio sapere, solo starti vicino, per sconfiggere questa cosa insieme a te. Perché vedo quanto per te sia importante. Perché mi accorgo che ci tieni davvero. E lo sai che la forza di volontà conta più di tutto il resto, vero?»

Anita annuì. Si sentiva una stupida, perché riusciva solo a piangere e non voleva spiegargli niente.

«C'è una favola che leggo spesso a Yoko. Gliela raccontava sempre Cho. La vuoi sentire?»

Anita annuì e si accoccolò tra le sue braccia. Lui le accarezzò i capelli, dolcemente, come fosse una bambina.

«La storia parla di un bruco. Un bruco molto tenace, deciso a scalare la montagna e arrivare sulla vetta. Così un bel giorno si mette in marcia. Ma sulla sua strada incontra una capra, che gli chiede: "Dove va, signor Bruco, con questo passo spedito?".»

Filippo fece l'imitazione della capra talmente bene che Anita si mise a ridere.

«Il bruco risponde che vuole raggiungere la cima della montagna e la capra lo deride e dice: "Non ce la farai mai! Sei così piccolo e hai le gambe troppo corte".»

«Povero bruco» scherzò Anita, che si stava riprendendo e adesso si sentiva ancora più ridicola.

«Ma il bruco non l'ascolta e prosegue sul suo cammino. Nel bosco, intanto, la capra sparge la voce che il bruco vuole raggiungere la cima della montagna e tutti gli animali ridono di lui. Un giorno un'aquila scende a valle con una triste notizia: il bruco è morto. Tutti gli animali si sentono molto in colpa, perché non avevano fatto altro che prenderlo in giro. Allora si incamminano verso il punto indicato dall'aquila, per dargli l'ultimo saluto. Ma quando arrivano, trovano solo uno strano involucro verde. Da quella specie di guscio spunta una meravigliosa farfalla. Tutti rimangono incantati. Il bruco-farfalla li guarda fiero e dice: "Avete visto? Adesso posso raggiungere la montagna. Ciao, amici miei". E sbattendo le ali, raggiunge la sua agognata cima.»

Filippo si interruppe e rivolse ad Anita un irresistibile sorriso.

«Lo so» aggiunse poi, «non sono molto bravo a raccontare storie. Ma mi sto esercitando, per Yoko.»

«Sei bravissimo invece. E questa storia è davvero bella. Grazie per averla condivisa con me.»

«Sono io che ti devo ringraziare. Da quando sei entrata nella vita di Yoko, lei è più felice. Va a scuola con il sorriso. Stai diventando davvero importante, per lei.»

Anita si sentì orgogliosa.

«Hai deciso per quanto tempo ti fermerai?» chiese Filippo. Lei lesse una certa apprensione nei suoi occhi. Era per se stesso o per la figlia? Il modo in cui la guardava, negli ultimi giorni, era sempre più intimo, tanto da farla arrossire.

Lo guardò a sua volta e provò un'irresistibile voglia di baciarlo, ma si trattenne. Non era il momento, né il luogo, e forse sarebbe stato comunque meglio che tra loro le cose rimanessero com'erano.

«Non lo so, sinceramente» rispose. «Pensavo che partire, tornare in un posto in cui sono stata felice, mi avrebbe aiutata. Ma non è stato così. Ho abbandonato il mio lavoro e adesso non so cosa fare della mia vita. Vorrei avere la stessa determinazione di quel bruco, ma in realtà mi sento più una sciocca larva.»

Filippo si sforzò di sorridere.

«Non so da cosa tu stia scappando, ma se un giorno vorrai parlarne, io sarò qui ad ascoltarti.»

Anita annuì. Era sicura che quel giorno non sarebbe mai arrivato. Si fidava di lui, ma non aveva voglia di parlare con nessuno. Aveva evitato le sue amiche, sua madre, perfino Hans. Anche se non aveva mai incontrato qualcuno come Filippo. Non solo per la sua bellezza o per il fatto che fosse dolce. Con lui non servivano parole, per capirsi. Vedendola in difficoltà aveva avuto la forza di rimanere in silenzio.

Si incamminarono verso casa. La discesa fu molto più veloce. Filippo, a un certo punto, le prese la mano e non gliela lasciò fino a che arrivarono alla macchina. Quel gesto la sorprese. Quando le loro dita si staccarono, entrambi per un attimo ebbero l'impressione di sentirsi persi.

Filippo parcheggiò all'ingresso della villa.

Si voltò verso di lei, dopo aver spento l'auto.

«Anita, io… vorrei dirti una cosa.»

«Ti ascolto.»

«Prima ti ho ringraziata perché da quando ci sei tu con Yoko, a casa si respira un'aria diversa… Il fatto è che…»

Qualcuno picchiò tre volte al finestrino.

Anita si ritrovò davanti il viso di sua madre. Era accigliata e aveva il cellulare in mano.

«Dove sei stata? Mi stavo preoccupando.»

Filippo abbassò lo sguardo.

Sembrava sempre a disagio al cospetto di Margherita e di certo lei non gli rendeva le cose semplici.

«Mamma, ti avevo avvisata che sarei andata in montagna con Filippo.»

«Non me lo ricordavo. Poi ho visto che avevi lasciato il telefonino in camera. Ha chiamato Hans e io sono stanca di coprirti.»

Anita guardò la madre, incredula. Davvero aveva detto una cosa del genere davanti a Filippo?

Lui strinse il volante.

«Ti aspetto dentro» esclamò Margherita, e lanciò a Filippo un'occhiata sprezzante.

«Scusa, non so cosa le è preso» fece Anita.

Filippo si era adombrato.

Anita sospirò. «Mi spiace che tu abbia saputo di Hans in questo modo» sussurrò lei.

«Anche a me» replicò Filippo. «Hans è il tuo fidanzato tedesco, giusto?»

«No» rispose Anita, e si rese conto di aver quasi urlato. «Era il mio fidanzato. Ma l'ho lasciato quando sono venuta qui.»

«E lui lo sa?»

Anita gli rivolse un'occhiata esterrefatta. «Certo che sì» rispose. «Per chi mi hai presa?»

«Non lo so» mormorò lui. «C'è qualcosa di tremendamente affascinante, in te, Anita. Ma anche di pericoloso.»

«Pericoloso?»

«Intendo dire… c'è qualcos'altro, che nascondi. Non si

tratta solo del tuo fidanzato. Te lo si legge in faccia. E io ho imparato a stare lontano dai segreti.»

«Capisco» fece lei. «Adesso sarà meglio che rientri, prima che quella pazza di mia madre esca di nuovo. Ma vorrei dirti una cosa: da quando sono qui, tutti non fanno altro che nascondermi pezzi della loro vita. Perfino tu.»

Filippo rimase in silenzio, come se stesse ammettendo la sua colpa.

«Ecco. E allora rispondimi: come posso aprirmi e fidarmi di qualcuno?» si giustificò lei.

Lui allargò le braccia. «Hai ragione» rispose, «ma spesso le cose sono più complicate di come sembrano. Per favore, non arrabbiarti.»

Anita si calmò.

«Non sono arrabbiata. Non con te, almeno.»

Gli sfiorò la guancia, ma ormai il momento magico tra loro era sfumato.

Era proprio quello che voleva mia madre, pensò Anita. Anche se non riusciva a spiegarsi il perché di tanto astio nei confronti di Yoko e Filippo. Qualcosa le diceva che, ancora una volta, le motivazioni risalivano al loro passato.

«Grazie per la passeggiata» disse, prima di scendere.

«Non c'è di che.»

Anita entrò nella villa e si mise a cercare Margherita. In cucina non c'era e nemmeno nella sua stanza.

«Questa casa è grande, ma prima o poi ti troverò» borbottò.

La finestra del salotto era aperta. La tenda danzava al

ritmo di un vento fantasma. Lo stesso vento che ogni tanto inclinava i quadri o faceva cadere gli oggetti. Anita non era poi così convinta che fosse un fenomeno atmosferico. Più stava in quella casa, più si accorgeva che la villa aveva una vita propria, come se qualcuno respirasse attraverso le pareti.

«Mamma, sei qui?» disse.

«Mi dispiace aver interrotto la vostra chiacchierata» commentò Margherita, seduta sulla Poltrona Scacciapensieri, «ma per me è già abbastanza seccante vedervi tutti i giorni in giardino, a ricostruire quel maledetto farfallario.»

«Perché ce l'hai tanto con le farfalle, mamma?»

«E tu perché sei tornata a casa, Anita? Qui ci sono solo spiriti e vecchie storie sepolte. Stai rovinando tutto.»

«Questa è anche casa mia e la nonna mi ha affidato un compito molto importante!»

«E come avrebbe fatto ad affidartelo, sentiamo?»

«Attraverso il suo diario! Sai che lo schedario delle farfalle è dedicato a me? Perché era convinta che tu non avresti mai portato avanti la sua passione, come lei desiderava.»

«Certo» ribatté Margherita. «Come lei desiderava. Si tratta sempre e solo di quello che lei desiderava.»

«Perché dici così? Anche tu volevi molto bene alla nonna.»

«Di certo più di quanto lei ne volesse a me.»

Si alzò in piedi di scatto. Dalle ginocchia le cadde il diario di Lucrezia.

«Questa maledetta Poltrona Scacciapensieri non ha mai funzionato e non funzionerà mai. È un'altra delle sue stupide idiozie.»

«Mamma...» disse Anita, con voce più dolce.

Provò ad avvicinarsi per abbracciarla. Avrebbe voluto dirle che, nonostante tutto, era stata una brava madre.

Ma Margherita se ne andò sbattendo la porta, come spaventata da quel gesto.

Anita raccolse il diario e lo sfogliò. Le era sfuggito qualcosa? A un certo punto si accorse che alcune pagine, prima dell'accurata descrizione della vita delle farfalle, erano state strappate.

Forse la soluzione del mistero era lì, in quelle pagine di vita strappate da Lucrezia, che anche da morta continuava a tenere ben custoditi i suoi segreti.

16

FARFALLA DELLA REGINA ALESSANDRA: appartiene alla famiglia degli ornitotteri ed è il più grande lepidottero del mondo. Il nome le è stato dato nel 1907 in onore della regina Alessandra di Danimarca. Si trova solo nella Provincia di Oro, in Papua Nuova Guinea. Esistono delle specie di farfalle rare e preziosissime, come alcune persone che incontri lungo il tuo cammino. Riconoscile. Dai spazio alle farfalle preziose che avrai la fortuna di conoscere.

Ossuccio, giugno 2014

Il fiumiciattolo artificiale scorreva all'interno del farfallario. Le crisalidi attendevano di diventare farfalle. Yoko era capace di rimanere ferma davanti a quella teca anche per ore.

«Ma che cosa fanno, là dentro?» chiese ad Anita. «Dormono?»

«Assolutamente no. Si trasformano. Vedi, al posto del bruco poi nasce la farfalla. Si formano le ali, le zampe, le antenne, e tutti gli altri organi. Diventa un altro essere. Completamente.»

«Forte. Com'è possibile?»

«È ancora un mistero, che fa perdere la testa agli scienziati» rispose Anita, osservando soddisfatta i bruchi.

Filippo le sorrise.

Avevano costruito un farfallario degno di quello di Lucrezia. Presto le farfalle che avevano scelto avrebbero cominciato a volare sopra le loro teste. C'era voluto del tempo, ma i loro sforzi sarebbero stati premiati. Avevano ordinato le piante tropicali di cui i bruchi si nutrivano e adesso erano circondati da fiori che arrivavano da tanti Paesi diversi. Anita non era mai stata in Asia, ma pensava che quel farfallario fosse un piccolo pezzo di Oriente che si era stabilito sulla riva del lago di Como. Non si sarebbe abituata facilmente a quel pullulare di rosso intenso, blu cobalto e giallo acceso, a quei fiori tanto diversi da quelli italiani. Entrare nel farfallario era come scoprire un mondo dimenticato, o perlomeno a lei sconosciuto. Provava il brivido dell'avventura e dell'ignoto e le sembrava di essere fuori dal tempo. Quando passeggiava in mezzo alle gardenie della mamma, invece, si sentiva a casa. Erano fiorite anche le camelie, quelle rosa pallido, le preferite di Lucrezia, e quelle color rosso vivo, che invece piacevano ad Anita. Il giardino della villa e il farfallario, adesso, erano in competizione per chi avrebbe fatto sbocciare il fiore più bello dell'estate.

«Un mistero?» insistette Yoko, che non si accontentava mai delle spiegazioni semplici.

«Insomma, non è che dormono. I bruchi si stanno trasformando. O si sono già trasformati.»

«Sì, ma come?»

Filippo sospirò e guardò Anita per chiederle di portare pazienza.

«Allora, vediamo. Hai presente la fata madrina che trasforma la zucca in carrozza?»

«Ma quella ci mette un attimo, mica tutto questo tempo» protestò Yoko, e tornò a guardare le crisalidi appese a testa in giù.

«Tua figlia mi farà ammattire» bisbigliò Anita a Filippo.

Lui le accarezzò la schiena.

«Però ti adora» sussurrò.

Loro tre ormai erano inseparabili. Ogni volta che poteva, Filippo correva da lei, accompagnato da Yoko.

C'erano state altre escursioni, ma Anita non era ancora riuscita a superare il suo problema con le altezze. Spesso ci aveva riso su, ma la maggior parte delle volte il pianto aveva avuto il sopravvento. Margherita dal canto suo continuava a non tollerare la situazione e i rapporti tra loro erano diventati sempre più burrascosi.

Yoko si mise a cantare. Era una melodia senza parole.

«Tua figlia canta benissimo» osservò Anita, che ormai sull'argomento era diventata quasi ossessiva. «Dovresti portarla al conservatorio o farla sentire da qualcuno di esperto. È un vero talento.»

Filippo storse il naso.

«Ne abbiamo già parlato» rispose. «Non voglio che diventi un fenomeno da baraccone. O che si monti la testa. Soprattutto, non voglio che si monti la testa.»

«Non lo farebbe. La conosco.»

«Conosci la bambina di adesso. Il successo è in grado di rovinare del tutto una persona.»

Ogni volta che pronunciava frasi del genere, Anita si sentiva esclusa. Non sapeva nemmeno lei da cosa, ma era certa che Filippo continuasse a nasconderle avvenimenti di cui lei invece avrebbe voluto essere resa partecipe.

«Anita, canti con me?» le chiese Yoko.

«Vorrei, tesoro, ma sono stonata come una campana.»

Filippo scoppiò a ridere, invece Yoko rimase seria.

«Anche la mia mamma non voleva cantare mai» brontolò delusa.

«E tu da chi hai imparato?»

«Ascoltando.»

«La radio?»

«Le cassette che ho trovato nella soffitta, dopo che è morta la mamma.»

«Di che registrazioni parla?» chiese Anita a Filippo.

La porta del farfallario si aprì, prima che lui potesse rispondere.

Anita, dapprima, non lo riconobbe. Era molto cambiato. Si era fatto crescere la barba, lui che era sempre così ordinato, e non indossava la solita camicia, ma una semplice felpa verde, a righe. Anche i capelli chiari erano molto più lunghi ed era dimagrito di qualche chilo.

«Hans» esclamò lei. «Che ci fai qui?»

Yoko indietreggiò. Quando aveva davanti qualcuno che non conosceva tornava a essere molto timida e si chiudeva in se stessa.

«Tua madre mi ha detto che ti avrei trovata nel nuovo farfallario» rispose lui, senza staccare gli occhi da Filippo.

«Intendo, cosa ci fai in Italia?»

Lui strinse i pugni. Filippo si scostò da Anita e prese Yoko per mano.

«Noi andiamo» disse. «Ci vediamo più tardi, okay?»

«Okay, grazie Filippo» si affrettò a rispondere Anita, grata che avesse capito la situazione così in fretta.

«Sono mesi che eviti di rispondere al telefono. Davvero pensavi che avrei continuato la mia vita facendo finta di niente? Non ti riconosco più.»

Anita si sentì soffocare.

«Ti va di fare due passi in giardino? Qui dentro fa caldo.»

Hans annuì.

Anita lo seguì all'aperto e guardò le sue spalle curve. Realizzò di non essere l'unica ad aver sofferto. Ma non aveva avuto scelta. Andarsene in quel modo non era stato un atto di egoismo, quanto di sopravvivenza. Solo in quel momento, però, davanti agli occhi della persona che un tempo aveva amato, si rese conto di non essersi mai curata di cosa poteva aver provato lui.

La casa insieme. Il giorno della sua tesi di dottorato. Le cene con gli amici, a ridere e bere. Le piccole cose quotidiane: i grattini sulla schiena a letto, prima di alzarsi. Il caffè che brontolava sul fornello. Le gite in bicicletta della domenica pomeriggio. Le passeggiate lungo il Reno. La visita a Bonn, alla casa di Beethoven. Il duomo di Colonia, imponente e austero. La foto che avevano scattato davanti all'ingresso principale. La loro prima foto come coppia. Allora perché niente di tutto questo le mancava? Perché, dopo tanti anni aveva come l'impressione di avere di fronte uno sconosciuto?

«È per quell'uomo che mi hai piantato così come un cretino?» chiese Hans.

«Assolutamente no» rispose Anita, «mi ha solo dato una mano con il farfallario.»

«E perché questa assurda idea di venire qui, allora? Mi hai lasciato senza una spiegazione, Anita. Tutti i nostri amici sono rimasti senza parole. Facevano domande a cui nemmeno io sapevo dare una risposta. Non so se te ne rendi conto.»

Anita strinse le labbra. Era più difficile del previsto. Accarezzò le fronde del grande salice e cercò le parole giuste.

«Mi rendo conto e ti chiedo scusa» mormorò.

Hans la prese per le spalle. «Non sono qui per sentire le tue scuse» sbottò. «Sto cercando delle spiegazioni. Sono qui per capire se devo lasciarti andare del tutto o se tu sei disposta a fare la valigia e tornare in Germania con me.»

Al solo pensiero Anita rabbrividì.

«No» si affrettò a rispondere, «non potrei mai tornare.»

Hans ammutolì e cercò il suo sguardo. Anita non riusciva a sostenerlo.

«Che cosa è successo, Anita? Ho bisogno di saperlo.»

Voleva dirglielo con tutta se stessa. Voleva dirglielo, ma la voce le mancava. In più aveva dei brividi violenti e una morsa alla bocca dello stomaco.

«Ti prego, parla. Non tenerti dentro tutto. Starai meglio, dopo aver parlato.»

Hans glielo diceva sempre: tenersi dentro troppi pensieri non fa mai bene. I pensieri corrodono, fanno male. Siamo fatti per parlare, le ripeteva. Per esprimerci. Per confrontarci. Per dialogare. Ma Anita sapeva che non si sarebbe sentita meglio, dopo. Tuttavia, si disse che glielo doveva, che lui da mesi piangeva la sua partenza e adesso si era fatto quel viaggio solo per avere uno straccio di spiegazione.

«Aspettavo un bambino» disse con un filo di voce, e anche lei si sorprese della velocità con cui le parole le uscirono di bocca, dopo averle tanto trattenute.

«Ma ho deciso di abortire» aggiunse.

Si rese conto di non riuscire a spiegare altro. L'espressione di Hans era già troppo eloquente.

«Aspettavo un bambino. Ricordo ancora il giorno in cui lo scoprii. Avevo appena terminato di fare lezione. Stavo raccogliendo i quaderni e le provette, quando un conato mi assalì all'improvviso. La testa mi girava. Dovetti correre in bagno, con quegli odiosi tacchi alti. Gli studenti mi osservavano, divertiti e imbarazzati. La prof che se la sta facendo addosso. Questo devono aver pensato. Vomitai l'anima, poi feci due rapidi calcoli e andai in farmacia. Presi un test di gravidanza e per tutto il tragitto fino a casa continuai a pregare. Io, che faccio fatica a credere a qualsiasi cosa. Non era la prima volta che facevo uno di quegli odiosi test. Mi dissi: cinque minuti di paura e poi potrai far finta che non sia successo nulla. Tutto tornerà come prima. Invece no. Il test risultò positivo. Tornai in farmacia e ne presi altri due. Positivi anche quelli.

«Poi tu, Hans, rientrasti dal lavoro. Ti cucinai una pasta fredda e non ascoltai una parola di quello che dicesti. Stavo già pensando a come avrei potuto liberarmi di questo peso. Non ho immaginato nemmeno per un attimo di tenere il bambino. Per questo sono scappata. Perché sono una vigliacca.»

«Perché non mi hai detto nulla? Ti avrei ascoltata. Ne avremmo parlato insieme.»

La voce di Hans sembrava provenire da lontano. Era dolce, come una carezza. Anita sapeva che sarebbe durata ancora per poco, quella tenerezza.

«Anita, se non lo volevi io l'avrei capito. Sei... eri una donna con una carriera davanti. Ti sei spaventata. Ma perché fuggire?»

«Hans, ti prego...» lo implorò Anita, turbata da quella conversazione.

«Tesoro, sai che ci sono sempre stato per te. Sono arrabbiato, ma voglio solo capire i motivi di questa scelta. Ne abbiamo parlato qualche volta e mi pareva che l'idea di un bambino non ti terrorizzasse così tanto. Io...»

«Hans, smettila.»

«Perché fai così?»

Anita guardò il lago. Dammi la forza, pensò.

«Hans, quel bambino non era tuo.»

Ci fu un attimo di silenzio e a lei parve che perfino gli uccelli avessero smesso di cinguettare. Sapeva di avergli dato un dispiacere che nessuna spiegazione poteva lenire.

«Che cosa?» sibilò lui. Era come intontito.

«Non eri tu il padre del bambino» ripeté Anita. Più lo ripeteva, più si sentiva meglio. Come se uno dei tanti pesi che portava addosso stesse lentamente scivolando dalle sue spalle.

«E chi allora?»

«Questo non te lo posso dire.»

Hans la guardò e lei, ancora una volta, non riuscì a sostenere il suo sguardo.

«Non posso credere che tu mi abbia tradito» mormorò. «Se me l'avesse detto qualcun altro, gli avrei riso in faccia. Sei l'unica persona di cui mi sono sempre fidato. E invece sei il peggio che mi potesse capitare. Mi hai deluso, Anita. Davvero, mi dispiace. Ma mi fai schifo.»

Anche io mi faccio schifo, pensò lei. Mi faccio talmente schifo che la notte, quando gli incubi mi svegliano, non riesco più dormire. Per questo sono tornata qui. In questa casa dove prima di me si sono rifugiate altre donne interrotte. Perché è questo che sono: una farfalla dalle ali spezzate che non si merita un'altra possibilità di volare.

«Ti auguro di ritrovare te stessa» sospirò Hans, «ma non me la sento di dirti che vorrei tu fossi felice. Vorrei che pagassi, per come mi hai fatto sentire in questi mesi. Addio, Anita.»

Hans le voltò le spalle e si incamminò verso il cancello in ferro battuto. Anita non cercò di trattenerlo. Una parte di lei, quella che aveva ricominciato a sperare, avrebbe voluto raccontargli ogni cosa. Ma sapeva che ormai era troppo tardi.

Si accasciò sull'erba e incominciò a piangere. Le sue mani affondarono nel terreno. Scavò fino a che il vestito, i capelli, le dita, non furono coperti di terra marrone.

Sono sporca, pensò Anita, sono sporca dentro e fuori.

Non riusciva a controllare i singhiozzi e il respiro.

Si appoggiò al tronco del salice e toccò con la fronte il legno dell'albero.

Continuò a piangere, fino a che si accorse che il sole si stava nascondendo dietro la montagna.

Allora la voce di una bambina la raggiunse.

Era l'unica cosa che Anita poteva sopportare di sentire.

Yoko si sedette accanto a lei. Non le fece domande. Non le chiese perché fosse sporca di terra, afflitta, piegata in due. Le accarezzò i capelli e continuò a cantare quella bellissima melodia, che ad Anita suonava tanto familiare.

I suoi singhiozzi facevano da sottofondo.

Filippo le ritrovò così, donna e bambina, l'una piangente, l'altra china su di lei, a consolarla.

«Ma che cosa è successo?» chiese.

Anita cercò di ricomporsi.

«Yoko, per favore, vai a casa. Io ti raggiungo tra un attimo.»

Yoko annuì. Era la prima volta che non faceva domande, ma obbediva senza riserve. I bambini che hanno provato tanto dolore sanno quando è meglio tacere.

«Sei... sei...» balbettò Filippo. Era sconvolto.

«Sono in condizioni pietose, lo so» disse Anita, «e mi spiace aver pianto davanti a tua figlia.»

«Vieni, ti accompagno a casa» esclamò lui, tendendole una mano.

Anita gli fu grata per non aver fatto domande. Spiegargli di Hans, in quel momento, l'avrebbe sconvolta ancora di più.

Quando furono sulla soglia della villa, Filippo le sistemò i capelli dietro le orecchie e le ripulì il viso con le dita.

Il suo tocco era delicato come mai aveva sentito le mani di un uomo. Anita s'innamorò di quelle mani un'altra volta. Vide le sue labbra dischiuse, morbide, appena umide. I capelli spettinati, fini, lo sguardo su di lei, come un'altra carezza.

Si sforzò di sorridere.

«Sto dando il peggio di me» bisbigliò. «Ti assicuro che non sono sempre così.»

«Lo so» la tranquillizzò lui, «ho visto quanto sei luminosa, se solo lo vuoi.»

Filippo si sporse verso di lei e Anita gli diede un bacio sulle labbra. Rimasero un attimo l'uno di fronte all'altra, con le bocche che si toccavano e i corpi distanti. Sembravano due ali di farfalla, perfettamente simmetriche, unite in un solo punto.

«Ci vediamo domani. Cerca di riposare.»

Anita annuì. Gli sfiorò un braccio e rientrò in casa. Con lui non c'era più bisogno di dire grazie.

Margherita attendeva, in cucina, con due tazze di tisana alle erbe.

«Siediti» le ordinò.

«No, mamma, scusa ma preferisco andare in camera mia» sbottò Anita, che non aveva voglia di parlarle.

«Siediti un attimo, Anita. Perché se non lo faccio ora, non lo farò mai più.»

«Fare che cosa?»

Margherita sospirò.

«Questa casa ha molte finestre e dietro una di queste finestre, oggi, mi ci sono messa io. E ti ho spiata. Non so perché ti ho lasciata piangere sotto quel salice. Pensavo ne avessi bisogno. Poi ho visto Yoko che ti veniva incontro. E ho capito che da lei ti saresti lasciata toccare. Sai che da quando sei tornata fai fatica ad abbracciarmi? Eppure sono tua madre. Ho visto il bacio che vi siete scambiati tu e Filippo. E credimi, niente di quello che sta succedendo mi fa piacere. Ma è la tua vita e io non posso interferire. Posso solo guardare da una finestra e cercare di capire il perché di queste tue scelte.»

«Mamma, perché ti sconvolge così tanto il mio rapporto con Yoko e Filippo?»

Margherita sospirò. Nei suoi occhi danzavano spiriti e occhi a mandorla.

«È proprio di questo che ti voglio parlare. So che sei stanca e vuoi fare una doccia. Ma tra un'ora potrei cambiare nuovamente idea.»

Anita si sentì mancare il fiato. Quel giorno stavano succedendo troppe cose. Prima Hans, poi Filippo, infine sua madre che finalmente si decideva a parlare.

«Ti ascolto» mormorò.

«Comincerò da una ragazza che ha il volto di Yoko, ma non è lei. Dai suoi capelli scuri. Dai suoi tratti orientali. Dal profumo esotico che portava sempre con sé. Partirò dalla musica. Quella lirica. Da una madre che decise di abbandonare sua figlia e neanche se ne accorse. Da una donna che aveva smesso di amare. Se ascolterai fino alla fine, capirai anche perché odio così tanto le farfalle.»

Anita rabbrividì.

«Voglio sapere. Ma questa volta per davvero.»

«Ti dirò tutto quello che so, ma non posso inventare le parti del racconto che non conosco. Di quelle potrebbe parlarti Lucrezia, ma temo che ormai sia troppo tardi.»

Anita fissò gli occhi chiari della madre e vide nelle sue pupille l'ombra di quelle vite che tanto indissolubilmente erano legate alla sua storia.

Yu Kari

«E soffrirai, quando dovrai lasciare
la crisalide. Come facciamo tutti.»

17

FARFALLA COBRA: è la più grande falena al mondo. I colori delle sue ali ricordano quelli del famoso rettile, per questo in Cina è anche conosciuta come "la falena dalla testa di serpente". Questa farfalla vive solo pochi giorni e la fase del suo accoppiamento può durare molte ore. Godi ogni ora della tua vita, perché non sei eterna. Godi di ogni istante, perché, per quanto tu ti senta grande, sei come una farfalla: di passaggio.

Tokyo, gennaio 1943

Sakiko aprì gli occhi e fissò la parete grigia sopra di sé. Non ricordava molto. Si accorse di avere sulla bocca una maschera per l'ossigeno e una flebo attaccata al braccio. Fece per alzarsi, ma qualcuno le mise una mano sulla spalla.

«Sta giù» disse suo fratello Kan. «Devi riposare. Stai giù.»

Sakiko obbedì. Non aveva fatto altro, nella sua vita. Prima aveva obbedito al padre. Poi, quando era venuto a mancare, aveva lasciato che Kan prendesse il suo posto. Infine aveva conosciuto Ichiro. Era convinta che con lui avrebbe iniziato una nuova vita. Ichiro era un giovane bello e intrigante, piaceva a tutte. Le sue amiche si erano accorte che aveva occhi solo per lei e si erano ingelosite, ma Sakiko sapeva di essere più bella di loro. E poi suonava il pianoforte, un talento che aveva incantato Ichiro fin dalla prima volta che aveva posato lo sguardo su di lei.

Era stato durante una festa di famiglia, nella grande casa di Kan.

«Suona qualcosa per gli ospiti» aveva ordinato suo fratello a Sakiko.

Lei era molto imbarazzata: di solito suonava per Kan e per sua moglie, e al massimo per la loro vecchia nonna, che abitava nella stessa casa. Quella sera la sala, invece, era piena di gente che Sakiko non conosceva. Tuttavia, rifiutare sarebbe stato scortese. Così si era seduta al pianoforte e aveva suonato il *Chiaro di luna* di Beethoven. Teneva gli occhi bassi ed era molto concentrata. Le mani le sudavano, ma quella sera non aveva sbagliato una nota. Quando aveva finito, tra gli ospiti era partito un applauso e lei aveva notato Ichiro, che sembrava davvero colpito. Dopo cena, Sakiko l'aveva visto discutere con Kan. Poi erano venuti entrambi verso di lei.

«Sakiko, ti presento Ichiro, un mio vecchio amico. Parlate un po' insieme.»

Sakiko era arrossita, ma Ichiro non sembrava imbarazzato quanto lei.

L'aveva squadrata da capo a piedi e lei si era sentita ancora più a disagio. Però era un bell'uomo ed era stato un ufficiale dell'esercito. Era rimasto a parlare con lei tutta la sera, e quella notte Sakiko non aveva fatto che pensare alle sue mani. Era sempre stata affascinata dalle mani degli uomini e quelle di Ichiro erano le più grandi che avesse mai visto.

Qualche giorno dopo suo fratello le aveva comunicato che Ichiro aveva chiesto la sua mano, e lei aveva cercato di nascondere il proprio entusiasmo.

«È un uomo importante» le aveva spiegato Kan, «e potrai avere una bella casa. Sono molto soddisfatto e ringrazio nostro padre per averti fatto prendere lezioni di musica.»

Sakiko aveva annuito, tenendo lo sguardo basso, ma quando Kan se n'era andato aveva fatto una giravolta ed era corsa a guardarsi allo specchio: il suo bel viso aveva fatto colpo. Sakiko aveva pensato di essere la donna più fortunata del mondo.

Il giorno del matrimonio, sua madre le aveva dato un ciondolo a forma di foglia d'acero.

«È molto importante per la nostra famiglia» le spiegò. «Adesso che ne stai formando una tua, tienilo sempre con te. E se un giorno avrai una figlia femmina, regalalo a lei. Ti porterà molta fortuna.»

Sakiko pensò che la sua povera madre aveva avuto ragione: la foglia d'acero le aveva portato fortuna. Era viva. Con la mano libera dalla flebo, si toccò il collo, ma si rese conto che il ciondolo non c'era più.

Si agitò ancora nel letto e cercò di ricordare.

Tutto era molto confuso. L'ultima immagine che rammentava era la gente davanti alla sua abitazione in fiamme. Era riuscita a uscire appena in tempo, poi c'era stata un'enorme esplosione. Da tempo uno degli acerrimi nemici di Ichiro progettava di fargliela pagare, per i torti subiti. Ma Sakiko non sapeva mai nulla degli affari del marito: lei doveva solo preparare da mangiare e occuparsi della loro figlia, Yu Kari.

Cercò di ricordare ciò che era avvenuto prima della sua fuga. Ricordava che Yu Kari era stesa accanto a lei, ma poi era riuscita ad alzarsi. Sakiko aveva le idee confuse, di una cosa però era certa: Yu Kari era ancora viva.

«Mia figlia» mormorò, «mia figlia.»

L'infermiera le passò una mano sulla fronte. «Ha ancora la febbre» constatò.

Sakiko attese che Kan e la donna si allontanassero, dopodiché si tolse la maschera per l'ossigeno e staccò la flebo.

Indossava una vestaglia bianca. Frugò nell'armadio e trovò un kimono. Lo indossò in fretta, poi si fece strada tra gli altri letti.

«Yu Kari...» continuava a ripetere la donna.

Era sicura che anche la figlia fosse riuscita a scappare dalla casa in fiamme. Si incamminò verso la loro abitazione, incurante della testa che le doleva e delle persone che le passavano accanto. Aveva una gamba interamente fasciata e zoppicava. Fece una fatica immensa ad arrivare a destinazione. Il loro bell'appartamento era completamente bruciato. Sakiko pensò a tutte le cose che aveva perso, ma solo per un istante. Sua figlia era lì, di sicuro, da qualche parte, e la stava aspettando.

«Sakiko, che ci fai qui?»

Si voltò e vide Nene, la sua vicina.

«Nene, mi devi aiutare, devo trovare Yu Kari.»

Nene la guardò, stupita.

«Dovresti essere all'ospedale. Non stai ancora bene. Dov'è tuo fratello?»

Sakiko la prese per un braccio. «Devo ritrovare mia figlia.»

Nene scosse la testa.

«Mi dispiace, Sakiko. Tua figlia è morta. Sono entrati nell'appartamento ed era tutto bruciato. Hanno trovato anche il corpo di Ichiro. È stata una vera tragedia, Sakiko.»

«E il corpo di Yu Kari?» chiese Sakiko, in tono aggressivo. Non aveva mai reagito così, ma quel nuovo lato di sé la fece sentire bene.

«Come?»

«Hanno trovato anche il corpo di mia figlia?»

Nene la guardò stupefatta. «È morta, Sakiko.»

Lei si portò le mani sul collo. Prima dell'incendio indossava il ciondolo.

«Mia figlia è viva. Io lo so.»

«Sei sconvolta» continuò Nene. «Ti riaccompagno all'ospedale.»

«No!» gridò Sakiko, terrorizzata al solo pensiero. «No, prima devo ritrovare Yu Kari.»

Nene non si fece intimorire e l'afferrò per un braccio.

«Lasciami» disse Sakiko, in tono perentorio.

«Devi venire con me» insistette la donna.

Il mal di testa di Sakiko non faceva che peggiorare.

Poi un altro ricordo le tornò alla mente. Era un'immagine offuscata, ma Sakiko era quasi convinta di quello che aveva visto. Mentre giaceva inerme in mezzo alle fiamme, era entrato un uomo. Era un amico di suo marito, un tedesco dallo sguardo buono. Sakiko aveva cucinato per lui, qualche volta, e l'ufficiale aveva sempre detto grazie, ogni volta che lei metteva il piatto in tavola.

Si chiamava Will. Si era avvicinato a suo marito, doveva aver pensato che lei fosse morta. Poi aveva preso Yu Kari.

Nene continuava a insistere.

«Torna all'ospedale. Ti accompagno» disse.

Sakiko si mise a urlare.

«L'ha presa lui! L'ha presa lui!»

Poi arrivò Kan.

«Che cosa succede qui?» domandò. Guardò Nene, poi la sorella.

«Sakiko, perché non sei all'ospedale?» le urlò, arrabbiato.

Nene mollò il braccio di Sakiko e si allontanò. Anche lei temeva Kan.

«Devo cercare mia figlia» spiegò Sakiko. «So che è ancora viva.»

«Yu Kari è morta» disse Kan, «non c'è più niente da fare.»

«Non è vero!» gridò Sakiko. «Mia figlia è viva! Mia figlia è viva! Io lo so!»

La testa le faceva malissimo. Kan le diede uno schiaffo.

«Smettila. Non urlare davanti a tutti. Vieni, ti riporto in ospedale.»

«No! Non posso! Ti prego, Kan, lasciami andare. Ti prego, devo ritrovarla. Lei ha bisogno di me. Devo andare.»

Kan se la caricò sulle spalle.

Sakiko iniziò a dimenarsi, tirando calci e pugni. Kan, irremovibile, la trascinò fino all'ospedale. Sakiko continuava a piangere e a urlare il nome di Yu Kari.

«Ha bisogno di essere sedata» disse Kan a un'infermiera, «oppure legatela. Vuole scappare. È convinta che mia nipote sia ancora viva. Ma è impossibile, capite? Nessuno tranne lei è uscito vivo da quella casa.»

Sakiko urlò ancora più forte. Disse che non era vero. Che c'era un errore.

Nessuno la ascoltò.

La testa continuava a pulsare. L'infermiera le fece un'iniezione.

«Yu Kari...» mormorò.

Un giorno avevano fatto una passeggiata nel grande giardino della nonna di Sakiko e si erano sedute sotto l'immenso acero. Una foglia era caduta sulla fronte di Yu Kari.

«Com'è bella» aveva osservato la bambina.

«Sì, è proprio la stessa del mio ciondolo. Vedi? E un giorno questa collana sarà tua.»

«Davvero? Come mai è così importante?»

«Guarda, Yu Kari» le aveva spiegato Sakiko, «guarda le foglie dell'acero. Sono così rosse, così vive. La foglia di questo albero è il simbolo del tempo che passa. Non dobbiamo scordarci che siamo su questa terra per poco tempo. Dobbiamo usarlo bene. Osserva l'albero. Guarda in quanti rami si divide. Guarda le sue braccia che si allungano verso il cielo. È il nostro collegamento con quello che non riusciamo a vedere. Con le cose sopra di noi.»

«Anche con il nonno?»

Il padre di Sakiko era morto da poco e Yu Kari gli era molto affezionata.

«Proprio così» rispose commossa Sakiko. «Non pensare che sia sparito, solo perché non puoi più vederlo. Tu puoi parlargli comunque, lui ti ascolta. L'albero ci ricorda tutte queste cose.»

«E il ciondolo?»

Sakiko aveva sorriso.

«Il ciondolo con la foglia è il simbolo del nostro legame. Di donna in donna. Noi diamo la vita. Siamo forti. Non scordarlo mai, Yu Kari.»

Yu Kari le aveva sfiorato la fronte con un dito.

Poi aveva raccolto la foglia dell'acero.

«No» le aveva detto Sakiko, «appoggiala per terra.»

«Perché? Voglio portarla a casa.»

«Non si può» aveva replicato lei, «non prima che tutte le foglie dell'albero siano cadute. Il ciclo delle stagioni è sacro.»

Yu Kari, che era una bambina molto sveglia, aveva baciato la foglia e l'aveva rimessa insieme alle altre.

«Cantiamo una canzone all'albero e al nonno?» aveva chiesto.

«Certo, quale vuoi cantare?»

Si erano tenute per mano e avevano cantato fino al tramonto. La bambina aveva una voce bellissima.

Sakiko si mosse tra le lenzuola. Era notte. Fece per alzarsi, ma si accorse con orrore di avere mani e piedi legati al letto.

«Yu Kari...» mormorò.

Forse la sua bambina era davvero morta. Anche se lei

era convinta che quel tedesco, Will, l'avesse portata con sé. Non avrebbe mai rinunciato a cercarla. Ora era una donna libera. Sarebbe andata anche in capo al mondo per ritrovarla.

Ma in quel momento non poteva fare niente, per lei. Poteva solo aspettare.

Allora raccolse le ultime forze che aveva in corpo e a voce alta, come se si aspettasse che sua figlia potesse sentirla, si mise a cantare.

18

URANIA DEL MADAGASCAR: è considerata una delle falene più belle, per via delle sue ali dai mille colori, che ricordano l'arcobaleno. La sua apertura alare può raggiungere gli undici centimetri. Questa farfalla riflette la luce. Prova a imparare da lei: ci sono giorni in cui risplendere dall'interno è quasi impossibile. Ma quanta energia puoi trarre dal mondo che ti circonda?

Como, Teatro Sociale, 4 maggio 1950

Yu Kari si incipriò le guance. Per quanto facesse, rimaneva sempre pallida. Al direttore piaceva così: con tanto mascara, il bianco alabastro della sua pelle spiccava ancora di più. Prese il rossetto e se lo applicò sulle labbra, con una precisione maniacale.

Era la quinta volta che interpretava la *Madama Butterfly* di Giacomo Puccini e ogni volta era sempre come se fosse la prima. Sapeva di non essere perfetta per quel ruolo. Aveva già ricevuto diverse critiche: era troppo giovane, ma il direttore le diceva di non preoccuparsi e il pubblico la definiva un talento naturale. Eppure Yu Kari temeva sempre di fare una brutta figura. Quella sera, però, era speciale: in platea ci sarebbe stata Lucrezia. Yu Kari sospirò. Alfonso, dopo tanto dire e tanto fare, era riuscito a convincerla ad andare a sentire la "magnifica voce" di cui ormai parlavano tutti.

Quei cinque anni erano trascorsi così in fretta e lei era cresciuta tanto.

Era stata proprio Lucrezia, con una certa aria di superiorità, a chiedere ad Alfonso di accompagnare quella "perdigiorno", come la chiamava allora, a lezione di canto dal maestro Bravi, a Como. Al Teatro Sociale, in quel periodo, c'era un gran fermento di artisti e musicisti: dopo il bombardamento della Scala di Milano del 1943, la scena si era spostata nella vicina Como. Yu Kari non sapeva niente di spartiti e note, ma il maestro Bravi, dopo averla sentita cantare, aveva detto ad Alfonso che voleva vedere la ragazza almeno due volte a settimana. Sentirsi apprezzata spinse Yu Kari a studiare sodo. Alfonso aveva deciso che avrebbe pagato lui le lezioni. Lucrezia aveva accettato, ma senza mostrare entusiasmo. Era come se lo facesse per dovere, o forse per togliersela dai piedi. Un giorno Yu Kari l'aveva sentita parlare con Maria.

«Lei ha fatto uccidere tuo fratello e tu l'aiuti a fare carriera?» chiedeva l'amica di Lucrezia, che Yu Kari non aveva mai potuto sopportare.

«Sta solo prendendo lezioni di canto. Se poi avrà una parte nel coro, potrà portare a casa qualche soldo, che fa sempre comodo.»

«Sì, ma potrebbe andare a lavorare in fabbrica. Come fanno tutte. No?»

Lucrezia l'aveva guardata male. «Yu Kari ha un talento e deve seguire la sua strada. Non sarò certo io a impedirglielo.»

«Sei troppo buona» aveva ribattuto Maria, «e tutta questa bontà ti corroderà dall'interno, come un cancro.»

Lucrezia andava in giro per i corridoi della villa, con la sua bambina in braccio, che aveva chiamato con il nome di un fiore, e sembrava sempre alla ricerca di Will. Controllava spasmodicamente la cassetta della posta e quando arrivava una sua lettera si rinchiudeva nel farfallario e le dava fuoco, assicurandosi di far sparire anche la cenere. La sua meticolosità nel farlo rasentava la pazzia. Nessuno aveva provato a fermarla: era un affare tra lei e Will. Ma c'era di mezzo anche Yu Kari. Anche lei voleva sapere come stava l'uomo che l'aveva portata via dal Giappone. Avrebbe dato oro per sapere che cosa scriveva Will in quelle lettere, che non erano mai indirizzate a lei. Will l'aveva dimenticata, si era convinta che fosse così. Eppure una parte di lei aveva continuato a sperare.

L'unico posto dove Lucrezia riprendeva vita era proprio il farfallario. A Yu Kari non era più concesso entrare, perciò la spiava da lontano. Solo nella sua serra Lucrezia riusciva ancora a sorridere. Forse per questo vi passava un'infinità di tempo: l'umidità leniva le sue ferite e le farfalle la aiutavano a sopportare il presente.

Un giorno, mentre Lucrezia era nel farfallario, la sua bimba si era messa a piangere. Yu Kari si era avvicinata alla culla, aveva guardato la testolina pelata della piccola e le manine grassocce, le aveva afferrato il mignolo e si era messa a canticchiarle una canzone.

«Che cosa fai?» aveva chiesto Lucrezia, spuntando alle sue spalle. Il tono che usava per rivolgersi a lei era sempre brusco, sulla difensiva.

«L'ho sentita piangere e volevo dare una mano» aveva risposto Yu Kari.

«Ci penso io. Allontanati da mia figlia, per favore. Se la senti piangere, la prossima volta, vieni a chiamarmi.»

Dopo quella volta Yu Kari aveva cominciato a tenersi alla larga dalla bambina, si limitava a guardarla da lontano. Aveva assistito ai primi passi di Margherita, alle sue facce buffe, era stata una spettatrice silenziosa di tutti i momenti più importanti.

La prima volta che aveva riso. La prima volta che aveva detto "mamma". La prima volta che si era sbucciata un ginocchio, mentre rincorreva la palla. La prima volta che aveva pianto perché la sua mamma si era rinchiusa nel farfallario e non giocava con lei. In quei momenti rimaneva a guardarla da lontano, sforzandosi di non andare a consolarla. Margherita si metteva un dito in bocca e le lacrime cominciavano a scendere, poi le sue labbra si contraevano in una smorfia di dolore.

Yu Kari si era affezionata a Margherita senza poterglielo dimostrare. L'aveva osservata, nascosta dietro le tende, senza essere vista. Erano tutti ignari del bene che voleva a quella bambina. Margherita spesso la guardava come se fosse un giocattolo che non poteva avere. Sgranava gli occhi e seguiva le sue mosse. Ma non appena Lucrezia se ne accorgeva, tentava di distrarla con qualcos'altro. A Yu Kari, Margherita ricordava tanto Will. Aveva gli stessi occhi del padre. Era un po' come una sorella proibita.

Poi una mattina, il maestro Bravi era arrivato al teatro con un direttore importante, che era lì per sentire alcune delle allieve del coro. Yu Kari sapeva che molte sue compagne studiavano da più tempo di lei, e Bravi, nonostante la stimasse, non le aveva mai affidato una parte da solista. Così, senza alcuna aspettativa, aveva cominciato a cantare insieme alle altre, fino a che il direttore, che si chiamava Paul, e aveva un leggero accento americano, aveva detto: «Stop! Ferme. Scusate, ho sentito una voce bellissima. Ma non so a chi appartenga. Posso chiedervi di cantare lo stesso brano una alla volta?».

Il maestro Bravi aveva sorriso a Yu Kari, che aveva sentito battere forte il cuore. Era mai possibile che quel direttore avesse notato proprio la sua voce?

Quando era giunto il suo turno, le altre l'avevano guardata male, ma lei le aveva ignorate e aveva messo in quelle note tutta se stessa.

Aveva cantato la disperazione di aver abbandonato sua madre tra le fiamme; la paura durante il tragitto in nave, con quell'ufficiale di cui conosceva solo il nome e l'odore, di dopobarba e tabacco; la gioia dopo aver conosciuto Lucrezia e la certezza di aver trovato una seconda madre; la sua prima cotta per Marcello, che da un giorno all'altro era stato ammazzato; l'orrore della guerra, che aveva raso al suolo la sua Tokyo; la malinconia nel rendersi conto che Lucrezia l'aveva allontanata dal suo cuore.

Quando aveva terminato il brano, il direttore aveva chiesto al maestro Bravi: «Posso parlarti un attimo?».

Cinque minuti dopo, lei e Paul erano seduti sulle poltroncine del Teatro Sociale insieme al maestro e stavano discutendo di affari.

«Ha una voce acerba, ancora non del tutto impostata»

diceva Paul, come se lei non fosse presente, «ma si può fare tutto. Siamo in tempo.»

«Yu Kari ha iniziato da poco» aveva spiegato il maestro, «non so dove l'abbiano tenuta nascosta tutto questo tempo.»

Poi aveva riso, ma era stato il solo a farlo.

«Dovrai restare lontana da casa per un po'» aveva detto Paul, «dobbiamo avvertire la tua famiglia.»

Per Yu Kari "famiglia" ormai significava solo Alfonso.

«Ma che cosa dovrei fare?»

«Cantare come soprano solista nella *Madama Butterfly*.»

«Tu sei tutto matto» era intervenuto Bravi, «non è ancora pronta. E non si tratta solo di voce. Vuoi rovinarle la vita, oltre che la carriera?»

«Le sto offrendo una possibilità che forse capita una volta in un'intera esistenza» aveva ribattuto convinto Paul, «e le farò io da manager. La proteggerò, mi assumo ogni responsabilità.»

Yu Kari era già stata all'opera, ma non aveva idea di cosa significasse davvero fare la cantante. Però le venne in mente quello che aveva detto Lucrezia al riguardo: «Almeno porterà a casa qualche cosa».

«Guadagnerò dei soldi?»

Paul e il maestro erano scoppiati a ridere.

«Se sarai brava sì» le avevano spiegato, «e girerai diversi teatri. Diventerai una piccola star. Ma ti dovrai impegnare molto. Pensi di poterlo fare?»

«Di cosa parla quest'opera?»

«Ti farò avere il libretto e le arie domani. Ti piacerà, vedrai.»

Il professor Bravi le aveva chiesto: «Sei davvero sicura di volerlo fare?».

Yu Kari aveva annuito e i due uomini si erano stretti la mano.

Quella sera, a cena, Yu Kari aveva raccontato tutto a Lucrezia e ad Alfonso.

Lui si era alzato per abbracciarla, Lucrezia invece aveva approfittato del pianto di Margherita per allontanarsi dalla stanza.

«Non ha detto neanche una parola» aveva notato Yu Kari, mortificata. «Pensi che mi lascerà andare?»

«Vuoi scherzare? Lucrezia è solo ferita, ma di certo non stupida. Sa quanto sia importante questa occasione per te. Ti vuole bene, Yu Kari.»

«Non è vero, non me ne vuole più.»

«Sì che te ne vuole» aveva insistito Alfonso, prendendole una mano. Era molto affettuoso con lei. Lo era sempre stato. Era l'unico uomo, dopo Marcello, che le fosse piaciuto davvero. Ma temeva la rabbia di Lucrezia ed era troppo insicura per dichiararsi. Quindi fingeva indifferenza. Quella sera, però, Yu Kari non aveva potuto fare a meno di gettargli le braccia al collo.

«Sono così felice» gli aveva sussurrato in un orecchio, «mi sembra di scoppiare dalla felicità.»

«E io sono orgoglioso di te, piccolina» aveva risposto lui. Le aveva accarezzato la schiena e un istante dopo si era ritratto, imbarazzato.

Lucrezia era ricomparsa sulla soglia dopo aver messo a letto Margherita.

«E così te ne andrai da qui» disse, «e diventerai una cantante famosa.»

«Me ne andrò solo per le prove. E comunque non è ancora detto che diventerò famosa» aveva balbettato Yu Kari.

«Io te lo auguro. Davvero. Con tutto il cuore.»

Le era sembrata sincera. Ma con Lucrezia, dopo che Will se n'era andato, non si poteva mai sapere. Sembrava morta dentro. Un involucro vuoto, con una farfalla rinsecchita all'interno, che batteva le ali per inerzia.

Il giorno dopo, Yu Kari aveva fatto le valigie e aveva chiesto a Lucrezia il permesso di recarsi nel farfallario.

«Dovrò stare via almeno per due settimane. Vorrei salutare le farfalle.»

«Quelle che conoscevi sono tutte morte» aveva risposto Lucrezia, acida, «ma fai pure. Però non rimanerci troppo, per favore.»

Era diventata molto gelosa delle sue farfalle. Sembrava quasi ossessionata. Nemmeno a Margherita era permesso di entrare nel farfallario.

Dentro la serra Yu Kari aveva sentito subito il caldo sulla pelle e si era ricordata di quel giorno ormai lontano, quando Will aveva tolto il lenzuolo e lei si era trovata circondata da una miriade di farfalle variopinte.

«Ciao, amiche mie» aveva detto, «sono venuta a cantare per voi. Non mi conoscete, ma io venivo spesso qui. È il luogo più pacifico del mondo.»

Yu Kari aveva cominciato a cantare. Indossava un vestito blu e argento che le aveva regalato il maestro Bravi e si era divertita a far svolazzare la gonna insieme alle farfalle. Poi si era ricordata di un trucco che le aveva svelato Lucrezia quando ancora erano molto unite.

«È inutile che cerchi di prendere le farfalle. Devi lasciare che loro vengano a te» le aveva mormorato.

«Ma come faccio?»

«Semplice: devi attirarle.»

Lucrezia si era posizionata al centro della stanza e aveva chiuso gli occhi. Era passato quello che a Yu Kari era parso un tempo infinito, ma alla fine una farfalla le si era posata sulla punta del naso.

«Incredibile» aveva sussurrato incantata la ragazza. «Ma come hai fatto?»

«Devi immaginare di essere un fiore, un fiore ghiotto. I fiori stanno fermi. Immagina di avere un profumo tale da inebriare qualsiasi farfalla. Non serve che tu ti cosparga di polline. Basta il pensiero. Loro lo sentono e si fideranno di te.»

Di nuovo sola nel farfallario, a distanza di anni, Yu Kari aveva chiuso gli occhi e aveva provato a concentrarsi, fingendo che le sue braccia fossero due petali scarlatti e il suo corpo un fusto verde, immobile e giovane. Aveva immaginato i suoi capelli odorare di polline e miele, la pelle farsi sempre più profumata, le sue labbra schiudersi in un respiro appena percettibile. I piedi erano ben piantati a terra, fermi, come radici che mai si sarebbero spostate. Le sue gambe non mostravano alcun tremore. Dopo un po', un paio di farfalle avevano preso a svolazzarle accanto. Yu Kari aveva sorriso, aveva aperto di un millimetro gli occhi e si era accorta che una farfalla le si era posata sulla spalla. Un'altra invece era sul dorso della mano. Allora, estasiata, aveva cominciato a cantare. La sua voce era poco più di un sussurro. Una terza farfalla le si era posata sulla testa.

Era talmente intenta a cantare che non si era accorta di Alfonso, poi però si era voltata e lui le aveva scattato una foto.

«Che cosa hai fatto?»

«Scusa» aveva detto lui, «eri così bella. Eri così... tu.»

Poi si era avvicinato. Le farfalle erano volate via, come se Lucrezia le avesse rimproverate per quell'attimo di debolezza.

Alfonso le aveva accarezzato i capelli e lei si era immersa nell'azzurro del suo sguardo.

«Sei sempre bella. Non solo in questo momento e con questo vestito, circondata dalle farfalle. Lo sei sempre, ma quando canti sembri risplendere.»

Lei aveva chiuso gli occhi e Alfonso le aveva sfiorato delicatamente le labbra con un dito. Poi si era chinato a baciarla.

Quel bacio era durato pochi secondi, ma Yu Kari aveva continuato a farlo vivere nella sua mente per molto più tempo.

Nei giorni seguenti non era più successo nulla. Avevano entrambi la stessa paura: dare un altro dispiacere a Lucrezia. Al momento della partenza Yu Kari lo aveva salutato con un casto bacio sulla guancia.

La prima sera lontana da casa aveva ascoltato la *Madama Butterfly* e appreso la triste vicenda raccontata in quell'opera. C'era qualcosa, in quella storia, che toccava le corde della sua anima e la faceva piangere.

«Devi trasformare queste emozioni in musica» le spiegava Paul, «sono certo che ce la farai.»

Yu Kari era convinta che la *Madama Butterfly* parlasse un po' di lei e un po' di Lucrezia. La protagonista era una giovane giapponese, proprio come lei, che si innamorava di un ufficiale, esattamente come Lucrezia. Da lui aveva un figlio, ma l'uomo poi sposava un'altra, per tornare tre anni dopo, con la pretesa di riprendersi il bambino.

E se un giorno Will fosse tornato per riprendersi Margherita? Come avrebbe reagito Lucrezia? Sapeva che quelle erano solo sciocche fantasie, ma le temeva ugualmente. Non riusciva a esprimere il suo amore per Lucrezia e Margherita, se non attraverso il canto: lo teneva imprigionato nel cuore.

Forse era questo che Paul intendeva, quando le aveva detto che non si trattava solo di cantare, ma di provare un'intensa emozione.

«Quando reciti una parte come questa, muori un po' alla volta. A ogni spettacolo perdi un pezzetto di te. Ma guadagni qualcos'altro. Capisci cosa intendo?»

Yu Kari, nonostante fosse così giovane, era sicura di aver compreso alla perfezione cosa Paul volesse dire.

Alla prima della *Madama Butterfly*, era agitata, ma quell'adrenalina le aveva fatto bene. Aveva tirato fuori tutta la sua voce, come aveva imparato a fare con Paul. Il maestro Bravi aveva pianto. Alfonso l'aveva raggiunta in camerino con un mazzo di rose rosse.

«Sei stata eccezionale, ho ancora i brividi» le aveva detto.

«Lei non c'è?» aveva chiesto Yu Kari.

Alfonso aveva scosso la testa. «No, ma la convincerò, vedrai. Adesso devi andare. Ti stanno tutti aspettando. Sei la regina di questa serata.»

Yu Kari si aggrappò al suo braccio.

«Starai al mio fianco, vero?»

«Non posso» aveva risposto Alfonso, «devi cavartela da sola. Vogliono te, non me. E tu sei forte. Devo andare, adesso. Lucrezia vorrà sapere com'è andata.»

«Dille che la ringrazio per tutto quello che ha fatto per me.»

«Potrai dirglielo di persona appena torni. Perché torni presto, vero?»

Yu Kari aveva annuito.

Il giorno dopo Paul le fece leggere un articolo comparso su un giornale e Yu Kari tremò.

La ragazza delle farfalle sorprende il pubblico. La più brava Madama Butterfly è giapponese.

La ragazza delle farfalle. Era il nome con cui Will aveva sempre chiamato Lucrezia.

«Leggi tutto il pezzo. Parlano praticamente solo di te» esclamò Paul, entusiasta. «Sei la mia stellina.»

Ma Yu Kari sapeva di aver ferito Lucrezia, ancora una volta.

«Stiamo per cominciare» la avvertì Paul, entrando nel camerino. «Sei pronta?»

Yu Kari annuì e tentò di scacciare tutti i ricordi. Sapeva che questa volta tra il pubblico c'erano anche Lucrezia e Margherita. Quando fece il suo ingresso sul palcoscenico, non poté fare a meno di cercarle. E le trovò quasi subito. Margherita aveva due codini biondi e guardava la scena con occhi sgranati. Lucrezia tentava di rimanere impassibile, ma il labbro inferiore tremava talmente tanto che Yu Kari se ne accorse anche da lontano.

Cercò i suoi occhi quando cantò l'aria che riteneva più struggente: *Un bel dì vedremo.* Cho Cho-San, la protagonista, raccontava alla sua cameriera, Suzuki, del bel giorno in cui, in futuro, avrebbero visto riapparire il suo ufficiale tanto amato. Quell'aria sembrava scritta apposta per Lucrezia e per lei.

Un bel dì, vedremo
levarsi un fil di fumo
sull'estremo confin del mare.
E poi la nave appare
Poi la nave bianca.
Entra nel porto, romba il suo saluto.
Vedi? È venuto!
Io non gli scendo incontro, io no. Mi metto
là sul ciglio del colle e aspetto, aspetto
gran tempo e non mi pesa
la lunga attesa.

Lucrezia tentò di nascondere le lacrime, ma a metà del brano stava già singhiozzando.

Perdonami, sembrava chiederle Yu Kari, perdonami. Guarda, io sto soffrendo come te.

E in quel momento, vedendo Lucrezia piangere per l'emozione, si illuse che le cose tra loro potessero tornare come prima. Finì di cantare con una strana felicità in corpo.

19

FARFALLA GUFO PALLIDO: vive nelle foreste pluviali del Messico e della foresta amazzonica. È chiamata così perché la macchia che ha sulle ali ricorda, specie se capovolta, la testa di un gufo. Ciò rappresenta un meccanismo di difesa per questo meraviglioso lepidottero. Quante riserve hai in te che devi ancora scoprire? Quanti segni sul tuo corpo possono raccontare qualcosa del tuo destino? Contali.

Ossuccio, luglio 1951

Yu Kari lesse per l'ennesima volta la lettera. Non era sicura di aver compreso fino in fondo.

...E per questi motivi saremmo onorati di averla con noi per una serata in cui sarà la nostra ospite d'onore, il 30 agosto, alla Boston Opera House.

Confidando in una sua risposta, le porgiamo i nostri più vivissimi saluti e complimenti.

Chiuse la busta e guardò fuori dalla finestra. Le nuvole scure all'orizzonte promettevano di scaricarsi presto su Ossuccio. Non vedeva l'ora. Faceva caldissimo da giorni, un caldo afoso, che nemmeno la breva riusciva a placare.

La volevano in America. Era indecisa se chiamare Paul, che praticamente ormai le faceva da agente, o aspettare ancora un po' e pensarci su. Voleva davvero partire? Il solo pensiero la turbava. Aveva girato diversi teatri, in Italia, ma l'idea di essere invitata così lontano le faceva venire i brividi e le metteva addosso una strana adrenalina. Non sapeva dar forma a quel sentimento.

Margherita tossicchiò, alle sue spalle.

Yu Kari si girò, imbarazzata.

«Hai bisogno di qualcosa, tesoro?» le domandò.

Lucrezia era partita già da due giorni. Una sua amica di infanzia, che si trovava a Roma, era gravemente malata e lei aveva detto ad Alfonso che doveva a tutti i costi raggiungerla per salutarla un'ultima volta. Nessuno aveva mai sentito parlare di quella fantomatica amica, ma nemmeno Alfonso aveva avuto la forza di contraddirla. Yu Kari avrebbe voluto dirle che comprendeva il suo bisogno di staccare, ma che quello forse non era il momento adatto. Però aveva taciuto, per non litigare. Tuttavia, avrebbe tanto voluto convincerla a non partire. L'unica persona che avrebbe potuto farlo, Ernesta, era morta, ed era già passato un anno. Se n'era andata in silenzio, come in silenzio aveva trascorso gli ultimi anni dalla morte di Martino. Aveva fatto parte della villa come un soprammobile, senza disturbare.

Lucrezia aveva chiesto ad Alfonso di occuparsi di Margherita e quando Yu Kari si era intromessa, dicendo che anche lei poteva dare una mano, Lucrezia aveva annuito, come se la cosa non le importasse. Yu Kari all'inizio ne era stata felice, ma poi si era resa conto che sei anni sono tanti, per una bambina. Margherita non si fidava di lei. Non l'aveva mai cercata, in quei due giorni. Si era sempre rivolta ad Alfonso, che tornava dal lavoro in fabbrica e spesso passava tutta la sera con la piccola.

«Zio, zio» chiamava Margherita, ignorando Yu Kari.

Lei ne soffriva, ma aveva deciso di comportarsi di conseguenza e di non tentare alcun approccio con la figlia di Lucrezia. Non voleva neanche immaginare cosa sarebbe successo se avesse detto qualcosa di sbagliato o fatto una mossa falsa. Lucrezia non gliel'avrebbe mai perdonato. Se fino a quel momento era rimasta alla Villa delle Farfalle era stato solo per Alfonso, ma in cuor suo stava pensando di trasferirsi. Non ne poteva più del rapporto ambiguo tra lei e Lucrezia, anche se le cose, ultimamente, sembravano andare meglio. Lucrezia aveva smesso di guardarla male. Le farfalle e Margherita erano le sue uniche ragioni di vita. Tutto il resto la lasciava quasi indifferente.

«Le farfalle hanno sete» disse Margherita. Somigliava sempre di più al padre, con quei capelli biondi e lisci che andavano da tutte le parti, e gli occhioni azzurri.

«Hanno la loro acqua, stai tranquilla.»

«Ma le ho sentite piangere» insistette Margherita, «magari l'acqua è finita e non ti sei accorta.»

Lucrezia aveva addirittura permesso a Yu Kari di occuparsi del farfallario. Quest'amica doveva essere davvero importante, se per lei Lucrezia lasciava da sola la figlia e le sue farfalle. Yu Kari era molto stupita: da che era arrivata alla villa, non aveva mai visto allontanarsi Lucrezia.

«Vuoi che andiamo insieme a controllare?» azzardò Yu Kari, cercando di soppesare bene ogni parola.

Margherita si illuminò.

«Sì, dai, così vediamo se le farfalle stanno bene. La mamma dice che loro quando stanno male piangono. Proprio come noi.»

Yu Kari si stupì della richiesta di Margherita. In sei anni di vita, la piccola era entrata nel farfallario solo due volte e tutte e due le volte di nascosto, per poi ricevere una bella sgridata da Lucrezia. Forse, in quell'afosa giornata di luglio, si stava davvero annoiando tantissimo. Così tanto che aveva superato la timidezza nei confronti di Yu Kari e si era decisa a parlarle.

Si stupì ancora di più, quando Margherita la prese per mano e insieme scesero in giardino.

«La mamma dice che le farfalle bevono e mangiano il nettare dei fiori, con una specie di proboscide che si chiama spirotromba.»

Era una bambina deliziosamente insopportabile. Yu Kari le sorrise.

Avrebbe voluto dirle: La tua mamma una volta mi voleva bene. Poi tutto è cambiato e lei non mi ha mai permesso di giocare con te. Adesso tu hai sei anni, ma non mi conosci affatto. Chissà quante cose cattive ti ha detto su di me, la tua mamma. Chissà cosa saremmo potute diventare, io e te, se lei non avesse creato questa barriera tra noi. Sorelle, per esempio.

Entrarono nel farfallario e Margherita si mosse come se conoscesse il posto alla perfezione. Forse le volte in cui ci era entrata di nascosto non erano state soltanto due.

«Ecco, adesso hanno da bere» disse e finse di versare dell'acqua nella vaschetta già piena.

«Brava, bel lavoro» approvò Yu Kari.

Margherita si voltò dall'altra parte.

Quando tornò a guardare Yu Kari, aveva le lacrime agli occhi.

«Che c'è, tesoro?» chiese lei, che non sopportava di vederla piangere.

«Pensavo che la mia mamma si fosse nascosta qui. Lo fa, delle volte.»

«Margherita, tua mamma è a Roma. È dovuta partire, te l'ha spiegato. Perché pensavi che fosse qui?»

«Quando non vuole giocare con me viene sempre qui. Si nasconde da me.»

Yu Kari sentì una fitta al cuore.

«Non dirlo neanche per scherzo. Lei viene qui perché deve occuparsi delle farfalle. Ma appena ha finito, torna da te. Sai che ti vuole bene.»

La bimba si sforzò di non scoppiare a piangere.

«Allora perché mi ha lasciata qui? Perché non mi ha portata con lei?»

Yu Kari serrò le labbra. A quella domanda non sapeva rispondere nemmeno lei.

«Non lo so, tesoro. Ma non sei sola. C'è lo zio. E poi ci sono io.»

«La mamma dice che sei cattiva» bisbigliò Margherita, talmente piano che Yu Kari per un attimo sperò di aver capito male.

«La mamma adesso non c'è» rispose cercando di trovare le parole più giuste. «Se vuoi possiamo giocare insieme.»

Margherita cambiò espressione.

«Giocare io e te?»

Ci possiamo provare, si disse Yu Kari. Anche se non l'abbiamo mai fatto, so cosa ti piace. So che ami le bambole e saltare nelle pozzanghere dopo che ha piovuto. So che salti bene la corda e che odi nascondino. E che sei innamorata delle storie e delle principesse. So come giocare con te. Ci possiamo provare.

«Certo. Giochiamo a quello che vuoi. Cosa ti andrebbe?»

Vennero interrotte da un tuono e Margherita cacciò un urlo.

«Ho paura» disse, «mi fanno tanta paura i temporali.»

Stava per mettersi a piangere. Yu Kari ebbe un'idea: «Io però sono un po' magica, sai? Conosco un modo per rifugiarci dai temporali. È una cosa sicura, ti puoi fidare».

«Me lo fai vedere?»

«Certo, vieni con me. Svelta, prima che si metta a piovere.»

Yu Kari prese la mano di Margherita e insieme tornarono alla villa.

«Ci servono delle sedie. Possiamo stare qui, nel salone» le spiegò Yu Kari. «Aspettami, devo prendere delle cose. Torno subito.»

Margherita annuì. Sembrava già più tranquilla.

Yu Kari tornò con alcuni teli e delle lenzuola. Si fece aiutare da Margherita e con le sedie costruirono una piccola capanna improvvisata.

«Ecco, questo è il tuo rifugio» disse a Margherita, «prova a entrarci. Vedi se è sicuro.»

La piccola si fiondò sulle coperte e abbracciò il cuscino, che Yu Kari aveva posizionato al suo interno.

«È bellissimo» disse, «qui dentro non ho paura. Ma c'è un problema.» Margherita si fece seria. «Le bambole avranno paura. Sono rimaste tutte sole, nella mia cameretta.»

«Vuoi che vada a prenderle?»

Margherita annuì e le fece il primo debole sorriso. Yu Kari si sentì quasi sciogliere il cuore. Non le era mai capitato di provare un sentimento simile per qualcuno.

Tornò con le quattro bambole di Margherita.

Lei le adagiò sul cuscino, dicendo i loro nomi.

«Anastasia, Caterina, Sofia e Lucetta» mormorò. «Ti piacciono?»

«Moltissimo.»

«Peccato non averne una come te.»

«Come me?» domandò perplessa Yu Kari.

«Con i capelli scuri e gli occhi stretti. Queste sono tutte ricce e bionde. Sarebbe bello avere una bambola diversa.»

Yu Kari sorrise.

«Magari un giorno te ne posso regalare una proprio così.»

«Davvero?»

«Ma certo.»

«Allora non è vero che sei cattiva» sentenziò Margherita.

Yu Kari sentì il cuore piroettare per la gioia.

Alfonso rientrò dal lavoro pochi minuti dopo. Le trovò che cantavano e giocavano con le bambole e rimase a osservarle per un attimo, incantato.

«Finalmente le mie due donnine hanno fatto amicizia» disse.

Margherita corse ad abbracciarlo.

«Zio, lo sai che Yu Kari ha costruito questo rifugio che ripara dai temporali? E lo sai che potrò avere una bambola con i capelli neri?»

Alfonso le accarezzò una guancia e sorrise. Lei gli saltò al collo e chiese: «Cosa c'è per cena?».

Quando ebbero finito di mangiare, Yu Kari accompagnò a letto Margherita.

«Mi canti la ninna-nanna?» chiese.

«Quale vuoi?»

«È uguale. Sceglila tu.»

«D'accordo.»

Yu Kari iniziò a cantare e la piccola si addormentò quasi subito.

Quando ritornò in salotto, Alfonso aveva messo un disco sul grammofono. Era un valzer lento. Le si avvicinò con un sorriso disarmante e Yu Kari non poté fare a meno di accettare il suo invito a danzare insieme. Si strinse a lui e pensò che era bello avere accanto qualcuno di familiare, qualcuno che sapeva tutto di te e a cui non dovevi nascondere la tua vera natura. Quando la musica finì, rimasero ancora un attimo guancia a guancia, a ballare in silenzio.

Poi Alfonso mormorò: «Perché non fai ripartire il disco?»

Yu Kari annuì, grata di potersi sfilare da quella situazione che stava diventando quasi imbarazzante.

Si avvicinò al grammofono e si accorse che sopra il disco c'era un piccolo anello d'oro.

Si voltò verso Alfonso. Lui le stava sorridendo.

Non farlo, pensò, perché non potrei mai dirti di no.

Invece Alfonso si mise in ginocchio.

«Scusa se non è una proposta classica. L'anello è di famiglia: apparteneva a mia madre. Fai ripartire il disco e prendi l'anello, se vorrai dirmi di sì. È dalla prima volta in cui ti ho visto che volevo chiedertelo: mi vuoi sposare?»

Yu Kari indietreggiò. Sapeva poco o niente dell'amore. In realtà sapeva solo che la maggior parte delle volte finiva in tragedia. Sentiva uno strano trasporto per Alfonso, ma non era sicura che fosse lo stesso sentimento delle grandi storie romantiche. Tuttavia, non trovava un solo motivo per dire di no. Inoltre, così sarebbe rimasta legata per sempre a Lucrezia, a Margherita e alla Villa delle Farfalle. Erano il suo unico rifugio. Un luogo in cui avrebbe potuto sempre far ritorno, se le cose fossero andate male.

Prese l'anello e se lo provò. Le sue dita erano talmente sottili che le andava largo. Fece ripartire il valzer lento.

«Sì» disse, sorridendogli.

«Davvero?» esclamò lui con gli occhi che brillavano. Non l'aveva mai visto così felice.

«Davvero. Adesso, però, balliamo ancora.»

Mentre Alfonso, emozionato, la stringeva tra le braccia, Yu Kari pensò alla faccia che avrebbe fatto Lucrezia, non appena avesse saputo che lei avrebbe sposato suo fratello.

20

TRIANGOLO VERDE: è una farfalla che ricorda la forma del triangolo, come suggerisce il nome stesso. In genere vola tra le cime degli alberi e scende al livello del suolo solo per cercare fiori e piante. Scegli il tuo posto ideale e non perdere mai di vista ciò che ti fa stare bene. La farfalla Triangolo verde ha deciso di svolazzare sulle cime degli alberi. E tu? Dove ti senti più a tuo agio?

Ossuccio, 1966

Non tornava alla Villa delle Farfalle da sei mesi. Quando l'autobus si fermò vicino al lago, Yu Kari scese e si portò una mano sul ventre.

«Ha bisogno di aiuto?» le chiese il giovanotto, che le era stato accanto durante tutto il tragitto.

«No, me la cavo da sola. Sono solo incinta» rispose lei.

Il ragazzo annuì e la salutò con un cenno.

Sono solo incinta, pensò Yu Kari, sono queste le parole che userò quando Alfonso mi vedrà in questo stato?

Aspettava un figlio ed era ormai agli sgoccioli di quella gravidanza. Ma il figlio non era di Alfonso. Yu Kari guardò il lago e si sforzò di sentirsi a casa. Niente era andato secondo i piani.

Ripensò al suo matrimonio. Le campane della chiesa del santuario in festa, la gente che salutava lanciando fiori, Lucrezia che la fulminava ogni volta che i loro occhi si incrociavano.

«Non hai la mia benedizione» le aveva detto, quando l'aveva vista provare l'abito bianco, «ma cerca almeno di non ferire mio fratello, se non vuoi passare dei guai.»

Era una minaccia inutile. Yu Kari l'aveva abbracciata e aveva detto che era sicura di quello che stava facendo.

Ma poi c'era stato Boston e dopo Boston erano venute Londra, Parigi, Berlino. Aveva cantato nei più bei teatri d'Europa e ogni volta era partita da sola. Dopo il successo di *Madama Butterfly*, Paul aveva deciso di fare di lei una star internazionale e le aveva procurato dei contratti da capogiro. Tutti volevano la cantante giapponese, la ragazza delle farfalle. Aveva interpretato Turandot, che da donna fredda e glaciale diventava tenera e innamorata, Carmen, con la sua vivacità e sensualità, e anche Aida, che l'aveva costretta a scavare nelle ferite più profonde della sua anima. Ma nonostante questo, per tutti lei era rimasta la cantante farfalla.

Inizialmente Alfonso le aveva proposto di trasferirsi in una piccola casa accanto alla villa, per non essere costretti a dividere gli spazi con Lucrezia e sua figlia. Yu Kari aveva accettato, visti i rapporti tesi, ma poi era dovuta ripartire e, quando era tornata, Alfonso le aveva spiegato che preferiva continuare a vivere alla Villa delle Farfalle.

«Sono spesso da solo» le aveva spiegato, «non voglio ostacolare la tua carriera. Sai che è l'ultima cosa che farei. Ma non me la sento di vivere senza nessuno accanto. Almeno qui posso dare una mano a Lucrezia e Margherita. Lo capisci, vero?»

Yu Kari non aveva fatto obiezioni. Stava già pensando alla prossima tournée. Quando era distante, Alfonso non le mancava mai e si chiedeva spesso se non avesse fatto un grave errore ad accettare di sposarlo. Si rendeva conto che la sua condizione di donna impegnata le pesava. Gli uomini che aveva conosciuto erano molto più vicini al suo mondo di quanto non lo fosse lui. Si trattava di gente che aveva viaggiato, che amava la musica, che poteva insegnarle qualcosa. Qualcuno l'aveva corteggiata, ma il fine era solo portarla a letto, perché sapevano che era già sposata. Yu Kari, a poco a poco, si era convinta di essere una donna priva di emozioni. Solo quando cantava si sentiva davvero viva. Per il resto, le sembrava di non aver mai provato cosa volesse dire amare. Spesso ripensava a ciò che aveva visto negli occhi di Lucrezia quando guardava Will e se doveva interpretare scene d'amore struggenti faceva appello a quel ricordo, per essere credibile. Invidiava la loro storia, anche se era finita male.

Alfonso non le rimproverava mai nulla e lei era certa che non avesse mai avuto altre donne. Quando tornava a casa, nonostante i dubbi, era sempre contenta di stare con lui. Passavano dei bellissimi momenti al farfallario, e facevano lunghe passeggiate in riva al lago. Lui non le aveva mai chiesto di rinunciare alla carriera e lei gli era molto grata, per questo.

Lucrezia, però, la trattava sempre peggio, perché quando Yu Kari non c'era, Alfonso spesso era triste, anche se cercava in tutti i modi di nasconderlo alla sorella.

Per non parlare del rapporto con Margherita: dopo la parentesi idilliaca quando Lucrezia era partita, ogni possibile contatto tra loro era stato nuovamente interrotto. Margherita era cresciuta pensando a Yu Kari come a una presenza ostile e disturbante. Spesso madre e figlia smettevano di parlare, se Yu Kari entrava nella stanza.

Un'altra cosa che Yu Kari non aveva mai compreso era perché in tutti quegli anni Lucrezia non fosse più tornata a insegnare. All'inizio pensava che si fosse presa una pausa momentanea, per via della figlia, ma a un certo punto le fu chiaro: Lucrezia aveva smesso di sognare. Forse era questo il prezzo che si pagava quando si amava davvero qualcuno: una volta che non c'era più, si smetteva di esistere.

Yu Kari sospirò.

E adesso con che faccia mi presento qui?, si chiese.

Era successo durante la penultima tournée, quella dell'*Aida*. C'era un nuovo violista nell'orchestra: si chiamava Juro ed era giapponese come lei. Era molto più giovane di Yu Kari, almeno una decina d'anni, ma tra loro era subito nata una bella intesa.

Una notte, dopo l'esibizione all'Arena di Verona, aveva accettato il suo invito a passeggiare un po' per la città.

«Non ti manca il Giappone?» le aveva chiesto Juro, dopo alcuni convenevoli.

Yu Kari si era stupita per la facilità con cui riusciva a comunicare nella sua lingua madre. Erano anni che non la parlava, eppure non l'aveva dimenticata. Anzi: più parlava di casa sua, più le parole in giapponese riaffioravano nella sua mente.

«Mi manca molto» aveva risposto lei, «ma non saprei dirti esattamente perché. Forse mi manca mia madre. Forse il profumo della mia terra. Anche se non ho sempre vissuto momenti belli, era pur sempre casa mia. Non so se capisci quello che intendo.»

«Alla perfezione» aveva sussurrato lui. «Le case ci appartengono molto meno di quanto noi apparteniamo a loro. Inghiottono i ricordi della nostra infanzia e li rigurgitano quando ci rientriamo, anche dopo molti anni, anche se non abitiamo più lì.»

Juro la comprendeva, meglio di chiunque altro. Avevano una storia molto simile. Forse per questo andavano così d'accordo. Non avevano in comune solo la musica, ma anche un certo odio-amore per la loro terra natale, che aveva fatto male a entrambi, eppure che entrambi amavano in maniera incondizionata e viscerale.

«Sono anni che non ci torno» si era confidato Juro, «da quando mio padre mi ha cacciato, perché non voleva che facessi il musicista. Ma un giorno gli mostrerò a testa alta quello che sono diventato.»

«Io pensavo che non ci avrei più messo piede, in Giappone. Ma questa sera, dopo che ho parlato con te, mi è venuta voglia di rivedere casa mia.»

Forse fu la nostalgia, forse il fatto di avere la stessa forma degli occhi. O forse semplicemente la somiglianza delle anime. Ma quando Juro l'aveva invitata in camera sua, Yu Kari aveva accettato. Era la prima volta che cedeva a un corteggiamento. Lui sapeva che lei era sposata e lei sapeva che lui era troppo giovane per volersi impegnare. Però non aveva pensato a nessuna di queste cose, mentre salivano le scale mano nella mano. Aveva pensato soltanto che non voleva sprecare l'occasione di passare la notte con qualcuno che la capiva. E che la attraeva come mai nessun uomo, neanche Marcello, tantomeno Alfonso, aveva mai fatto.

Juro aveva un profumo diverso. Sapeva di Oriente, di germogli e di risvegli. Yu Kari si era abbandonata alle sue braccia senza opporre resistenza ed era stata una notte magica. I loro corpi si erano mossi in sincronia e a un certo punto Yu Kari aveva pensato di spiccare il volo.

Deve sentirsi così una farfalla, si era detta, non appena si accorge di avere le ali.

La mattina dopo, quando aveva aperto gli occhi, Juro la stava osservando. Lei gli aveva sorriso.

«Che c'è?»

«Sto ripensando a questa notte. Credo che la porterò per sempre nel cuore.»

«Vorrei tanto chiederti di portare anche me con te. Ma so che non è possibile.»

Juro le aveva preso una mano e se l'era portata alle labbra.

«Se continuassimo a stare insieme, vedremmo soltanto l'uno i difetti dell'altra. Invece, se ci lasciamo subito, tu continuerai a essere la donna più bella e sensuale con cui io sia mai stato. Non invecchierai mai, nella mia testa. Sarai nei miei pensieri tutte le volte in cui un'altra donna mi deluderà.»

Yu Kari, a malincuore, si era ritrovata ad ammettere che Juro aveva ragione. Ancora una volta le porte della magica casa dell'amore le venivano sbattute in faccia.

Una volta uscita da quella stanza, però, si era sentita ancora più sola di prima.

Aveva fatto tappa alla Villa delle Farfalle per poche settimane e non aveva badato al fatto che il ciclo non le fosse venuto. Spesso saltava alcuni mesi e i dottori le avevano spiegato che era per via della vita stressante che conduceva. Ma quando, passato un altro mese, aveva cominciato ad avere delle forti nausee, aveva capito di essere rimasta incinta. Ne era sicura: quel figlio era di Juro, perché nelle settimane alla Villa delle Farfalle, non aveva mai fatto l'amore con Alfonso. Aveva cercato ogni scusa possibile: solo l'idea che lui le si avvicinasse, la faceva stare male. Non ne era attratta fisicamente. Gli voleva bene, ma non ne era più innamorata e forse, in realtà, non lo era mai stata.

Non aveva alcuna intenzione di rovinare la vita a Juro. Perciò si era affidata a un'amica cantante, Rosa, che per un periodo aveva accettato di ospitarla a casa sua a Londra. Ma presto Yu Kari aveva cominciato a sentirsi un peso.

Fino a che, un giorno, Rosa le aveva detto: «Ragazza mia, non sei più una bambina. Devi prenderti le tue responsabilità. Torna in Italia e parla con tuo marito. Soltanto lui potrà decidere cosa fare. Poi si vedrà. Sia chiaro, non voglio cacciarti. Ma non puoi passare la vita a chiederti come sarebbe andata, se tu gliel'avessi detto».

Yu Kari, in realtà, aveva già deciso: sarebbe tornata e avrebbe affrontato Alfonso. Ma aveva più paura di Lucrezia che di lui.

Quando bussò alla porta della villa, trattenne il fiato. Era passato troppo tempo. Quella era anche casa sua: lei in fondo era la moglie del proprietario. Ma si sentiva lo stesso un'estranea.

Ad aprirle fu Margherita. Erano nove mesi che non si vedevano e ogni volta Yu Kari notava quanto stesse crescendo. Aveva ventun anni ed era nel fiore della sua bellezza. Non somigliava per niente a Lucrezia: era tutta suo padre, almeno nei lineamenti. Invece, aveva preso parecchi modi di fare della madre. O meglio, così intuiva Yu Kari, cercava di imitarli, anche se la sua vera natura era un'altra.

«Ciao» le disse, «bentornata.»

Il tono era irriverente, come al solito.

Poi si soffermò sul pancione e fece un'espressione stupita. La guardò negli occhi, e per un attimo Yu Kari pensò che l'avrebbe abbracciata. Invece si ritrasse.

«Ho portato un regalino un po' ingombrante» cercò di sdrammatizzare Yu Kari.

Margherita non era in vena di scherzi. Le prese la valigia e la precedette.

Lucrezia e Alfonso stavano pranzando in salotto. Lui era di fretta: doveva tornare in fabbrica. Quando la vide, il suo viso si illuminò, per poi spegnersi subito dopo.

Yu Kari si sentì persa.

«Alfonso, io...»

Lui si alzò dalla tavola.

«... dobbiamo parlare» concluse Yu Kari.

Lucrezia osservò il pancione, poi Alfonso, e infine fece una cosa che Yu Kari non si sarebbe mai aspettata. Si mise a ridere. Era una risata forzata, che conteneva un'enorme carica di dolore. Se non si cede alla sofferenza, prima o poi da qualche parte deve straripare. E quel giorno la sofferenza di Lucrezia si riversò in salotto, insieme a tutto il disprezzo per Yu Kari e al rancore nei confronti di Will. Forse nemmeno lei si rese conto di quanto potente fosse la sua voce, in quel momento.

«Lucrezia, per favore» disse Alfonso, che nel frattempo era diventato rosso dalla rabbia.

Prese per un braccio Yu Kari e la condusse fuori dalla stanza.

«Usciamo di qui» sibilò lui.

«Alfonso, ti prego» replicò Yu Kari, «sono stanca. Ho fatto un viaggio infinito. Posso stendermi in camera nostra?»

Lui sospirò e annuì. Continuava a guardarla come se fosse un mostro e Yu Kari comprendeva bene la ragione.

«Ecco, prendi un cuscino.»

Yu Kari si sdraiò e si sentì subito meglio.

«Grazie» gli disse. Poi aspettò che fosse lui a parlare.

«Che non sia mio è più che certo» mormorò Alfonso, «anche se non sono pratico di queste cose. Forse non voglio neanche sapere di chi sia. Non adesso. La domanda è: perché?»

Alfonso era un uomo e non avrebbe pianto davanti a lei. Ma Yu Kari sapeva che stava soffrendo. Stringeva i pugni, serrava le labbra ed era un fascio di nervi.

«È accaduto una sola volta» si affrettò a dire Yu Kari, come se questo potesse consolarlo o giustificarla.

«A quanto pare è stata sufficiente» ribatté lui.

«Nascerà a giorni. Non sapevo dove andare... Sono pur sempre tua moglie.»

Alfonso la guardò con rabbia. Yu Kari riconobbe quello sguardo. Era lo stesso che le aveva rivolto Lucrezia prima di colpirla, tanti anni prima. D'istinto, girò la faccia dall'altra parte.

«Che fai?» disse lui, cambiando subito espressione. «Pensi che voglia schiaffeggiarti, adesso? Per chi mi hai preso?»

Yu Kari lo osservò. Era un uomo così buono. Non avrebbe mai fatto male a una mosca, figuriamoci alla donna che amava. Neppure ora che sapeva di essere stato tradito.

«Che cosa vuoi fare?» gli chiese.

Alfonso si rifiutò di guardarla negli occhi.

«Ci devo riflettere, Yu Kari. Non puoi pretendere di tornare qui e sperare che io accetti tutto senza battere ciglio. Lo capisci?»

Lei annuì.

«Ora devo andare al lavoro. Tu riposati.»

Le diede un bacio sulla fronte e la guardò.

«Nonostante tutto, è bello averti di nuovo a casa.»

Lei allungò una mano per accarezzargli una guancia. Il suo Alfonso. Non l'avrebbe mai abbandonata. In quel momento ne ebbe la certezza. E si disse che aveva fatto bene a tornare. Lì il suo bambino sarebbe stato al sicuro.

Era convinta di aspettare un maschio. Se lo immaginava con lo stesso sguardo profondo di Juro e con il suo stesso sorriso. Non voleva una femmina. Sapeva quanto si soffre nell'essere donna e non voleva vedere sua figlia star male. Un maschio sarebbe stato più facile da gestire.

Si appisolò, nonostante la tensione, e quando si svegliò sentì delle terribili fitte alla pancia.

Saranno già le contrazioni, si disse, quelle che mi ha descritto Rosa. Perché proprio adesso?

Avrebbe voluto Alfonso accanto a lei.

Si alzò a fatica e chiamò Lucrezia a gran voce. Non rispose nessuno. La casa sembrava deserta, fatta eccezione per la risata di Lucrezia, che pareva riecheggiare ancora tra le pareti. Yu Kari iniziò a sudare freddo. I muri sembravano schiacciarla, come un utero gigante pronto a gettarla fuori, nel prato, al buio e al gelo. La Villa delle Farfalle non era mai stata davvero casa sua.

Forse Lucrezia era nel farfallario. Si diresse lì, per quanto possibile a passo spedito. A metà strada si accorse che le si erano rotte le acque.

«Aiuto» gridò. «Margherita, Lucrezia! Ci siete?»

Non appena aprì la porta del farfallario, un'altra terribile fitta la costrinse a sdraiarsi per terra.

Rosa le aveva detto quanto fosse doloroso il parto, ma lei aveva pensato che stesse esagerando. Invece, ora, riversa sul pavimento, con le farfalle che le vorticavano intorno, come impazzite, pensò che non c'era stato mai niente di così doloroso nella sua vita. Almeno per quanto riguardava il dolore fisico. Si portò entrambe le mani alla pancia e cercò di respirare, ma l'aria umida e calda non faceva che peggiorare le cose.

«Non qui» disse a bassa voce, «ti prego, non qui.»

Le si annebbiò la vista.

«Non nascere in questo posto» ripeté ancora.

Le sembrava di fare l'ennesimo torto a Lucrezia. La persona che odiava di più sulla faccia della terra partoriva nel posto che lei amava di più, il suo farfallario. Che senso aveva tutto ciò?

Provò ad alzarsi per tornare indietro, ma le forze le vennero meno. Le mancava l'aria.

«Fa caldo» mormorò.

«Yu Kari!» esclamò Lucrezia, entrando. Mollò la pila di legna che reggeva fra le braccia. La osservò per due secondi e capì subito la situazione.

Margherita le era corsa dietro, come al solito.

«Dobbiamo portarla in ospedale?» chiese.

«Alfonso ha preso l'auto e andare a piedi è impossibile» rispose Lucrezia.

Poi si avvicinò a Yu Kari e le disse: «Respira, cara. Respira. Andrà tutto bene».

«Caldo» ripeté Yu Kari.

«Non c'è tempo per portarti altrove. Devi seguire il mio respiro. Ce la puoi fare.»

Yu Kari decise di affidarsi a Lucrezia, ancora una volta. Cercò di seguire il ritmo del suo respiro, che era lento e regolare.

«Mamma, che cosa devo fare?» chiese Margherita, che di colpo era diventata pallida e sembrava terrorizzata.

«Va' a cercare Alfonso. Qui ci penso io.»

Yu Kari si mise a piangere.

Lucrezia le accarezzò la testa.

«Quando ho partorito Margherita, ho fatto tutto praticamente da sola. Non devi aver paura. Segui i miei respiri. Fai come me» ripeté Lucrezia.

Yu Kari provò a imitarla ancora. Le farfalle svolazzavano intorno a loro, in maniera sempre più frenetica. O forse era lei che vedeva tutto in modo confuso.

«Spingi forte, adesso» si raccomandò Lucrezia, «spingi.»

Yu Kari urlò dal dolore.

«Coraggio» disse, «mordi questo, se fa troppo male.»

Yu Kari morse lo straccio bagnato che le porgeva Lucrezia e spinse ancora.

«Brava, ci sei quasi. Bravissima.»

Sono una crisalide. Sto per morire. Lascio a questo mondo una bellissima farfalla. Ma io sarò ferita per sempre. Non c'è scampo, per chi nasce bruco. Non c'è trasformazione, per una donna. Soltanto un involucro vuoto e sangue. Tanto sangue.

Quando Alfonso entrò nel farfallario sentì il pianto di un neonato. Lucrezia avvolse il bambino in un panno pulito, dopo aver tagliato il cordone ombelicale.

«Tesoro» disse lui, commosso, «stai bene?»

Yu Kari era sudata. «Che cosa ci fai qui?» rispose lei.

«Margherita è venuta ad avvisarmi» rispose, «dobbiamo portarti a letto.»

«Non mi manderai via?»

«Non ci penso neanche. Rimarrai qui. E anche il bambino.»

«È un maschio?» chiese Yu Kari.

Ne era convinta, ma voleva che Lucrezia glielo facesse vedere.

Lei le porse il neonato. Yu Kari lo prese in braccio. Aveva già qualche ciuffo di capelli neri. Era rosso in viso e strillava, disperato.

«Ha le stesse doti canore della madre» scherzò Lucrezia, «e comunque è una bambina.»

«Una bambina» commentò Alfonso, «che bello! Come la vuoi chiamare, amore?»

Yu Kari sentì che le stava venendo da piangere. Non voleva una bambina. Voleva un maschio. Se non fosse stata tanto stanca, avrebbe urlato di rabbia.

Le lacrime cominciarono a scorrerle lungo le guance, anche se nessuno, forse nemmeno lei, poteva spiegarne il motivo con certezza.

«Cho» mormorò.

«Che cosa significa?» chiese Alfonso.

«Farfalla» disse Yu Kari, prima di perdere i sensi per la stanchezza.

Sarai una farfalla bellissima, dolce e delicata. Il tuo volo sarà breve, ma intenso. Toccherai terra solo una volta, per generare la vita. Come fanno le farfalle. E soffrirai, quando dovrai lasciare la crisalide. Come facciamo tutti.

21

CELASTRINA: è una farfalla piccola e delicata. Nei maschi le ali sono interamente azzurre, mentre nelle femmine presentano delle macchie nere. Il bruco vive su numerosissimi arbusti, difeso dalle formiche. Anche se ti sembrano diverse da te, molte persone sono in grado di proteggerti e capirti. Impara dalla natura: sei unica e speciale e qualcuno può imparare a volerti bene, nonostante tra voi non ci sia somiglianza alcuna.

Ossuccio, febbraio 1968

«Vuole dell'altro tè, signor Lari?» chiese Yu Kari.

«No, la ringrazio. Ma era squisito. Capisco che lei faccia fatica ad allontanarsi da questo posto. È davvero incantevole.»

L'uomo guardò fuori dalla finestra. Il cielo era terso e il lago sembrava incantato. Gli ulivi del giardino erano immobili e addormentati, dopo la nevicata del giorno precedente.

«Vede, la sua offerta è molto allettante. Ma quando è nata Cho, ho fatto una promessa a mio marito. Ho deciso di abbandonare le scene. Ed è una promessa che intendo mantenere.»

Lari era un direttore d'orchestra. Uno dei più famosi in circolazione, Yu Kari lo sapeva bene. E sapeva anche che in cucina, nascosta dietro la porta, Lucrezia stava origliando la conversazione.

«Vuole farmi credere che ha intenzione di abbandonare per sempre la musica?»

«Non è solo questo.»

«Suvvia, signora, non sia sciocca. Lei è una delle voci più acclamate del panorama internazionale e lo sa bene. Sta davvero sacrificando tutto per una promessa fatta in un momento di disperazione?»

Yu Kari si morse il labbro. Il mondo della musica era piccolo, tutti conoscevano tutti. La sua scappatella con Juro era di dominio pubblico, così come il seguito della vicenda.

Per un periodo, Yu Kari ci aveva creduto davvero: avrebbe abbandonato per sempre i palcoscenici. Quella era stata l'unica condizione di Alfonso, per restare alla villa.

«Non dirai sul serio» aveva esclamato lei, sorpresa. «Mi hai sempre detto che non mi avresti tolto la possibilità di cantare.»

«E non sto dicendo che non potrai più farlo. Canterai per tua figlia. O magari in qualche ruolo minore, al teatro di Como. Ma niente più tournée. Sei una madre di famiglia, adesso.»

Yu Kari si era sentita mancare l'aria, ma aveva guardato la culla dove Cho dormiva e si era detta che Alfonso aveva ragione. Non poteva allontanarsi da quella creatura.

Tuttavia, col passare del tempo, si era resa conto di quanto fosse frustrante dover disdire gli impegni già presi e doverne rifiutare altri. Amava stare con sua figlia, ma, anche se non l'avrebbe mai ammesso ad alta voce, amava di più la musica. Le mancava terribilmente. Sognava di tornare nei teatri che aveva visitato, di interpretare ruoli strazianti, di cantare fino a perdere la voce e di sentire lo scroscio degli applausi.

Lucrezia era stata molto comprensiva, in quei due anni. L'aveva aiutata con la bambina e le aveva permesso, ogni tanto, di recarsi a Como per aiutare il vecchio maestro Bravi con le lezioni di musica. Ma adesso a Yu Kari non bastava più.

«Mi permetto di insistere» disse il direttore, «so che posso sembrare maleducato, ma credo che questa sia la sua ultima occasione. Lei è molto famosa, solo che ormai ha trentasette anni. Se molla adesso, non ci sarà più posto per lei, se non in qualche teatro nostalgico.»

Yu Kari sospirò.

«Attendo una sua risposta entro domani. Ecco il mio numero.» Poggiò un foglietto sul tavolino. «Ancora grazie per il tè e i biscotti.»

«Grazie a lei, signor Lari. Le prometto che...»

Lui alzò la mano. «Non faccia promesse, la prego. Mi chiami domani e la farò tornare sulle pagine di tutti i giornali.»

Yu Kari gli sorrise.

Lo guardò allontanarsi e strinse il biglietto con il numero di quel signore che aveva il potere di liberarla dalla sua prigione.

Lucrezia prese le tazzine. «Se n'è andato, finalmente» borbottò, «è quasi ora di preparare la cena. Che cosa voleva?»

Yu Kari tentennò.

«Mi ha offerto il ruolo di protagonista nella *Turandot*.»

«Complimenti. Nessuno dimentica la tua voce, eh?»

Il tono di Lucrezia era infastidito, ma Yu Kari non si lasciò scoraggiare.

«Non mi dimenticano, hai ragione, Lucrezia. Il tempo passa, eppure vogliono ancora me.»

«Perché sei brava e lo sappiamo. Ma adesso hai anche una figlia meravigliosa, che Alfonso ha deciso di tenere come se fosse sua.»

Yu Kari incassò il colpo.

Lucrezia proteggeva Cho come se fosse una delle sue meravigliose farfalle. Trattava bene Yu Kari solo perché aveva paura che la portasse via con sé. Di questo ne era certa. Non provava più neanche un briciolo di amore per lei.

La bambina iniziò a piangere. Lucrezia si mosse per andare a calmarla.

«Lascia, faccio io» disse Yu Kari.

Lucrezia la prese per un braccio.

«Dammi il biglietto» sussurrò.

«Cosa?»

«Non sei mai stata sincera con Alfonso. Ma con me non attacca. Ti conosco fin troppo bene.»

Yu Kari aprì il palmo della mano e lasciò cadere per terra il numero del signor Lari.

Lucrezia si chinò a raccoglierlo.

«Non ti lascerò rovinare la vita di un'altra creatura. Non questa volta» sibilò Lucrezia.

Yu Kari la fulminò con lo sguardo, ma non disse niente.

Entrò nella sua camera e si avvicinò al lettino della piccola.

Cho stava piangendo a dirotto, ma appena la vide tirò un calcetto nell'aria e la sua bocca si distese in un sorriso rilassato.

«Ben svegliata, principessina» mormorò Yu Kari, «hai dormito tanto, oggi.»

Cho mosse le manine verso di lei e Yu Kari la prese in braccio. La piccola, ancora un po' assonnata, le posò la testa sulla spalla.

«Adesso scendiamo e facciamo la pappa» disse ancora Yu Kari. Affondò per un attimo il naso nel collo della piccola. Profumava sempre di buono: coperte, latte, borotalco. Yu Kari adorava quell'odore.

«Pappa!» esclamò Cho.

Quando arrivarono in cucina, Alfonso era tornato dal lavoro.

«Papi!» esclamò felice Cho, e Yu Kari lasciò che andasse da lui. Sapeva come comprarsi il suo papà adottivo. Alfonso non era capace di dire no alla piccola e lei ne era perfettamente consapevole.

Gli si mise sulle ginocchia e gli accarezzò la barba.

«Cho, lascia stare il papà e mettiti al tuo posto!» disse Lucrezia.

«No» rispose Cho e le sorrise. Lucrezia scosse la testa e non aggiunse altro.

«Ecco il piattino di Cho» cinguettò e glielo porse, accanto a quello di Alfonso.

«Margherita non torna a cena, oggi?» s'informò Alfonso.

«Sta tenendo i bambini della signora Ortensia. Arriverà più tardi» rispose Lucrezia.

Yu Kari si sentiva mancare l'aria. Quando era da sola

con Cho, pensava che non l'avrebbe mai abbandonata. Ma se c'erano anche Lucrezia o Alfonso, iniziava a provare uno strano senso di inadeguatezza. Era come se le pareti della casa si stringessero intorno a lei.

Che cosa ci faccio qui, si chiese, a mangiare brodino e cambiare pannolini, quando dovrei essere acclamata da mezzo mondo, nei teatri più belli d'Italia?

«Non hai fame, tesoro?» domandò Alfonso. Lui odiava quando la conversazione languiva.

«Non molta.»

«È più brava Cho, che mangia tutto quanto» commentò Lucrezia. «Vero, Cho?»

«Sì» rispose la piccola.

Yu Kari si innervosì. Cho sarebbe cresciuta adorando persone che non erano sangue del suo sangue. A volte le sembrava che la bambina stesse meglio con loro che con lei.

Si sforzò di mangiare, pregando che Alfonso non le chiedesse più niente. Invece Lucrezia non aspettava altro che quel minuto di silenzio.

«Non dici a tuo marito chi è venuto a trovarti oggi?»

Alfonso posò il cucchiaio e la guardò con aria interrogativa.

«Un direttore d'orchestra» bisbigliò lei, «molto famoso, per la verità.»

«Ti voleva offrire una parte?» s'informò lui, che conosceva la risposta.

«Già.»

«E tu che cosa hai risposto?»

Yu Kari sentì che le stava montando dentro una rabbia inaudita.

«Che quando è nata mia figlia ho dovuto fare una promessa.»

Alfonso si accigliò. «Questo hai detto? Se non fosse stato per la promessa che cosa gli avresti risposto?»

Lucrezia inarcò un sopracciglio e guardò suo fratello come se fosse un idiota.

«Scusate» bofonchiò Yu Kari, «non ho più fame.»

Tese le braccia per riprendersi la bambina, ma Cho girò la faccia dall'altra parte.

«Io con papi» disse, decisa.

«Va bene» si arrese lei.

Yu Kari fece le scale di corsa e si rinchiuse in camera sua. Le pesanti tende rosse erano tirate. Le aprì e spalancò la finestra, nonostante il freddo. Una raffica di vento gelido chiuse le ante di colpo. Il rumore fu assordante.

Non puoi uscire di qui, sembrava dirle la casa, mi appartieni. Non puoi più fuggire.

Una volta volevi rigettarmi, quando avevo bisogno di te, pensò Yu Kari. Adesso che desidero andarmene, mi incateni qui. Che tu sia maledetta!

Yu Kari iniziò a prendere a pugni il cuscino. Era talmente frustrata che per un attimo pensò di buttarsi giù dalla finestra. Non sarebbe dispiaciuto a nessuno. Forse Alfonso avrebbe pianto, ma poi gli sarebbe passata.

Qualcuno bussò alla sua porta.

«Avanti» disse.

«Ma sei matta?» chiese Alfonso, quando vide la finestra spalancata. «Così ti prenderai una polmonite.»

Guardò sua moglie riversa sul letto, le spalle curve e l'aria afflitta.

«Vieni qui» mormorò, «lascia che ti abbracci.»

Yu Kari non si mosse di un centimetro. Lui si avvicinò e la cinse con le sue braccia forti. Lei si sentì una bambola di pezza.

Alfonso le sistemò qualche ciuffo di capelli dietro le orecchie.

«Devi avere pazienza» le disse, «quando Cho sarà un po' più grande…»

«Quando lei sarà grande, io sarò troppo vecchia» sbraitò Yu Kari. «Non lo capisci?» continuò. «Questa è la mia ultima occasione.»

Alfonso sospirò. «Io ti amo, Yu Kari. Sai che ti lascerei andare, se fosse solo per me. Anche se questo significherebbe soffrire ancora. Ma c'è anche Cho, adesso, nella nostra vita. E ha bisogno della sua mamma.»

«Ha bisogno di qualcuno che sia felice di crescerla» ribatté Yu Kari.

«Tu non lo sei?»

«E se la portassi con me? Se decidessi di partire e prendessi anche lei? Potresti venire anche tu. Guadagnerei abbastanza per mantenere tutti.»

Quell'idea, all'improvviso, le fece brillare gli occhi. Ma Alfonso storse il naso.

«Sarebbe bello» ammise, «ma non è fattibile. Non puoi trascinarti una bambina di due anni da un posto all'altro come se niente fosse. Sai anche tu quanto è stressante la vita in tournée. E io? Farei la parte del tuo bagaglio a mano?»

Yu Kari abbassò la testa. Non c'era niente che potesse fare per convincerlo a lasciarla andare. Era davvero intrappolata.

«Vado a mettere a letto la piccola» disse.

Lui le trattenne ancora per un attimo la mano, ma Yu Kari si divincolò.

Scese le scale e sbirciò un attimo sua figlia, che saliva sulla poltrona e sbatteva le braccia, imitando il volo di una farfalla.

«Vola vola!» diceva. Poi, come se niente fosse, si lasciava cadere sul tappeto.

«Ma che bella farfallina» commentò Yu Kari. Cho corse da lei, con le braccia tese. Yu Kari la afferrò al volo e la fece roteare sopra la sua testa.

«Vomiterà tutto quello che ha mangiato» brontolò Lucrezia, «non girare così forte.»

«Andiamo a nanna, principessa?»

«No» rispose Cho, che ultimamente faceva un sacco di capricci.

«E invece sì e ti canterò una bellissima ninna-nanna.»

«Buonanotte, farfallina» disse Lucrezia a Cho.

«Buonanotte, nonna» esclamò Cho.

Lucrezia e Yu Kari si scambiarono uno sguardo infuocato.

Cho si addormentò quasi subito e lei rimase a osservarla. I capelli neri le coprivano la fronte e le andavano sugli occhi, ma a Cho non dava fastidio. Aveva la bocca semiaperta e ogni tanto sorrideva.

Yu Kari le sfiorò una guancia.

«Sarai felice, qui» le sussurrò, «tu sei nata per stare qui. L'ho sempre saputo.»

Una lacrima le corse lungo la guancia.

«Quando sarai più grande capirai perché l'ho fatto» bisbigliò, «e allora forse riuscirai a perdonarmi. Ma se io resto in questa casa, finirò per morire soffocata.»

Cho si girò e nel sonno disse: «Vola, vola!».

Yu Kari si allontanò dal lettino, piangendo.

Alfonso era già a letto e stava russando. Lei accese la lampada del comodino e prese il borsone di pelle dall'armadio. Iniziò a ficcarci dentro tutti i vestiti pesanti che possedeva.

Alfonso si girò tra le coperte. Lei trattenne il fiato.

Non sapeva se svegliarlo e confidarsi con lui o partire in silenzio. Alla fine prese carta e penna e scrisse un biglietto in fretta e furia.

Alfonso,

so che ti sto deludendo. So anche che probabilmente tu sei l'unica persona che mi capisce davvero. Devo andarmene, devo fare questa tournée. Forse sarà l'ultima, forse continuerò ancora. Chi nasce con una passione come la mia, non può ignorarla. Di' a Cho che la sua mamma le vuole bene. Sarò da lei ogni volta che potrò e quando sarà più grande potrete viaggiare con me.

Ti prego, non odiarmi. Io ti voglio bene, lo sai.

Dai un bacio tutte le sere alla mia piccola farfalla. Crescila come solo tu potresti fare.

A presto

Yu Kari

Lasciò il foglio sul suo cuscino e chiuse la porta della stanza. Quando arrivò al portone d'ingresso della villa, le parve di sentire una bambina piangere.

«Stupida casa» mormorò, «non cederò ai tuoi scherzi.»

Fece per abbassare la pesante maniglia di ottone, quando qualcuno disse: «Te ne stai andando?».

Era Margherita. Stava seduta, in penombra, talmente immobile che Yu Kari non si era accorta di lei.

«Ti prego, Margherita, cerca di capire.»

Lei scrollò le spalle. «Non mi interessa capire. Non ti ho mai capita e mai ci proverò.»

Yu Kari fu tentata di ricordarle quel giorno in cui avevano giocato insieme, ma era sicura che Margherita se ne fosse dimenticata. Lei, invece, avrebbe serbato quei momenti nel suo cuore per sempre. Forse, un giorno, avrebbe potuto raccontarle la storia di una bambina che si sentiva abbandonata dalla mamma e che aveva deciso di giocare con lei. Insieme avevano costruito un rifugio contro il temporale e si erano nascoste là sotto, mentre fuori faceva freddo. La guardò con affetto, ma Margherita non alzò nemmeno gli occhi. Voleva abbracciarla e dirle che le aveva sempre voluto bene, tuttavia sapeva che per Margherita sarebbero state solo inutili parole.

«Addio, Yu Kari» sentenziò la figlia di Lucrezia. E le aprì la porta.

22

CAVOLAIA MAGGIORE: le sue ali sono di un pallido bianco giallastro, quasi trasparenti, con delle punte nere nelle ali anteriori. Le larve di questa farfalla si nutrono di cavoli e possono arrivare a lasciarne solo il gambo. Puoi essere piccola quanto vuoi, ma sii sempre affamata. Di conoscenze, di nuovi incontri, di amore, di risate.

Tokyo, 2010

... Ed è per questo che finalmente mi sono decisa a raccontarti la storia della mia vita. Perché tu possa capire le mie scelte. E non fare gli stessi sbagli.

Con tutto l'affetto del mondo.

La tua mamma

Yu Kari posò la penna e appoggiò la lettera sul comodino. L'avrebbe data a Cho, non appena si fossero riabbracciate. Non vedeva l'ora di imparare a conoscere sua nipote, Yoko. L'aveva vista solo una volta, due anni prima, e ora le avevano riferito che le assomigliava molto e che adorava la musica. Yu Kari aveva preferito scrivere, perché le idee erano più ordinate su un foglio di carta. E perché sapeva che si sarebbe messa a piangere, se avesse dovuto parlarle. In tutti quegli anni, era stato molto più facile scriversi, che vedersi. Yu Kari era tornata sempre meno alla Villa delle Farfalle. Si ricordava ancora di quando aveva messo di nuovo piede in quel giardino, dopo sei mesi di *Turandot* in giro per l'Europa.

Cho aveva quasi tre anni. Era seduta in mezzo agli ulivi e stava giocando con le bambole di Margherita.

«Dove vuoi mettere Lucetta? Seduta a bere il tè o in terrazzo?»

«Terrazzo» aveva risposto la piccola.

Yu Kari si era avvicinata lentamente. Aveva comprato una bambola per Cho. Era una bambola giapponese. La stessa che molto tempo prima aveva promesso di regalare a Margherita. La teneva tra le mani. Ma si sentiva ridicola.

«Oh, guarda chi c'è» aveva detto Margherita.

Cho si era voltata e aveva guardato dritto negli occhi la sua mamma.

«Ciao, tesoro» aveva esclamato Yu Kari, «sono tornata, vieni ad abbracciarmi.»

«Vai dalla tua mamma» l'aveva incitata Margherita.

Ma Cho si era alzata e aveva fatto tre passi indietro.

«Mamma?»

Sembrava non riconoscerla.

«Tesoro, sono io. Ti sono mancata?»

Cho aveva preso Lucetta ed era corsa in casa, senza voltarsi.

Yu Kari aveva mollato il borsone a terra. Avrebbe tanto voluto sdraiarsi.

Margherita stava radunando i giocattoli.

«Non te la prendere» le aveva detto, «sei stata via per tanto tempo. Noi le abbiamo parlato di te e all'inizio lei continuava a chiedere. Poi, da un giorno all'altro, ha smesso. Allora non abbiamo insistito.»

«Posso capire quanto sia stata dura per lei» aveva mormorato Yu Kari.

«Hai intenzione di restare, questa volta?»

«Riparto tra due settimane.»

Margherita aveva sbuffato. «Io te lo dico, Yu Kari. Penso che Cho soffra molto. Se ti vede una volta all'anno, inizierà a chiedersi come mai questa mamma torna piena di regali e poi scappa nel cuore della notte. Lo capisci che non le fai bene? E mio zio passa il tempo al bar, quando non è al lavoro. Se non ci fosse Cho, sarebbe già un mezzo alcolizzato.»

Per un attimo, lo sguardo di Margherita si era soffermato sulla bambola dai tratti orientali, che era rimasta dimenticata nell'erba. L'aveva presa tra le mani e le aveva lisciato i capelli. Yu Kari aveva sperato che Margherita ricordasse. Ma a cosa sarebbe servito? Il tempo sedimenta strati di incomprensioni e valanghe di rancori. Yu Kari aveva fatto le sue scelte e anche Margherita.

«E che mi dici di te?» aveva chiesto, per smorzare la tensione.

Margherita l'aveva fulminata con lo sguardo. «Io sto bene. Come al solito.»

Yu Kari aveva annuito. Margherita le aveva restituito la bambola e si era affrettata a rientrare in casa.

L'avevano accolta come se fosse un'ospite, con tutti i riguardi. Alfonso l'aveva fatta dormire nel suo letto, ma non le si era avvicinato. Yu Kari aveva tentato più volte di abbracciare la bambina, ma Cho piangeva. Quando aveva provato a cantarle una ninna-nanna, si era messa a strillare talmente forte che Lucrezia era dovuta intervenire per consolarla.

«Scusa, non te l'abbiamo detto prima» le aveva spiegato con aria di sufficienza. «Cho odia la musica. Non vuole sentirla, nemmeno alla radio. Nessuno può cantare.»

«Ma è assurdo» aveva protestato Yu Kari, «è mia figlia.»

«Appunto» aveva risposto calma Lucrezia, «proprio per questo la odia.»

Dopo quel tragico ritorno, Yu Kari aveva sviluppato una sorta di astio nei confronti della Villa delle Farfalle e aveva cominciato a temere i momenti in cui doveva metterci piede. Ogni volta inventava scuse per rimanere sempre meno.

Così si era persa volontariamente l'infanzia della figlia, e la sua adolescenza.

Quando Cho aveva imparato a scrivere, erano arrivate le prime lettere. Lucrezia, da brava ex maestra, la spingeva a scrivere alla sua mamma. Si vedeva che niente di quelle frasi veniva dal cuore di Cho, ma era un dettato della nonna acquisita.

Yu Kari le leggeva, annoiata, tra un concerto e l'altro, e rispondeva con lo stesso tono. La loro corrispondenza era vuota e fredda, come le frasi di circostanza che si scambiavano ogni volta che si vedevano, per pochissimi giorni, durante le visite sempre più brevi di Yu Kari.

Da Cho, Yu Kari aveva appreso che Margherita si era fidanzata con un tedesco ed era partita per la Germania.

E sempre da Cho, ma tramite una telefonata, due anni prima, Yu Kari aveva saputo che Lucrezia era morta. L'aveva chiamata una mattina, dopo una serata di gala in cui Yu Kari era stata l'ospite d'onore, come una delle cantanti liriche più importanti del panorama mondiale.

«Pronto?» aveva risposto.

«Finalmente riesco a trovarti. Il tuo manager mi ha dato tre numeri di hotel diversi. Ma il telefonino quando te lo compri?»

«Ma chi parla?» aveva bofonchiato Yu Kari, ancora stordita.

«Mamma, sono Cho.»

«Oh, ciao.»

«Volevo solo avvisarti che Lucrezia se n'è andata ieri sera. Erano giorni che stava male. Chiedeva anche di te. Farfugliava qualcosa a proposito del volo delle farfalle. Il funerale sarà domani. Non credo tu possa esserci, ma volevo dirtelo.»

«Ti ringrazio. Mi spiace tanto, Cho.»

«Lucrezia era come una madre, per me. Ma non mi aspetto che tu capisca.»

Queste parole l'avevano ferita molto. Lei e sua figlia avevano molto in comune. Per entrambe, Lucrezia era stata davvero come una madre. Ma non voleva spiegarglielo al telefono. Non in quel momento, almeno.

«Tu come stai?»

«Male. Come credi che stia? Un pezzo di me se n'è andato. Filippo e io...»

«Chi è Filippo?»

«Il mio compagno, mamma. Leggi le email che ti mando?»

«Ma certo...»

«Bene. Abbiamo molto da fare. Alfonso è distrutto, ora.»

Yu Kari aveva cercato di fare mente locale. Cho le aveva scritto di essere andata a vivere con questo Filippo, quando era nata la piccola Yoko. Da quando Margherita era tornata, dopo la morte di suo marito Urs, non abitava più a casa di Lucrezia. Anche Margherita aveva avuto una figlia, ma per quanto si sforzasse, Yu Kari non riusciva mai a ricordarne il nome.

«Forse riesco a venire al funerale...»

«Non disturbarti e non stare a cancellare i tuoi impegni. Ormai è tardi.»

Cho aveva riattaccato.

Era normale che la trattasse così. In quel momento doveva sentirsi davvero molto sola.

Yu Kari non le aveva dato retta e aveva fatto di tutto per spostare voli e serate in modo da riuscire a dare l'ultimo addio a Lucrezia.

Ma quando era arrivata in chiesa, le avevano detto che il corteo funebre era già andato al cimitero. Yu Kari era corsa fin lì, in preda al panico, come se vedere la bara di Lucrezia potesse farla stare meglio.

Arrivata al cimitero, aveva trovato tutti lì e si era sentita ancor più un'estranea. Alfonso, abbracciato a Margherita, singhiozzava disperato. Accanto a loro, c'era una ragazza che aveva gli stessi occhi di Lucrezia e si sforzava di non piangere. Yu Kari, finalmente, si era ricordata il nome: Anita. Nessuno aveva visto Yu Kari perché era rimasta dietro un'altra lapide, nascosta da una statua a forma di angelo.

Aveva paura di essere considerata di troppo. Tra la folla però, non era riuscita a scorgere Cho. Quando tutti se n'erano andati, Yu Kari si era fatta riconoscere da Alfonso.

Lui l'aveva stretta forte a sé.

«Non posso credere che tu sia arrivata» aveva mormorato, «e invece sei qui.»

«Non volevo mancare» aveva risposto Yu Kari, guardando negli occhi azzurri l'uomo che tanto l'aveva amata. Il solo uomo che non aveva mai smesso di volerle bene, dopo tutto quello che gli aveva fatto.

«Ma dov'è Cho?»

Alfonso aveva chinato la testa.

«In ospedale. Non si è sentita bene ieri sera e l'hanno ricoverata. Niente di grave.»

«Povera cara. Andrò a trovarla, prima di ripartire.»

Alfonso le aveva rivolto un sorriso triste e aveva chiesto: «Troverai mai pace, Yu Kari? Ti fermerai un giorno?».

Lei aveva chinato la testa e l'aveva posata contro la sua spalla.

«Forse un giorno» aveva risposto, con una strana amarezza nel cuore.

«Signora, dobbiamo andare» disse Johnny, il ragazzo che Yu Kari aveva assunto per accompagnarla durante i suoi viaggi. Quello sarebbe stato l'ultimo. Yu Kari si era decisa: sarebbe tornata da Alfonso. Si sentiva stanca e forse anche sola. Aveva girato tutto il Giappone. Non c'era nient'altro che desiderava fare: solo tornare alla Villa delle Farfalle e trascorrere in pace il tempo che le restava.

Cho ne sarebbe stata felice: avrebbe avuto una nonna a cui affidare la sua piccola Yoko.

Yu Kari non vedeva l'ora di recuperare il tempo perso. Si sarebbe fatta perdonare. Da lei. Da Yoko. Da Alfonso. Dalla Villa delle Farfalle. Aveva vissuto una strana vita, un volo discontinuo e irregolare. Ma adesso aveva preso la decisione giusta. Ne era sicura.

Arrivarono in aeroporto appena in tempo. Yu Kari guardò con aria di sufficienza le hostess, che mostravano le procedure di sicurezza. Johnny si mise gli auricolari e chiuse gli occhi. Il volo sarebbe stato lungo e noiosissimo. Yu Kari prese il telefono e vide che c'erano tre telefonate da parte di Alfonso. Si abbassò sotto al sedile del passeggero davanti, per non farsi vedere dalla hostess, e provò a richiamarlo.

«Pronto? Yu Kari, mi senti?»

«Alfonso, dimmi. Sono in aereo. Sto tornando.»

«Allora hai saputo cos'è successo? Chi te l'ha detto? Margherita?»

«Saputo cosa?»

La hostess li interruppe.

«Signora, deve spegnere il cellulare. Stiamo per decollare.»

«Devo chiudere, mi stanno sgridando come se fossi una bambina.»

«Yu Kari, aspetta...»

«Ti amo.»

«Anch'io» rispose lui. Poi soffocò un singhiozzo. Riattaccò.

L'aveva detto davvero? Sorrise alla hostess e spense il

cellulare. La vecchiaia doveva proprio averla resa sentimentale. Ma si sentiva davvero piena di amore per Alfonso, in quel momento. Forse perché, come aveva scritto a Cho, ci si rende conto delle cose belle sempre troppo tardi. Aveva spedito quella lettera poco prima della sua partenza, quindi sarebbe arrivata prima lei.

Chissà cos'era successo di tanto terribile. Yu Kari guardò fuori dal finestrino le nuvole bianche e dopo un po' si addormentò.

Sognò di essere ancora giovane e di dover partorire la sua bambina. Le vennero alla mente le parole che aveva pensato quel giorno, quando Cho era nata.

Sarai una farfalla bellissima, dolce e delicata. Il tuo volo sarà breve, ma intenso. Toccherai terra solo una volta, per generare la vita. Come fanno le farfalle. E soffrirai, quando dovrai lasciare la crisalide. Come facciamo tutti.

Si svegliò con uno strano presentimento e si guardò intorno. Dormivano quasi tutti. Le hostess presto sarebbero passate a servire il pranzo. Aveva il tempo per un altro pisolino.

Richiuse gli occhi e questa volta sognò una farfalla bellissima, dalle ali azzurre e marroni, che planava sul lago e poi ritornava a volare verso il cielo.

Vorrei volare insieme a quella farfalla, si disse Yu Kari, nel sonno, saremo due piccole anime che ruotano intorno alla luna.

E pensando a Cho, sorrise.

Yoko

Certe notti, quando la luna è piena e in cielo
non ci sono stelle, si sente la voce del lago
e della principessa, che insieme cantano…

23

PICCOLO ARGUS: sverna come crisalide ed è una delle prime farfalle che possiamo incontrare in primavera. È un assiduo frequentatore di parchi e giardini, dove vola lentamente al sole, a circa un metro dal suolo. Non aspettare che il tempo sia propizio, per compiere quel passo importante. Non aspettare di trasformarti in farfalla. Non aspettare che spunti il sole. Non aspettare.

Ossuccio, giugno 2014

Anita strinse la mano di sua madre.

«Mamma» bisbigliò, «perché mi hai sempre tenuto nascosto tutto questo? Non mi ricordo di Cho in questa casa, quando venivamo a trovare la nonna.»

«Lucrezia preferiva così» disse Margherita, che durante il racconto aveva pianto e adesso sembrava distrutta. «Mandava Cho da Maria perché tu non facessi domande. Dipinse tuo nonno come un santo, un partigiano che era morto lottando. Ricordi? Rifilò quella scusa anche a me. Desiderava che tu non sapessi niente di Yu Kari, perché ne soffriva troppo. Voleva che tutto fosse perfetto per te. E anch'io. »

Ma niente lo è stato, alla fine, pensò Anita, dopotutto, sono la nipote di Lucrezia.

«Non ricordo Cho nemmeno al funerale della nonna»

insistette Anita. «E ho saputo della sua esistenza e della sua morte da Filippo!»

«Il giorno in cui ci fu il funerale, Cho stava davvero male. Troppe emozioni. Troppo dolore. La sua non fu un'assenza calcolata, ovviamente.»

«Solo adesso mi ricordo di Filippo» ammise Anita. «Stette solo il tempo del funerale, probabilmente per tornare da Cho.»

«È normale che tu l'abbia dimenticato. Non siamo dei computer. Certi volti ci tornano alla mente solo quando siamo pronti per ricordarli.»

«Ma lui si ricordava di me. Cercò di dirmelo, un giorno, ma qualcosa lo trattenne. Forse aveva intuito che non ero a conoscenza di tutta questa storia.»

«È un uomo molto perspicace. Probabilmente aveva anche intuito che non eri pronta ad affrontarla.»

Anita annuì.

«Quindi Yu Kari non raggiunse mai la Villa delle Farfalle?»

Margherita scosse la testa.

«Il suo volo precipitò a un'ora dall'atterraggio. Fu colpa del pilota, a quanto pare. Fu una vera tragedia.»

«Quindi non seppe mai che la figlia era morta?»

«No. E forse è stato un bene.»

Anita era ancora sporca di terra.

«Mamma, credo sia meglio che vada a farmi quella famosa doccia.»

Margherita sorrise. «Credo di sì» ammise.

Anita la guardò ancora una volta. Poi si avvicinò e la strinse a sé.

«Puzzi di cane bagnato» scherzò Margherita.

Sotto il getto di acqua calda, Anita ripensò a tutto quello che aveva saputo. C'era una cosa che non le tornava, tra i tanti tasselli che faceva fatica a ricomporre: che fine aveva fatto Alfonso? Uscì dalla doccia, si asciugò in fretta e scese di nuovo nel salone, per chiederlo a Margherita. Ma lei si era addormentata sulla Poltrona Scacciapensieri.

«Allora funziona davvero» esclamò Anita, soddisfatta. Infine tornò in camera sua e cercò di addormentarsi.

Il mattino dopo, verso le sette, era già in piedi.

«Non ho dormito granché» disse a Margherita, «ho continuato a sognare bimbe giapponesi e farfalle dal volo interrotto.»

«A chi lo dici» rispose Margherita.

Anita pensò che niente era come sembrava. Aveva sempre visto Lucrezia come una nonna piena di attenzioni e fantasia, come una maga buona. Invece, per Margherita, Lucrezia era stata una mamma fredda, autoritaria e paradossalmente anche un po' assente.

«La nonna era tanto diversa con te?» le domandò.

«Molto» sospirò Margherita. «Infatti quando nascesti tu, mi stupii della sua dolcezza. Ma avevo notato lo stesso comportamento anche con Cho. Volevo bene anch'io a quella bambina, ma Cho per Lucrezia era qualcosa in più. Sembrava avessero un legame di sangue. Ho sempre avuto l'impressione che cercasse di riprendersi ciò che le apparteneva.»

«Yu Kari?»

«Già» disse con una certa amarezza Margherita.

Sua madre serbava molto rancore, dentro di sé. Finalmente Anita capiva il perché di quell'odio viscerale e all'apparenza ingiustificato nei confronti di Yoko. Era come se la mamma e la nonna di Yoko le avessero tolto l'amore di Lucrezia. L'unica cosa che a Margherita era sempre mancata.

Si sentì più vicina che mai a sua madre. Aveva ritrovato un amore. Forse, un giorno, si sarebbero abbracciate davvero, come mai avevano fatto.

«Mamma, c'è una cosa che devo chiederti, ancora. Che fine ha fatto Alfonso?»

«Te lo ricordi?»

«Certo che me lo ricordo. Solo che io ho sempre avuto l'immagine di questo vecchietto solo, un po' burbero, un po' ubriaco. Poi, da un giorno all'altro, nessuno ne ha più parlato.»

«Perché dopo la morte di Cho, Alfonso è stato davvero molto male. Per lui era come se fosse davvero sua figlia. Nessuno ha mai sollevato la questione. Alfonso ha avuto poche gioie dalla vita e una di queste era lei. Cho sapeva la verità, ma non ha mai voluto cercare il padre biologico. Aveva l'amore di un papà. È stato l'amore della mamma, che le è sempre mancato. Quando ci fu quel terribile incidente, seguito dalla morte di Yu Kari, il cuore di Alfonso non resse ed ebbe un infarto. Riuscì a rimettersi, ma non guarì più davvero. È ricoverato in una casa di riposo, a Como. Io e zia Maria andiamo spesso a trovarlo. Qualche volta sembra cosciente, qualche volta dice frasi senza senso. Non è un bello spettacolo.»

«Posso andare a fargli visita?»

Margherita arricciò il naso. «Non si ricorderà di te. Cosa ti aspetti che ti dica?»

Anita si strinse nelle spalle.

«Non lo so» ammise, «ma sento che devo vederlo. Fa parte della storia, è uno dei protagonisti.»

«Se vuoi possiamo andarci questa mattina. Avviso anche zia Maria. Si arrabbia se sa che vado a trovarlo e non la porto con me.»

L'infermiera accolse Margherita e Maria con un gran sorriso.

«Alfonso sarà contento di rivedervi» esclamò. Poi squadrò Anita e la salutò con un cenno del capo.

«Lo dice ogni volta» brontolò la zia Maria, «come una frase da copione. Poi noi entriamo e lui ha gli occhi chiusi e spesso non si degna neanche di aprirli. O, se lo fa, è per dire qualche sciocchezza.»

«Lo zio non sta bene» commentò paziente Margherita, rivolgendosi a Maria come se fosse una bambina capricciosa.

Anita si sporse per guardare Alfonso, disteso sul letto, immobile e con gli occhi chiusi. I pochi capelli che gli erano rimasti erano bianchissimi, quasi candidi, e il volto era pieno di macchie scure. Respirava a fatica, e aveva entrambe le mani posate sulla pancia.

«Vi prego, se mai dovessi finire così, datemi una botta in testa e facciamola finita» bisbigliò Maria.

«Non capisco perché ti ostini a voler venire a trovarlo,

se poi ogni volta brontoli in questo modo» la rimproverò Margherita. «Tanto tu ci metterai a letto tutte, lo so.»

Anita rimase un po' distante, mentre Margherita si avvicinava.

«Zio» disse, «sono Margherita. Sono venuta a trovarti. C'è anche mia figlia, Anita. Saranno secoli che non la vedi.»

«Ci sono anch'io, Alfonso» disse Maria. «L'Angelo Azzurro ti tiene d'occhio.»

Alfonso sembrò capire la battuta e accennò un debole sorriso. Poi aprì gli occhi. Erano ancora di un azzurro intenso, nonostante la cataratta.

«È un giorno buono, sei fortunata» disse Margherita a sua figlia. «Vieni qui, salutalo.»

«Ciao, zio Alfonso» fece Anita, impacciata, «è un bel po' che non ci vediamo.»

L'espressione di Alfonso cambiò. Se prima aveva gli occhi socchiusi e assenti, di colpo si fece attento e vigile. Ad Anita parve quasi che fosse completamente lucido.

«Lucrezia» disse con un filo di voce infine, «ti stavo aspettando.»

«Non...» disse Anita, ma Maria le pizzicò un braccio.

Lei rimase in silenzio.

«Quanto tempo...» continuò Alfonso, e accennò un altro sorriso.

«E già» rispose Anita, cercando di stare al gioco.

«C'è una cosa che ho sempre voluto dirti» proseguì Alfonso. Maria si avvicinò per ascoltare bene.

«Sono qui» fece ancora Anita.

«Sono stato io a strappare la pagina del diario. Quella che non trovavi più. Ero arrabbiato perché avevi lasciato da sola tua figlia.»

«Quale pagina? Di cosa blatera?» protestò Maria, ma Margherita le fece cenno di tacere.

«L'ho nascosta dietro alla teca con le tue farfalle preferite. Adesso se vuoi puoi riprenderla. Mi perdoni? Non volevo leggerla.»

Alfonso tossì e Margherita si precipitò a prendergli dell'acqua.

«Bevi, zio» mormorò, «ti stai stancando.»

Alfonso la guardò.

«Tu sei un angelo del paradiso?» chiese.

Maria alzò gli occhi al cielo.

Anita era sconvolta. Lo zio l'aveva scambiata per Lucrezia e le aveva anche dato un'informazione importante. Quella che le serviva per chiudere il cerchio della storia.

«Ragazze, si crepa dal caldo in questa stanza. L'aria è viziata» fece Maria, che quel giorno era sul piede di guerra più del solito. «Apro la finestra.»

Lo fece senza aspettare il consenso delle altre due.

«Oh, finalmente un po' di fresco» commentò soddisfatta.

Rimasero tutte e tre a fissare Alfonso, che si era messo a russare.

Poi successe qualcosa di strano. Una farfalla bianca entrò dalla finestra e svolazzò un attimo sopra le loro teste. Anita si portò una mano alla bocca dallo stupore. La farfalla continuò a girovagare, fino a che, a un certo punto, si posò sulla fronte di Alfonso. Lui, nel sonno, si lasciò scappare un altro sorriso.

«Non è possibile» mormorò Margherita.

Erano tutte e tre stregate da quel piccolo lepidottero che riposava sulla fronte del vecchio zio.

«Yu Kari raccontava spesso una leggenda giapponese» spiegò Margherita, «secondo cui le anime dei defunti che ci hanno amato tornano in vita, prendendo le sembianze di farfalle bianche.»

«Ma questa chi è?» chiese Anita, stando al gioco. «Yu Kari, l'unica donna che Alfonso abbia mai amato, o sua figlia, Cho?»

Nessuna di loro poteva rispondere a quella domanda. Rimasero lì, a osservare la scena, fino a che la farfalla decise che era giunto il momento di andarsene e volò di nuovo via dalla finestra. Anita era convinta che sarebbe tornata.

La vita di una farfalla è breve. Il suo battito d'ali si consuma in pochi giorni. Ma quegli attimi d'amore rimangono impressi come piccoli istanti di felicità, nel cuore di chi resta.

Durante il tragitto del ritorno le tre donne non parlarono. Maria sembrava la più sconvolta: non fiatò, cosa molto strana per lei, e guardava fuori dal finestrino. Margherita era concentrata sulla guida e Anita era ansiosa di arrivare. Non vedeva l'ora di incontrare Filippo e di parlargli. Avevano moltissime cose da dirsi. La storia che Margherita le aveva raccontato non l'aveva scoraggiata nei suoi confronti. Adesso capiva il motivo delle resistenze di sua madre: ci sarebbe voluto molto tempo ma alla fine l'avrebbe convinta che Filippo era quello giusto. Ora tutto aveva un senso:

c'era una ragione in tutta quella storia. Lei era destinata a incontrare Filippo e Yoko.

Una volta a casa, bevve un bicchiere d'acqua e guardò Margherita.

«Pensi anche tu quello che penso io?»

«Credo di sì» ammise Margherita, «e forse è questo il motivo per cui non ho mai aperto la stanza delle farfalle.»

«Che cosa intendi dire?»

«Ho paura di scoprire la verità. Sento che in un certo senso mi riguarda.»

Anita pensò che qualsiasi cosa avessero trovato dietro la teca delle farfalle, avrebbe riguardato tutte loro.

«Andiamo a controllare» disse, «nessuna delle due si darà pace fino a quando non sapremo se Alfonso stava straparlando oppure no.»

«Non lo vedevo così lucido da tempo» replicò Margherita.

Entrarono nella stanza delle farfalle con il solito timore reverenziale. Lucrezia aveva suggestionato entrambe.

«Quali erano le farfalle preferite di Lucrezia?» chiese Anita.

«Speravo lo sapessi tu» rispose Margherita, «comunque ci saranno una decina di teche. Prima o poi, se la pagina del diario è davvero lì, salterà fuori.»

Si misero a spostare le cornici.

Dopo un po', Margherita esclamò: «Non ci posso credere».

Anita si avvicinò. Dietro alla teca delle farfalle Palinuro c'era una rientranza nel muro. E lì c'era un pezzo di carta, talmente ingiallito che Anita ebbe paura che le si sgretolasse tra le mani.

«Vuoi leggerlo prima tu?» chiese a Margherita.

«No» rispose lei, «leggi ad alta voce. Non credo di poter sopportare da sola un altro segreto di Lucrezia.»

Anita sospirò.

Si sedette su una sedia, in mezzo a tutte quelle farfalle morte, e aprì la pagina strappata da Alfonso.

24

FARFALLA OCCHIO DI PAVONE: prende il suo nome dalle macchie sulle ali, che ricordano quelle sulle piume del pavone. Le sue ali possono raggiungere i quindici pollici e di notte viene spesso scambiata per un pipistrello o un uccello. Quante volte ti scambieranno per quello che non sei? E tu continua a essere te stessa. Quante volte interpreteranno male le tue parole? E tu continua a parlare. Sii sempre quello che sei.

Colonia, luglio 1951

Cosa ci faccio ancora qui? Diamine, ho lasciato mia figlia da sola con Alfonso e Yu Kari. Ho mentito, per Will. E adesso questa camera d'albergo puzza di marcio. Se non scrivo quello che è successo temo che impazzirò. Mi spiace solo imbrattare questo diario con parole tanto dure.

Sono venuta qui con le migliori intenzioni. Ho bruciato tutte le lettere di Will, perché speravo che non avendo risposta si preoccupasse e tornasse da me. Ma così non è stato. Ho aspettato invano sei anni e l'unica cosa che mi ha tenuta in vita è stata mia figlia. Però aveva i suoi stessi occhi, e io dovevo sapere la verità su Will. Così ho preso la busta dell'ultima lettera e ho visto l'indirizzo di casa sua, in Germania. Mi sono pure inventata un'amica in fin di vita, pur di venire qui. Sono quasi sicura che Alfonso non mi abbia creduto. Ma adesso che importanza ha?

Mi sono fatta bella.

In questo stesso hotel, mi sono truccata come avevo smesso di fare dopo la nascita di Margherita e ho messo il rossetto più rosso che avevo. Ho indossato un abito a fiori e le scarpe col tacco. Ho lasciato i capelli sciolti nel vento. Una volta raggiunto l'indirizzo, mi sono appostata dietro un albero, davanti al giardino della casa di Will. Perché non ho bussato? Forse perché avevo già un presentimento, ma il mio cuore aveva lo stesso la necessità di compiere questa piccola, insana follia. Ho atteso per due ore e ho guardato il giardino ben curato, le persiane verdi, il cespuglio di rose bianche davanti alla casa. Ho immaginato di vivere lì, con mia figlia e Will. Poi, a un certo punto, la porta si è aperta ed è spuntato fuori un bambino di circa tre anni. Aveva una macchinina di legno in mano e un enorme sorriso. Mi sono imposta di stare calma. Ho pensato che potesse essere un nipote. Ho sperato con tutto il cuore che lo fosse. Il bambino ha iniziato a giocare con la macchinina. Faceva un verso con la bocca, imitando il motore, e la trascinava da una parte all'altra del giardino.

Poi, dopo poco, è uscita una donna. Aveva i capelli raccolti in una specie di chignon, era bionda e dai bei lineamenti. Era molto più alta di me, però aveva un viso forse un po' anonimo. Ma chi sono io per giudicare?

«Franz» ha detto al bambino, e poi ha aggiunto qualcos'altro, ma non ho capito, perché ovviamente parlava in tedesco. Il bambino si è messo a ridere e poi le è saltato in braccio. Lei ha fatto una giravolta. Aveva dei denti bianchissimi. Non sembrava per niente depressa.

Avrei dovuto raccogliere la mia borsa e la mia delusione e andarmene, invece ho deciso di restare ancora.

Dopo un'ora, è arrivato Will. Il mio cuore ha iniziato a battere forte. Ci ho messo un attimo per riconoscerlo, senza l'uniforme. Indossava una giacca elegante e un paio di pantaloni chiari. È ingrassato di qualche chilo, ma sta bene: quando era in Italia, era fin troppo asciutto. Sembrava ringiovanito.

Il bambino l'ha visto e gli è corso incontro, gridando: «*Vater*».

Qualcosa, dentro di me, ha sobbalzato e poi ha iniziato a scricchiolare. Non so in che punto preciso. Forse appena sopra lo stomaco. Me ne sono accorta perché ogni tanto anche alla Villa delle Farfalle sento scricchiolii del genere. Li chiamo "i lamenti delle pareti". Piangono sempre per qualcosa di diverso. A volte sentono la mancanza di una persona che se n'è andata. Altre volte percepiscono nell'aria l'elettricità di un litigio, prima ancora che questo avvenga.

La casa mi conosce bene e io conosco lei, come una vecchia amica. È così, quando si passa la maggior parte della propria vita in un solo posto. Ma comunque...

Lui ha preso il bambino in braccio e gli ha sussurrato qualcosa nell'orecchio. Poi ha aperto una mano e dentro c'era una biglia. Il bambino l'ha ringraziato e ha messo la biglia nella sua macchinina di legno. La donna si è avvicinata e Will l'ha baciata a lungo, sulle labbra. Ho cercato in quel bacio qualcosa di simile ai baci che dava a me e non vi ho trovato somiglianza alcuna. Deve essere perché in guerra si vedono le cose in maniera diversa.

Mi sono detta: Quanto vuoi restare qui, ad assistere alla tua sconfitta? Quanto ritieni sia giusto soffrire? Per un attimo ho pensato di sbucare da dietro l'albero e rovinare il quadretto felice. Ho pensato alle parole che avrei usato. Gli avrei detto: Sei contento adesso? Perché continui a scrivermi lettere d'amore, quando hai un figlio da tua moglie? Hai una famiglia e un pezzo di prato. Io ho una villa immensa, vuota d'amore, e una figlia che sta crescendo senza un padre. Che cosa mi dici in proposito? Mi hai fatto tante promesse. Non ne hai mantenuta neanche una. Mi hai detto tante cose. Erano tutte parole buttate nel vento. Il mio cuore si è arreso a te. E adesso è in guerra con se stesso.

Ho pensato a Margherita. Lei è come una piccola farfalla, lei non c'entra niente. Se rivelassi a Will della sua esistenza, forse cercherebbe di portarmela via, proprio come nella *Madama Butterfly*. Una farfalla è libera solo se nessuno si accorge che sta volando via.

Tornerò e farò finta che questi giorni non siano mai esistiti. Non dirò niente ad Alfonso e nemmeno a Yu Kari. Lascerò che pensi che il suo "salvatore" si è dimenticato di lei. Brucerò ogni lettera che mi arriverà. Perché ne arriveranno. Ogni volta che litigherà con sua moglie, penserà a me. Ogni volta che avrà un senso di colpa, mi scriverà qualcosa. Millantando scuse. Azzardando ipotesi. Come ha sempre fatto. Ma è solo questione di codardia. Perché Will, se tu volessi, adesso potresti venire a prendermi. Se tu davvero non fossi il vigliacco che sei, lasceresti questa donna che forse non ami davvero, per tornare dal tuo grande amore. Io lo so che mi ami. L'ho sentito in ogni tuo bacio, anni fa. Lo vedo nei baci che dai a lei. Lo leggo nelle tue parole. Una persona non innamorata, desisterebbe e non mi scriverebbe più. Tu, no. Perseveri. Inutilmente. Potresti partire, come ho fatto io, e venire a cercarmi. Sono sicura che tu ami solo me. Però, per qualche strana coincidenza della vita, o forse solo per la routine che hai paura di perdere, questa volta l'amore non è abbastanza.

Mi sono mossa solo quando tutti sono rientrati in casa. Ho guardato ancora una volta le persiane verdi e qualcuno ha scosso le tende. Una testolina bionda, quella del bambino, si è affacciata a osservarmi. Io mi sono voltata e ho salutato con la mano. Lui ha ricambiato il saluto e mi ha sorriso. Ho pensato che deve essere un bambino molto fortunato. Forse è lui la ragione per cui Will non torna da me. Ma anche se così fosse, la voragine dentro al mio cuore non si chiuderà mai.

Sono stata una sciocca. Però ho imparato la lezione. Non lascerò che Margherita faccia i miei stessi errori. Nessuno deve invadere la nostra tranquillità alla Villa delle Farfalle. Lei è una bambina così bella. La proteggerò dal resto del mondo.

Non aprirò più a nessuno il mio cuore. Mai.

Quando Anita smise di leggere, Margherita si lasciò andare a un lungo sospiro.

«Mamma, adesso capisci perché Lucrezia non ha voluto rivedere Will?»

«Deve essere stato terribile, per lei. E non ha potuto confidarlo a nessuno.»

«Neppure a zia Maria, a quanto pare.»

Margherita prese la pagina di diario e passò il dito sulla calligrafia di sua madre.

«Voleva proteggermi» disse in un filo di voce, «voleva che avessi una vita normale. Ma io sono cresciuta senza un padre, insieme a una ragazza giapponese che non sapevo chi fosse. Né che tipo di relazione avesse con me. Lucrezia l'aveva dipinta come un mostro e io le credevo, perché volevo a tutti i costi l'amore della mia mamma.»

«Sei riuscita a rifarti una vita» la consolò Anita, «e hai avuto un amore vero.»

Margherita annuì.

«Forse non tutti possiamo avere l'amore che ci meriteremmo. Dopotutto, devo ritenermi fortunata.» Poi dopo un istante, soggiunse: «Mi auguro che anche tu possa vivere qualcosa di simile».

Forse lo sto già vivendo, pensò Anita, se solo riuscissi a lasciarmi alle spalle il passato...

«Adesso devo andare da Yoko» disse invece.

Margherita sbuffò. «Scusa» aggiunse subito dopo, «credo che farò molta fatica ad abituarmi all'idea. Ma in fondo quella bambina non c'entra nulla. Ha sofferto molto. Come Yu Kari, del resto.»

«Come Lucrezia. Come Alfonso. Come te.»

Anita diede un bacio sulla fronte a sua madre, poi andò a chiamare Yoko, per continuare i lavori nel farfallario.

Quella sera, dopo aver messo Yoko a letto, Anita e Filippo si sedettero sul divano.

«Sembri molto stanca» mormorò lui.

«In effetti sono stati due giorni pesanti» rispose Anita. «Ho scoperto molte cose sulla mia famiglia. Alcune riguardano anche te, in un certo senso.»

Filippo sospirò.

«Ti ricordi quel giorno, alla passeggiata del santuario? Ti dissi che mi ricordavo di te. Ero presente al funerale di Lucrezia. Cho stava male, ma aveva insistito perché io ci andassi. Mi ricordo di te e tua madre e ricordo di aver pensato che tu fossi la fotocopia di tua nonna.»

«Anche io mi sono ricordata di quel giorno. E sono ancora sorpresa di come nessuno mi abbia mai raccontato niente di Yu Kari, di Cho. È come se tua figlia mi sia stata mandata apposta, quel giorno sul lago. Per aprirmi gli occhi sul passato. Ci sono così tante cose che ignoravo. Solo che...»

«Solo che...?» ripeté Filippo, perché Anita si era interrotta.

«Solo che adesso non so che farmene. Ho la testa piena di storie e la mia è ancora così confusa.»

Filippo le accarezzò i capelli.

«Vorrei aiutarti a fare chiarezza.»

Scostò la coperta che avevano sulle gambe e la baciò. Anita sentì di essere pronta ad andare oltre e ricambiò il bacio, con passione. Filippo sorrise.

«Questo potrebbe essere un buon modo per capire qualcosa in più» scherzò.

Anita gli passò una mano tra i capelli, poi scese sul collo e sul petto. Lui iniziò a sbottonarle la camicia.

«Cosa fai, Anita? Dove credi di andare? Nessuno ti darebbe ascolto. Sei solo un'illusa, se pensi di potermi sfuggire. Non sei la prima. E non sarai di certo l'ultima. Corri dal tuo Hans, che ti aspetta.»

Anita cercò di scacciare quei pensieri dalla sua testa. Perché venivano a tormentarla proprio adesso? In tutti quei mesi era riuscita a tenere a bada i ricordi.

«Sei mia, Anita. Perdi me e perderai tutto. Non ne sei convinta? Vai, denunciami. So cosa rispondere. Ho un video che ti incastra. Sei solo una sciocchina, come tutte quelle che credono di avere la vittoria in pugno.»

Anita si scostò da Filippo.

«Scusa» mormorò, «forse sono troppo stanca. È meglio che torni a casa mia.»

Filippo cercò i suoi occhi.

«Ho fatto qualcosa di sbagliato? Mi sembrava che anche tu…»

«No, non hai fatto nulla» lo rassicurò Anita. «Sono io, il problema. Sono sempre stata io, il problema.»

Si alzò, e lui fece per trattenerla.

«Filippo, ti prego, lasciami.»

La testa le girava.

«Non stai bene, Anita. Dove vuoi andare?»

Lei uscì da casa sua, a passo spedito, senza rispondergli. I tacchi che aveva indossato le facevano male ai piedi, così si tolse le scarpe e le abbandonò per strada. Le immagini nella testa la perseguitavano.

Vedeva Colonia dall'alto. Era all'ultimo piano, nell'ufficio del professor Saliger. Hans aveva sempre odiato quell'uomo. Diceva che era un viscido. Anita sapeva di piacergli. Quando l'aveva invitata nel suo studio, per parlare di ricerche, ci era andata con le migliori intenzioni. Era anche un bell'uomo, nonostante fosse vecchio. Quel giorno l'aveva baciata e lei, colta di sorpresa, non aveva opposto resistenza. Ci sono violenze che iniziano con impercettibile dolcezza. Ci sono violenze che continuano senza più ambiguità.

«Sei molto bella» le aveva detto, infilandole una mano sotto la gonna. Anita si era ritratta. Aveva cercato di scappare, ma lui l'aveva bloccata proprio davanti alla finestra. Lei aveva scostato il viso per non farsi baciare di nuovo, ed era stato allora che la testa aveva cominciato a girarle. Le case sotto quella finestra si muovevano come spiritate e un'immensa, profonda vertigine si era impadronita di lei. Aveva desiderato buttarsi giù da quel cornicione e provare a volare, per poi schiantarsi contro le macchine in corsa.

Non aveva altri ricordi di quel giorno. Era come se si fosse ubriacata, ma senza alcol. La vertigine aveva fatto il resto. La sua passività l'aveva resa schiava. Non poteva perdonarselo.

La mattina dopo, aveva ricevuto nella sua casella di posta un video di lei insieme al professor Saliger. Il suo corpo schiacciato contro la finestra. Non si era riconosciuta.

«Non è possibile» aveva mormorato.

Quando lui l'aveva chiamata di nuovo nel suo studio, lei aveva creduto che volesse dei soldi, in cambio del suo silenzio. Anita non voleva certo che quel video venisse mostrato in giro, soprattutto a Hans. Anche se in quelle scene sembrava consenziente, in realtà non lo era. Aveva semplicemente avuto un blackout, per lo shock.

«Non voglio soldi» aveva detto il professore, «ma averti tutte le volte che mi va.»

Anita corse a piedi nudi, sulla sabbia. Raggiunse la riva del lago. Vide ormeggiata la barchetta di zia Maria. Ci salì sopra e iniziò a remare.

Voleva solo andarsene via, da tutto e da tutti. Voleva che la testa smettesse di ricordarle ciò che era successo. Faceva troppo male.

Si allontanò dalla riva, puntando dritta verso l'isola Comacina. Più remava, più sentiva che la tensione iniziava a smorzarsi.

Poi, guardò verso la terraferma e vide Yoko davanti a lei, in camicia da notte. Ripensò a quella volta che l'aveva vista in riva al lago, lo sguardo rivolto all'orizzonte.

«Anita!» urlò la piccola. «Anita, no!»

Anita si mise in piedi sulla barca, che iniziò a ondeggiare.

«Yoko, torna a casa» gridò, ma non era certa che la piccola potesse sentirla.

«Anita!» strillò ancora Yoko, disperata.

Fece appena in tempo a vedere Filippo che raggiungeva la bambina, poi perse l'equilibrio e cadde in acqua. La barca si rovesciò sopra di lei. Anita nuotò per liberarsi, ma qualcosa la trascinava verso il fondo.

Forse sto raggiungendo anch'io Cho. Forse non sono degna di vivere. Non dopo quello che ho fatto. Non ho voluto un bambino che sarebbe nato da una violenza. Deve essere questo il mio destino. Morire nel lago, come la mamma di Yoko prima di me. Morire in un incidente, per espiare le mie colpe, come accadde a Yu Kari. Morire, come succede a tutti i bruchi. Per rinascere farfalla.

Quando Anita si svegliò, riuscì a sentire le sirene dell'ambulanza. Era distesa sulla spiaggia, bagnata fradicia, tremante. Qualcuno l'aveva spogliata e le aveva messo addosso una coperta.

«Anita, mi senti?» disse Filippo.

«Sia ringraziato il cielo» disse Maria.

«Anita...» fece Yoko, ancora in lacrime.

Lei cercò di parlare, ma sentiva troppo freddo.

Qualcuno le stava tenendo la mano.

«Andrà tutto bene» ripeté Filippo. «Andrà tutto bene.»

25

FARFALLA PUNTO INTERROGATIVO: è un lepidottero presente in Nord America, nelle zone boschive e nei parchi cittadini. Si chiama così perché le sue marcature d'argento, sotto le ali, formano dei punti interrogativi. È un invito della natura e non smettere mai di interrogarti. Porsi domande, a volte, è un modo per rimanere in vita.

Montemezzo, agosto 2014

Anita si allacciò gli scarponcini e guardò Filippo, che stava sistemando tutta l'attrezzatura.

«Anch'io voglio volare» si lamentò Yoko, osservando con invidia i preparativi.

«La prossima volta salirai con il tuo papà, promesso» fece Anita.

Se la stava facendo sotto.

«Sei pronta?» le chiese Filippo.

L'idea era stata di Anita, ma adesso che si trovavano sulla pista di partenza, le parve improvvisamente tutta una grandissima sceneggiata. Aveva paura, ma non voleva ammetterlo.

«Non sei obbligata, tesoro» disse Margherita, che era più preoccupata di lei. «Possiamo anche tornare indietro.»

Lei e sua madre non si erano ancora abbracciate forte come Anita avrebbe voluto, ma il loro rapporto stava cambiando. Diventava ogni giorno più intenso, adesso che i segreti sbiadivano lentamente.

Era una giornata incantevole. Il lago di Como sembrava aspettare soltanto di vedere planare Filippo e Anita in deltaplano. Quando lei aveva scoperto che lui era un pilota abilitato, gli aveva proposto la pazzia di un volo in tandem.

«Sei sicura?» aveva obiettato Filippo. «Se soffri di vertigini, potrebbe essere traumatico per te.»

Anita si era messa a ridere.

«Sai, dopo tutto quello che mi è successo, penso che una bella scossa mi possa fare solo bene.»

Dopo l'incidente nel lago, Anita si era sentita libera di parlare. Il primo con cui si era confidata era stato proprio Filippo. Gli aveva raccontato di tutto quello che era successo con il professore e della sua decisione di abortire. Aveva pianto a lungo e per molte notti non era riuscita a dormire. Quel dolore era rimasto lì per mesi, senza mai uscir fuori. Ma era convinta che tutta la storia della nonna avesse fatto la sua parte. La Villa delle Farfalle aveva pianto con lei. Quel posto sarebbe sempre stato casa sua. E avrebbe custodito per sempre i suoi segreti.

Un segreto si può custodire fino a che non inizia a fare troppo male.

«È per questo che non riuscivi a fare l'amore?» aveva chiesto Filippo.

«Sì. Mi sento in colpa. Ho abortito. Ho deciso di non concedere una vita e l'ho fatto solo per egoismo. Perché non sarei mai riuscita a guardare negli occhi il mio bambino, senza provare anche del rancore. So che è un atto imperdonabile.»

Filippo l'aveva abbracciata.

«Nessuno ti potrà mai giudicare, per questo. Ma tu devi smetterla di colpevolizzare te stessa. È stato il senso di colpa che non ti ha permesso di vivere in questi mesi. Hai preso una decisione. Giusta o sbagliata che sia, è comunque comprensibile e l'hai presa con il cuore. Anzi, non so come tu possa essere rimasta in silenzio tutto questo tempo.»

Anche Margherita era venuta a conoscenza del vero motivo per cui la figlia aveva lasciato Colonia. All'inizio non aveva detto nulla: nel suo stile, era rimasta a riflettere, usando la Poltrona Scacciapensieri in maniera inappropriata. Ci aveva rimuginato su così tanto che Anita aveva iniziato a temere che non si sarebbe più rialzata. Poi le aveva proposto di uscire allo scoperto e denunciare l'accaduto. Anita le aveva promesso che ci avrebbe pensato. Certe scelte richiedono molto coraggio, ma lei ormai non era più da sola. C'erano tante persone che credevano in lei e che l'avrebbero sostenuta. Quel che aveva subito non poteva essere cancellato. Era giusto parlarne.

Zia Maria si fece il segno della croce, mentre Anita si accingeva a spiccare il volo.

«Bambina, io se fossi in te tornerei sui miei passi. C'è da fidarsi di questo Filippo?»

Lui la guardò male, ma Maria come al solito non gli badò.

«Se avessi dato retta a me a quest'ora saresti a posto, con il fratello dell'edicolante.»

Anita scoppiò a ridere, ma era una risata nervosa. Aveva paura di lasciarsi andare. Sapeva che quando i suoi piedi si fossero staccati da terra, lei sarebbe stata nelle mani di un'altra persona. Era forse il suo limite più grande: riuscire a fidarsi di qualcuno.

«Sarà bello, vedrai» disse Filippo, «quando vuoi possiamo partire.»

Yoko le stritolò la mano. Era una prova anche per lei. Doveva lasciarla andare e guardarla volare. Solo così non avrebbe più avuto paura di perderla se Anita si fosse allontanata.

Filippo l'aveva salvata. Quando l'aveva vista cadere in acqua, si era subito tuffato e Yoko aveva iniziato a lanciare gridolini isterici. Anita aveva perso conoscenza nel momento esatto in cui lui l'aveva afferrata e trascinata in salvo. Forse non era l'unica volta in cui l'aveva salvata. La prima era stata quel giorno, al lido, quando i suoi occhi si erano posati su quelli di lei con la dolcezza di una farfalla che si avvicina a un fiore.

«Yoko, adesso devo andare. Lo faccio per superare una mia paura. Lo capisci, vero?»

Yoko annuì.

«C'è il mio papà» rispose, «con lui sarai sempre al sicuro.»

Anita le diede un bacio sulla fronte, poi lasciò che Filippo le allacciasse l'imbragatura.

Le aveva spiegato quali passi compiere per decollare. Li avevano provati più di una volta.

«Si parte» annunciò Filippo, e insieme corsero verso il vuoto.

Anita urlò.

Era davanti a Filippo e sentiva che le sue mani forti la tenevano stretta. Yoko aveva ragione: lui non l'avrebbe mai abbandonata.

Il vento le sferzava il viso, e nell'attimo preciso in cui si sentì alzare da terra, pensò che sarebbe svenuta.

Poi, come in una scena da film, tutto si svolse al rallentatore. Lei guardò in basso e vide il lago, i tetti rossi delle case, i prati, la campagna circostante e le cime delle montagne.

Sono libera, si disse, sono come una farfalla in un cielo pieno di stelle.

«Apri le braccia» le disse Filippo dopo un po', «apri le braccia e vola!»

Non poteva credere a quello che stava facendo.

Anita le spalancò e le parve davvero di avere le ali.

«Anita!» urlò Yoko.

«Si è spaventata?» chiese lei, già in apprensione.

«No» rispose Filippo, «ti sta solo incitando. E credo che oggi dovrò far volare anche lei, altrimenti non me lo perdonerà mai.»

«E ne avrebbe tutte le ragioni!»

«Anita» disse Filippo, «c'è una cosa che devo dirti. E posso farlo solo qui, in aria.»

«Spero non sia niente di grave, perché... mi mancherebbe il terreno da sotto i piedi» scherzò lei, che era eccitata e non voleva che qualcosa disturbasse la perfezione di quel momento.

«Ti ricordi quel giorno che Yoko si addormentò dicendoci quella frase in giapponese e io minimizzai, sostenendo che era una sciocchezza?»

«Sì. Ma non ricordo assolutamente le parole.»

«*Koi no yokan*» affermò lui.

«Adesso puoi dirmi che cosa vuol dire?»

«È un'espressione giapponese, intraducibile nella lingua italiana. Yoko deve averla imparata da sua madre. Cho volle apprendere lo stesso la lingua delle sue origini, nonostante l'ostilità nei confronti della madre. Comunque ha un significato bellissimo. È la sensazione che provi quando incontri qualcuno per la prima volta e sai che è scritto nel tuo destino. Sai che comunque andranno le cose, avrà una parte importante nella tua vita, perché ti farà innamorare. È questo che ho provato quando ti ho vista, ma non l'avrei mai ammesso. In genere odio queste cose.»

«Anch'io ho provato una sensazione simile. Non mi stupisce che tua figlia se ne sia accorta prima di noi. I bambini sanno come guardare il mondo.»

Anita chiuse gli occhi e provò la bellissima sensazione di essere sospesa nel vuoto.

«Sto volando» gridò al vento, «sto volando.»

Tutto aveva riacquistato un senso, nella sua testa.

Aveva incontrato Yoko al momento giusto: quello in cui stava perdendo se stessa. Senza di lei, non avrebbe mai iniziato a indagare sul passato della nonna.

Lucrezia era stata una farfalla per pochi giorni, ma aveva vissuto quegli attimi tanto intensamente da farseli bastare per una vita intera. Aveva conservato rabbia e rancore, rinchiuso il suo dolore dentro a teche di cristallo, ma con la nascita di Anita aveva riaperto il baule della fantasia e ricominciato a sognare.

Margherita era cresciuta con lo spettro di due ragazze giapponesi, Yu Kari e Cho, che le avevano fatto ombra. Ma il destino aveva ripagato le sue sofferenze e le aveva fatto incontrare Urs, l'uomo che l'aveva amata come mai nessuno aveva fatto, nemmeno sua madre.

Cho aveva fatto un breve volo, ma era stata colei che aveva ricevuto più affetto, anche se non dalla donna che l'aveva messa al mondo.

Le loro storie erano connesse, intrecciate da fili invisibili e coincidenze così strane da far rabbrividire.

Il farfallario era stato ricostruito ed era il simbolo di ciò che rinasce sempre, nel bene e nel male. Le farfalle che volavano sopra le loro teste e dappertutto, nella serra, le avevano insegnato a risplendere. Più Anita osservava i loro colori, le striature delle ali, la delicatezza del loro spostarsi di fiore in fiore, più si rendeva conto che Lucrezia aveva ragione: non esiste una farfalla uguale a un'altra. Non esiste un unico volo, non c'è un percorso giusto da seguire. Ciascuno si crea la propria traiettoria, anche se a volte è fatta di salti nel buio.

«Tutto a posto?» chiese Filippo.

«Tutto alla grande» rispose Anita, che aveva le lacrime agli occhi per la felicità. «Credo che non rivivrò più un momento del genere. Nella prossima vita, voglio rinascere farfalla.»

Filippo scoppiò a ridere.

«Sono felice» disse. «Sono così felice che adesso te lo posso anche dire: ti amo, Anita.»

«Cos'hai detto?» chiese lei, che aveva capito benissimo, ma voleva sentirselo dire più forte.

«Ti amo» ripeté lui, «e non pensavo che l'avrei più detto a nessuno.»

«Ti amo anch'io» gridò Anita, «ti amo e adesso lo sa tutto il cielo!»

Epilogo

Ossuccio, settembre 2014

«Grazie, Anita» fece Filippo, spostando l'ultimo scatolone. «Senza di te non sarei mai riuscito a mettere in ordine le cose di Cho.»

«Non mi devi ringraziare» rispose lei, «sono in debito a vita con te, per tutto quanto, lo sai.»

Si scambiarono un lungo bacio, nascosti dalla penombra della soffitta.

«So che adesso possiamo baciarci davanti a Yoko» mormorò Filippo, «ma questi baci nascosti hanno ancora un certo fascino.»

Anita rise e lo strinse a sé.

«Ehi, siete lassù? Piccioncini!» urlò Margherita.

«Piccioncini!» le fece eco Yoko, ridendo.

«Da quando quelle due vanno d'amore e d'accordo?» chiese Filippo.

«Non te ne sei accorto? Tua figlia ormai mi snobba e ha

occhi solo per Margherita. Preferivo quando non si parlavano» scherzò Anita. Poi, sottovoce, aggiunse: «Mi ricorda tanto il mio rapporto con Lucrezia».

«Ti manca?»

«Mi mancherà sempre.»

Margherita entrò in soffitta. Teneva per mano Yoko ed era raggiante. Alla fine anche il suo cuore aveva ceduto al fascino di quella ragazzina, che non aveva preso dalla nonna soltanto la voce.

«Anita, papà!» fece Yoko. «È nata la farfalla Palinuro! Quella che stavamo aspettando! Dovete assolutamente venire a vederla.»

«Era la preferita di Lucrezia» ricordò Anita, «le ricordava suo fratello Martino.»

Yoko guardò gli scatoloni dove c'erano i vestiti di Cho e le sue lettere.

«Ferma!» le intimò Filippo. «Abbiamo appena sistemato.»

Yoko non gli diede retta e iniziò a frugare tra le cose di sua madre.

Gettò per aria tutto. Anita e Filippo si guardarono disperati, ma nessuno dei due ebbe il coraggio di interromperla. Yoko sembrava come impazzita: tirava fuori dagli scatoloni ogni cosa e se trovava un vestito provava a indossarlo.

«Diventerai un enorme pupazzo di stracci» commentò Margherita. Ma la piccola non ascoltava più nessuno. Nel ribaltare l'ennesimo scatolone, fece volare una busta ai piedi di Anita.

Lei la raccolse.

«Questa ci era sfuggita» disse a Filippo.

«Hai ragione» mormorò lui, «viene dal Giappone.»

Entrambi stavano pensando alla stessa cosa: Yu Kari.

Margherita indietreggiò. Quel nome la innervosiva ancora.

«Vieni» disse a Yoko, «perché non andiamo a vedere come sta la farfalla Palinuro? Non possiamo lasciarla sola troppo tempo. È appena nata.»

Yoko, sebbene un po' confusa, le obbedì.

«Ricordo il giorno in cui arrivò quella lettera» disse Filippo, «fu due giorni dopo il funerale di Cho. Lei non riuscì mai a leggerla. Immaginai che fosse di sua madre, ma non ebbi mai il coraggio di aprirla e la misi tra le sue cose.»

Anita fece per rimetterla nello scatolone, ma Filippo la fermò.

«Aspetta» esclamò, «forse è giunto il momento di aprirla. Basta segreti. Basta misteri.»

«Ma Yu Kari la scrisse per Cho...» protestò Anita.

«Sono sicura che lei me l'avrebbe fatta leggere. E io vorrei condividerla con te.»

Anita sospirò e aprì la busta.

«Speriamo che non ci siano altri segreti da svelare» disse tra sé.

Voleva iniziare una nuova vita con Filippo e Yoko. Ne aveva abbastanza di scheletri nell'armadio.

Cara Cho,

quando leggerai queste righe, probabilmente ci saremo già abbracciate. Forse tu mi avrai guardata male, con i tuoi soliti occhi pieni di rimprovero. Hai ragione ad avercela con me: non sono stata una buona madre. Me ne sono andata quand'eri ancora piccola e ogni volta ho avuto paura di affrontarti. Ma adesso che mi restano pochi anni da passare su questa terra, credo di essere pronta a rivelarti il mio segreto più grande. Non so come io abbia fatto a tenerlo per me tutti questi anni. Credo che certi segreti ti facciano sentire forte. O forse ti rendono talmente debole da non riuscire ad amare veramente qualcuno. Non sono mai stata brava a dimostrarti il mio affetto e ho fallito anche con le persone che mi hanno accolta come se fossi stata una di loro: Lucrezia prima e Margherita poi. Per non parlare di Alfonso. Non serve dirti quanto lui sia stato importante per me.

Ma vedi, figlia mia, ci sono fatti che ti segnano e che non puoi cancellare. Te li porterai dietro per sempre, anche nei momenti più belli della tua vita.

Ed è proprio uno di questi fatti che ti voglio raccontare.

Non ho avuto un'infanzia felice. Mia madre, Sakiko, era una donna dolcissima, ma era succube di Ichiro, il mio papà. Lui era un uomo violento. La picchiava, a volte anche senza motivo e lei non diceva mai niente a nessuno, per paura di non essere creduta o per timore che poi lui le facesse ancora più male. Odiavo i momenti in cui mia mamma, china sotto al tavolo, cercava di sfuggire alle botte di papà.

Anche io presi la mia dose di schiaffi. Ma erano più dolorose le lacrime di mia madre, che non capiva perché suo marito la picchiasse. Credo che a volte i perché non siano sufficienti. Potrei giustificare Ichiro, dirti che probabilmente aveva avuto un'infanzia altrettanto traumatica. La realtà è che lo odiavo con tutto il cuore, perché faceva piangere la mia mamma.

Quando quelle persone entrarono in casa nostra e appiccarono l'incendio, stavamo già dormendo tutti. Fui io ad accorgermene per prima, perché la mia camera era quella più vicina. A cena, papà aveva di nuovo picchiato la mamma senza motivo e io ero molto arrabbiata.

Mi accorsi delle fiamme che divampavano e presi una decisione. Fu una scelta importante, per una bambina di dodici anni. Mi condizionò per tutta la vita. Se ci penso adesso, credo di aver smesso di amare da quel momento. E poi non riuscii più a provare affetto per nessuno.

Ma ecco ciò che successe: mio padre stava ancora dormendo. Presi un coltello dal cassetto della cucina e mi recai nella loro camera. Sakiko mi vide, e si accorse delle fiamme. Si alzò per provare a spegnere il fuoco, ma quando tornò a riprendermi, io avevo già pugnalato mio padre, più volte, al petto.

Lui, però, era ancora vivo e si trascinò in salotto, dove tutti e tre perdemmo i sensi, perché il fumo si era fatto troppo denso e l'ossigeno iniziava a scarseggiare.

Ricordo che quando Will mi trascinò fuori da quella casa, avevo ancora le mani insanguinate. Nessuno, però, ci fece caso: pensarono tutti che avessi cercato di salvare mio padre. Credo che Will abbia deciso di tenermi perché mio padre, prima di morire, gli disse il mio nome. Lui pensò che volesse chiedergli di mettermi in salvo, di portarmi via.

Per molti anni credetti che mia madre fosse morta in quell'incendio.

Se avessi saputo che era sopravvissuta, non avrei mai per-

messo che rimanesse in Giappone, in balia di suo fratello Kan, che forse era anche peggio di Ichiro.

Sakiko riuscì a contattarmi solo diversi anni dopo, quando mi esibii a Kyoto. Venne apposta per sentirmi e per assicurarsi che ero proprio io, la sua figlia scomparsa, che aveva cercato ovunque. Lei era molto vecchia e aveva sofferto tanto. Nessuno le aveva mai creduto. Non volli che i giornali sapessero che Sakiko era mia madre. Rimasi con lei i giorni che le restarono da vivere e fu in quei momenti che pensai molto a te. Lei mi disse che l'amore di una madre verso sua figlia è il più puro che ci sia. Io capii di aver sbagliato e decisi di sistemare le cose. Ma quando Sakiko morì, mi resi conto che non avrei mai potuto recuperare il tempo perso con te. Era troppo tardi.

Feci lo sbaglio di credere che le cose, tra noi, non avrebbero mai funzionato. Pensai che non mi avresti perdonato.

Solo adesso ritorno sui miei passi e mi dico che Sakiko aveva ragione: non c'è amore più grande di quello che provo per te. Non importa se mi scaccerai. Se penserai che sono un'assassina, un'egoista, una bugiarda. Io ti amerò per il resto dei miei giorni. Incondizionatamente. Come solo una madre sa fare.

Non mi pento per aver ucciso Ichiro: se non l'avessi fatto, mia madre prima o poi sarebbe morta sotto i suoi colpi.

Ti ho chiamata Farfalla, perché credo che tu abbia la capacità di spiegare le ali e volare molto in alto. E io sarò sempre lì, a seguire il tuo volo, se me lo concederai. Spero ancora nella forza di un tuo abbraccio e nella mia redenzione.

Ed è per questo che finalmente mi sono decisa a raccontar-

ti la storia della mia vita. Perché tu possa capire le mie scelte. E non fare gli stessi sbagli.

Con tutto l'affetto del mondo.

La tua mamma

Anita lasciò cadere per terra la lettera. Filippo le passò un braccio sulla spalla.

«Cho ha sempre creduto che sua madre non la amasse» mormorò, «ed è morta con questa convinzione. Forse davvero questa lettera avrebbe cambiato le cose.»

«Tu credi che ci sia qualcosa dopo la morte?» domandò Anita.

Filippo storse il naso. «Perché mi fai questa domanda?»

«Così» rispose Anita. «Chissà, magari Cho e Yu Kari, adesso, sono riuscite a ritrovarsi.»

Non fece in tempo a finire la frase, che due farfalle bianche entrarono dalla finestra socchiusa della soffitta.

Fecero il giro della stanza e svolazzarono intorno a Filippo e ad Anita, che si tenevano per mano.

Poi si posarono un istante sulla lettera che Anita aveva lasciato cadere sul pavimento.

Infine, come se fossero d'accordo, ritornarono nell'azzurro del cielo, insieme. Anita e Filippo rimasero a bocca aperta.

La vita di una farfalla è breve. Il suo battito d'ali si consuma in pochi giorni. Ma quegli attimi d'amore rimangono impressi come piccoli istanti di felicità, nel cuore di chi resta.

Ringraziamenti

Quando la mia nonna se n'è andata, ho avuto modo di riflettere su quanto contasse per me la sua presenza. Poi sono venuta a conoscenza della leggenda giapponese che racconto nel romanzo e ho iniziato a sentirla più vicina, ogni volta che mi imbattevo in una farfalla.

Il mio primo grazie va a lei, per avermi raccontato da sempre storie inventate e fiabe tramandate. Sono sicura che in qualche modo possa ancora sentirmi.

Grazie alla mia agente letteraria, Maria Cristina Guerra. Lei è stata la persona che ha cercato un editore con cui *La casa delle farfalle* potesse davvero spiccare il volo. Maria Cristina sopporta il mio continuo svolazzare da un argomento all'altro, da una storia all'altra, ascolta ogni lamentela o novità. Se il lavoro di un agente è anche questo io non lo so, ma posso dire con certezza di aver trovato la persona che fa per me.

Grazie a Michele Rossi, che ha deciso di accogliere me e le mie farfalle in Rizzoli, credendoci fin dall'inizio.

Grazie a Benedetta Bolis: se fosse una farfalla, sarebbe una Brintesia Circe, una di quelle creature in via di estinzione. Presente, protettiva, attenta nel suo lavoro. Grazie per i consigli, le accortezze, la gentilezza che ha per me in ogni momento.

Grazie alla grande famiglia Rizzoli, dal marketing all'ufficio stampa, alle correzioni bozze. Un libro è sempre il frutto di un grande lavoro di squadra.

Grazie a Francesca Comandini, per il lavoro prezioso di ufficio stampa e per aver scelto di seguirmi in questa nuova avventura fin dai primi passi.

Grazie ad Andrea Gazzera, che cura magistralmente le mie pagine social e mi sprona a cercare di essere sempre una scrittrice migliore.

Grazie ad Angelina Spinoni, Susanna Barbaglia e Valeria Camagni, il team di «Confidenze» che da anni accoglie le mie storie.

Grazie, e sono tante, a tutte le blogger che continuano ad amare i miei libri. In particolare un grazie speciale va a tutte coloro con le quali ho stretto un rapporto di amicizia, che va oltre al romanzo: Elisa Impiduglia, Sara Sangueblu, Silvia Gaiart, Glinda Izabel, Valentina Abruzzese, Sara Piccinini, Anna Perillo.

Grazie ai colleghi scrittori, giornalisti e insegnanti che mi hanno dato consigli e suggerimenti: Diego Galdino, Federica Bosco, Lucinda Riley, Silvia Alimonti, Sara Baldini, Virginia Bramati, Laura Mercuri, Valentina D'Urbano, Giovanni Cocco, Susanne Tognina, Annalisa Poncetta, Luca Crameri, Francesca Ramacciotti, Giorgia Cozza, Rossella Montemurro, Bianca Cataldi.

Grazie alla mia seconda famiglia virtuale, il gruppo WhatsApp attivo fin dal secondo romanzo pubblicato: Jenny, Silvia, Damiana, Marusca, Valentina, Stefano, Francesca, Nicole, Davide, Vin e tutti gli altri. Siete i miei lettori più agguerriti, le mie farfalle più luminose.

Grazie a Dalila Speziga, per avermi supportato quando questo romanzo sembrava vacillare.

Grazie a Za, che mi ha aiutato per la parte storica del romanzo, e grazie in modo speciale a Irene Briz, che mi ha raccontato la storia dei partigiani del lago di Como.

Grazie ai librai e bibliotecari, che da anni mi seguono in questo percorso: Thomas Ruberto, Carlo Crema, Simonetta Guerrucci, Alice Di Antonio, Alberto Enrico Gobetti, Massimo Penati e a tutte le librerie che mi hanno ospitato nel corso di questi mesi e con cui spero di ripetere l'esperienza.

Grazie ai miei amici, quelli che capiscono quando esserci: Elena Grassi, Simona Barbusca, Sara Acquistapace, Stefano Tiberga, Luisa Ciabarri, Davide Frigerio, Simona Scuffi, Anna Bazza, Alessia Sala Tenna, Giada Scaramella, Sabrina Della Bella, Caterina Scaramellini, Angela Giusy, Francesca Geronimi.

Grazie a Roberto Cere, che ha dipinto di colore le mie farfalle in bianco e nero.

Grazie a Plinio Vanini, che ha deciso di sponsorizzare il mio romanzo tramite Autotorino.

Grazie a Maria Prior, editor di *Cercami nel vento*, in Spagna.

Mi piace pensare che tutti voi leggiate *La casa delle far-*

falle sapendo di averne fatto parte. Il mio augurio è che sia un po' anche casa vostra.

Grazie ai miei parenti, in prima linea per sponsorizzarmi.

Grazie a mio padre, Alfredo Montemurro, da cui dicono che abbia preso determinazione e carattere.

Grazie a Paolo e Michele, i miei due fratelli, per l'aiuto che ciascuno dei due ha saputo darmi.

Per il gran finale ho tenuto la mia prima lettrice accanita, quella a cui ho dedicato il romanzo: la mia mamma. Grazie per la tua fiducia, per l'onestà delle critiche e per la passione che mi trasmetti.

Grazie, poi, a te, lettore, che hai preso questo romanzo. Ti auguro di incontrare sul tuo cammino persone delicate e sensibili come farfalle bianche.

Finito di stampare nel giugno 2023 presso
Poligrafici Il Borgo S.r.l. – Bologna (BO)
Printed in Italy